Diogenes Taschenbuch 24642

de
te
be

AF197025

RAFFAELLA ROMAGNOLO, geboren 1971 in Casale Monferrato. Sie unterrichtet Geschichte und Italienisch an einem Gymnasium. Seit 2007 schreibt sie auch Romane – mit Erfolg. Ihr Roman *Bella Ciao* erschien in zahlreichen Sprachen. Für *La figlia sbagliata* war sie für den Premio Strega nominiert, ebenso mit ihrem Jugendbuch *Respira con me*. Raffaella Romagnolo lebt in Rocca Grimalda im Piemont.

Raffaella Romagnolo

Dieses ganze Leben

ROMAN

Aus dem Italienischen von
Maja Pflug

Diogenes

Titel der 2013 bei Edizioni Piemme, Mailand,
erschienenen Originalausgabe: ›Tutta questa vita‹
This edition published in arrangement with Grandi & Associati
Das Motto von Giuseppe Pontiggia ist von Maja Pflug übersetzt,
das Motto von Julian Barnes von Gertraude Krueger
Das Zitat von T. S. Eliot aus *Das wüste Land:*
aus dem Englischen von Ernst Robert Curtius, Suhrkamp 1951
Die deutsche Erstausgabe erschien 2020 im Diogenes Verlag
Covermotiv: Gemälde von Rachel Gregor,
›Self Portrait in Pink‹, 2018
Copyright © Rachel Gregor

Veröffentlicht als Diogenes Taschenbuch, 2022
Alle deutschen Rechte vorbehalten
Copyright © 2020
Diogenes Verlag AG Zürich
www.diogenes.ch
60/22/44/1
ISBN 978 3 257 24642 1

Für meine Schwester,
für ihre Jugend

Aber die Liebe ist wichtig!
Giuseppe Pontiggia,
Nati due volte

Ja, natürlich waren wir prätentiös –
wozu ist die Jugend sonst da?
Julian Barnes,
Vom Ende einer Geschichte

April

Ich bin hässlich. Das ist die Wahrheit, die schlichte, unzweifelhafte Wahrheit. Natürlich habe ich auch gute Seiten: Zum Beispiel bin ich nicht feige, ich suche keine Ausflüchte, ich kann der Wirklichkeit ins Auge sehen. Und die Wirklichkeit ist, dass ich hässlich bin. Ein Scheusal. Einfach grauenhaft. Und zwar absolut gesehen, nicht bloß im Vergleich zu den Mädchen, die ich kenne.

Oma sagt, das stimmt nicht.

»In deinem Alter sind alle schön«, sagt sie.

Dabei blättert sie in der *Gala* oder *Donna Moderna* oder in einem Schöner-Wohnen-Magazin. Ich weiß jetzt schon, dass sie gleich so was ausspuckt wie: »Worüber beklagst du dich? Hast du ein Problem? Was haben die da, was du nicht hast?«

Die da sind die in den Zeitschriften abgebildeten Mädchen, und *Hast du ein Problem?* ist eine Frage, die ich nicht ausstehen kann. Was meine Oma denkt, zählt sowieso nicht, denn sie ähnelt meiner Mutter. Die gleiche Figur, die gleichen Augen. Die Mädchen aus der *Gala* werden im Alter so wie sie. Wenn sie Glück haben. An manchen Tagen, wenn Oma frisch vom Friseur kommt, die leuchtend weißen Haare wie ein Heiligenschein um ihr gebräuntes Gesicht, in Zigarettenhose und Schlangenleder-Slippers, sieht sie aus, als sei sie soeben einem Werbespot für Haftcreme für dritte Zähne oder Inkontinenz-Windeln entstiegen. Sie hat total viele Verehrer, seit mein Opa tot ist, und nicht nur wegen des Geldes. Sie fahren mit ihr zum Abendessen an die Riviera, und hinterher erzählt sie mir und Richi von der Yacht und dem Hummer in Madeira-Sauce. Ich kann mich nicht beklagen, alles in allem ist sie eine prima Großmutter, sie schildert uns ihre Abenteuer, fällt nicht in Ohnmacht, wenn sie mal eine halbe Stunde mit Richi allein bleiben muss, meistens ist sie supernett und macht mir einen Haufen Geschenke.

Aber trotzdem – Oma ist nicht wie ich und ist es nie gewesen, sie weiß nicht, was es heißt, übergewichtig zu sein, und ganz bestimmt wird sie nicht an Fettleibigkeit sterben. Sie weiß nichts davon, dass ich stetig zunehme seit dem Tag meines neunten Geburtstags, als ich die Obergrenze von vierzig Kilo überschritten habe und Mama kreischte: »Aber Paoletta! Wenn du so weitermachst, wiegst du mit achtzehn achtzig Kilo!«

Gib mir noch etwas Zeit, Ma, das schaffe ich. Im Grund genommen fehlen nur noch zwei Jahre, zwei Monate und drei Tage, und heute Morgen habe ich schon wieder zwei Kilo mehr drauf. Ein großartiges Ergebnis in nur einem Tag, wirklich professionell.

Dazu hat mir die Familientradition verholfen – Ostermontag mit den Marini, den Della Vedova und dem Buchhalter Capotondi. Ich habe Mamas böse Blicke ignoriert und mir fröhlich die *perfekte* Mischung von Fetten, Kohlehydraten und Proteinen zusammengestellt. Kalte und warme Entrées, unter anderem vier Jakobsmuscheln mit Béchamelsauce überbacken. Dann Risotto *alla bisque di scampi* (fürstliche Portion), dann Grillplatte von Meerestieren und verschiedenen Fleischsorten mit Ofenkartoffeln und gratiniertem Gemüse, Mousse mit Amaretto und Zabaione, Colomba und Petits Fours – eins von jeder Sorte, insgesamt zwölf Stück. Zum Abschluss noch das prächtige, mit Nougatblümchen und Zuckerfigürchen verzierte Osterei aus Bitterschokolade. Im Salon beachtete mich niemand, Stückchen für Stückchen habe ich mindestens dreihundert Gramm vertilgt. Ich war so voll, dass ich das Abendessen ausgelassen habe, und heute Morgen hat die Waage geklingelt, *din! din!*, wie in den amerikanischen Fernsehfilmen die Kasse im Minimarket.

Diese Waage ist ein ultratechnologisches Juwel, Mama hat sie vor drei Monaten in meinem Badezimmer aufgestellt, auf Rat ihres Personal Trainers Francesco. Du gibst dein Profil ein, Geschlecht, Alter und Größe, und die Waage berechnet deinen BMI, den Body-Mass-Index. Klingeln tut sie nur, wenn seit dem letzten Wiegen eine Veränderung von mehr als einem Kilo eingetreten ist. Ich bin gerade sehr fleißig: in den letzten zehn Tagen schon zwei *din din*.

Man kann den Verlauf auf einer Website verfolgen, denn die Superwaage stellt die ansteigende Fettgrafik ins Netz. Wenn man seine persönliche Seite aufruft, erteilt einem das System entzückende Ratschläge, perfekt dem aktuellen BMI des Tages angepasst.

»Willkommen, Paola De Giorgi! Denk daran, ab achtzehn Uhr keine Süßigkeiten mehr zu essen.«

»Eine Idee für einen Imbiss *light*? Tomatensaft! Er hilft dir, deinen BMI zu senken.«

»Dein BMI beträgt heute 24,06. Du solltest dir angewöhnen, jeden Tag mindestens sechzig Minuten zügig zu gehen!«

Das muss Mama auch gelesen haben, meiner Ansicht nach ist sie da auf die Idee gekommen:

»Eine Stunde pro Tag, Paoletta. Zügig gehen. Nimm Richi mit, dann bleibst du nirgends stehen. Und bring ihn ein bisschen zum Reden. Du weißt, wie gut ihm das tut.«

Die Ärmste gibt nicht auf. Ich bin der lieben Mama eben wichtig, sie kennt das Passwort und kontrolliert meine Fortschritte in Sachen Gewicht öfter als meine Schulnoten. Deshalb sehe ich heute ziemlichen Ärger voraus, denn 75 Kilo bei einer Größe von 1,74 ergibt einen BMI von 24,77. Gestern war ich bei 24,11. Bei 30 bist du geliefert, Fettsucht ersten Grades. Wenn ich irgendwann den großen Sprung schaffe, wird sie es dank der Superkräfte der Superwaage in *real time* erfahren. Freust du dich, Ma? Danke, Francesco, tolle Idee.

Die Fettfrage wäre mit Entschlossenheit, Ausdauer und Willenskraft zu überwinden, aber leider ist das nur mein erstes Problem. Das zweite ist, dass ich krumme Beine habe. Die Knie berühren sich, es ist, als hätte ich nur einen einzigen, riesigen, schwabbeligen Oberschenkel. Beim Gehen sehe ich aus wie ein wogender Wackelpudding.

Das mit den krummen Beinen habe ich erst vor kurzem entdeckt, als ich das Video angeschaut habe (ich habe es gespeichert, bevor Facebook die Gruppe entfernt hat). Seit damals sehe ich es mir mindestens einmal pro Tag an. Ich steige darauf wie auf die Superwaage und überprüfe, welche Wirkung es auf den Stimmungsmesser hat: *Pulsadern aufschneiden, Tränenstrom, Mordlust, abgrundtiefe Traurigkeit, leichte Schwermut* usw. Am Anfang, vor zwei Wochen, schoss der Anzeiger sofort rauf auf *Pulsadern aufschneiden.*

Jetzt halte ich es schon prima aus, und gestern habe ich zum ersten Mal für einige Sekunden die *Totale Gleichgültigkeit* erreicht. Eine Frage von Entschlossenheit, Ausdauer und Willenskraft.

Mittlerweile kenne ich das Filmchen in- und auswendig, ich schließe die Augen und kann es visualisieren. Auch jetzt hier draußen, zum Beispiel. Während ich warte, dass Nina Richi fertig anzieht, pule ich ein Jasminblatt aus dem Patio-Ablaufgitter – und sehe den Getränkeautomaten. Ich zerreibe das Blatt – und sehe mich näherkommen. Ich habe alle Zeit, die eingewordenen Schenkel zu betrachten, die Füße nach auswärts, den Seehund-Gang, dann schwenkt die Kamera aufs Gesicht. Das Warten. Ich bin das personifizierte Warten.

Das Video dauert drei Minuten und zehn Sekunden, aber in Wirklichkeit dauerte das Warten viel länger, meiner Rechnung nach mindestens zwölfmal so lang, mal drei macht das sechsunddreißig Minuten reale Demütigung, verdichtet auf drei Minuten und zehn Sekunden virtuelles Mobbing.

Ohne Ton.

Warum? Warum haben sie nicht auch die Geräusche aufgenommen, den Pausenlärm, das Läuten der Schulglocke?

Die Wirkung ist gewaltig, Astronaut im Weltall, echt und doch künstlich, es ist *gleichzeitig* echt und künstlich, irgendwie unheimlich, ich weiß nicht, warum. Vielleicht spürt man, dass etwas fehlt, ist dadurch gespannter. Nach etwa einer Minute bewege ich mich. Es ist eine Erleichterung, zu sehen, dass ich in dieser *Leere* etwas tue. Jetzt kommt auch meine weiße Strickjacke über dem lila T-Shirt mit ins Bild. Ich dachte, die würde mich schlanker machen, aber nein. Ich wähle ein Getränk mit Teegeschmack (ich erinnere mich, dass ich auf das Getränk mit Schokogeschmack verzichtet habe) und schaue mich unentwegt um. Für das Getränk mit Teegeschmack brauche ich eine gute Minute. Bei zwei Minuten und fünf Sekunden werfe ich den Becher weg und postiere mich wieder neben dem Automaten. Bei zwei Minuten und zweiundfünfzig Sekunden ahnt man, dass die Pause zu Ende geht, doch ich bleibe hart, ich gebe nicht auf. Ich bleibe da stehen. Regungslos. Allein. Ich rücke meinen BH zurecht. Mein Gesichtsausdruck ist so untröstlich, dass mir beim Anschauen die Tränen kommen. Zum Glück dauert es nicht lang, das Bild wackelt und verschwimmt, Ende der Vorstellung. Das Jasminblatt ist nur noch ein klebriger Streifen, ich werfe es auf das Abflussgitter, schiebe es mit der Fußspitze zwischen die Ritzen, weg ist es. Meine Finger kleben.

Noch immer frage ich mich, wie sie das gemacht haben, wo sie sich versteckt haben, die Buben oder Mädchen, wie viele es wohl waren, wer entschieden hat, was sie weglassen. Das Gerede beim Schneiden. Alles, was bei Facebook *draußen,* aber in der Realität *drin* geblieben ist. Obwohl mir nichts in meinem Leben je wahrer vorgekommen ist als das, was ich auf dem Bildschirm gesehen habe. Die krummen Beine, zum Beispiel.

Und nach den Beinen mein drittes, unüberwindbares Problem: mein Gesicht. Das ist in dem Video das Schlimmste. Nicht, dass es eine Überraschung wäre. In der Tat, gewöhnlich meide ich Spiegel. Bei uns daheim sind sie überall, im Flur, in der Diele, im Vorraum zum Bad, im begehbaren

Schrank, in der Bar im Keller, in der Mansarde unterm Dach und auch hier im Garten, wellenförmig, ein Teil des Mosaiks, mit dem die Dusche am Pool verziert ist. So siehst du dich halbnackt und gleichzeitig dein Gesicht. Ein Albtraum. Wenn ich draußen einem Spiegel begegne, schaue ich zu Boden. Ich spiegele mich auch nie in den Schaufenstern. Wenn ich mir im Schulklo die Hände wasche, sehe ich auf meine Finger. Auch jetzt betrachte ich sie, besonders sind sie nicht, aber immer noch besser als meine Schweinsbäckchen. Ich verwerfe die Idee, ins Haus zu gehen, um mir die klebrigen Hände zu waschen, da es bereits so spät ist. Warum brauchen die bloß so lange?

Als ich schon an die Scheibe klopfen will, höre ich die Salontüre, dann das Geräusch von Gummi auf dem Parkett und Nina, die mir in ihrem Quasi-Italienisch ans Herz legt, ich solle auf den Schal achten.

»Sieht aus wie Frühling, aber nicht glauben, weil ist noch kalt«, sagt sie.

Ich hasse dieses Video. Aber die Wahrheit ist, dass ich einen Haufen Sachen hasse, auch solche, die alle anderen mögen. Ich bin eine professionelle Hasserin. Ich hasse Armbänder und Armreifen in jeder Form und Größe. Ich hasse Plateausohlen. Tattoos. Im Schwimmbad in der Umkleide allein sein. Hüftjeans. Taillenjeans. Tangas. Ballerinas im Sinn von Schuhen. Ballerinas im Sinn von Showgirls bei Quizsendungen. Quiz überhaupt. Glamourgirls, Wetterfeen und Glücksfeen bei der Lottoziehung. Die Balletteinlagen in den TV-Shows. Ray-Ban. Ananassaft, gewürzten Tomatensaft, Cola Zero, Cola Light, Xylit-Kaugummi. Werbung für das Parfüm von Dolce & Gabbana. Tampons. *X Factor,* alle Sänger von *X Factor* außer Noemi. Den Sänger Morgan. Die TV-Show *Zelig* und alle Komiker von *Zelig* ohne Ausnahme, Filme nach Romanvorlagen und die Romane von Fabio Volo. Ich hasse sogar Papierdrachen. Eine Verhaltensgestörte. Absolut jenseits. Und noch dazu hasse ich Puzzles, Erdbeeren und Joghurt.

Wenn sie mit der Geschichte von ihren 56 Tagen in England loslegt, hasse ich Marta Della Vedova mit einem geradezu physischen und beinah gewalttätigen Hass. Das ist aber nicht gestört, das ist normal, so wie man quadratische Gleichungen hasst oder den Klorollenhalter in der Autobahnraststätte, der blockiert, wenn du an dem Papier ziehst und dann nur ein lächerlich kleines, unbenutzbares Blättchen in der Hand hältst.

Aber wenn ich eine Rangliste aufstellen müsste, dann hasse ich doch am allermeisten dieses Video, sogar noch mehr als Aufzüge (für mich und Richi das Absolute Böse). Oder nein, das Video und die Fotos. Ich schaue mir nämlich nur solche an, auf denen ich unter drei Jahre alt bin, aus der Zeit vor Richi.

Ist es seine Schuld, dass ich so hässlich geworden bin?

Nach seiner Geburt müssen sie eine Zeitlang mit dem Fotografieren aufgehört haben. Ich werde nie erfahren, wie sich dieses dreijährige Püppchen mit den himmelblauen Augen und den Wimpern einer kleinen Meerjungfrau in mich am ersten Schultag verwandeln konnte. So groß wie der größte der Jungen, aber dicker und missmutig (ich schaue nicht mal in die Kamera).

»Kam das ganz plötzlich? Bin ich als süße Göre eingeschlafen und als Kotzbrocken aufgewacht? Hast du mich verhext, Opf?«

Richi antwortet nicht. Hinter uns schließt sich das automatische Gartentor mit einem Summen. Wir stehen auf dem Gehweg. Nina kann uns nicht sehen, Mama hat angerufen, dass sie erst in einer halben Stunde heimkommt, aber es hat auch eine volle Viertelstunde gedauert, bis Richi fertig war.

»Was sagst du, Opf? Warst du das? War es deine Schuld?«

Die Autos fahren hier schnell. Der Gehweg ist aus terracottafarbenem Porphyr und führt an unserem Garten entlang weiter zu einer Abzweigung, auf der man links direkt ins Herz des Villenviertels spazieren könnte, in die *zwei Schritte vom Zentrum gelegene Oase des Friedens,* in der wir wohnen.

»Ich will wissen, ob es plötzlich passiert ist oder eine allmähliche Verwandlung war.«

Richi betrachtet die Autos, die Laster, den Tankwagen, der an der Zapfsäule auf der anderen Seite der Fahrbahn gerade Benzin einfüllt. Er fixiert die kleine Bar neben der Tankstelle. Dreimal die gleiche Frage ist das Maximum, mehr geht nicht. Wenn er nach drei Versuchen nicht antwortet, dann weil er die Sache nicht für beachtenswert hält. Ich weiß nicht, warum die anderen das nicht kapieren. Wenn Richi stumm bleibt, fängt mein Vater an, ihn zu bedrängen, und zuletzt kriegt Richi dann einen seiner Anfälle, und mein Vater schließt sich im Arbeitszimmer ein. Warum kann er ihn nicht in Ruhe lassen? Gibt es für ihn keine Fragen, auf die er nicht antworten möchte? Für mich schon. *Hast du ein Problem?,* zum Beispiel.

»Oooookay, Opf. Ich weiß, dass du mich verstehst.«

»Gehen wir da hin«, sagt er und zeigt auf die Bar.

In Wirklichkeit sagt er so ungefähr: »Geemaaadaiii.«

Ist okay, man gewöhnt sich dran.

Dennoch, ab und zu denke ich darüber nach: die übliche Geschichte von der Eifersucht auf die jüngeren Geschwister, das ganze Ding mit der Liebe, die dir von einem Tag auf den anderen entzogen wurde, solche Sachen eben, und wer weiß, vielleicht wäre ich ohne ihn tatsächlich ansehnlicher geworden, ich meine ja nicht eine Schönheit, so wie Mama, groß und schlank, perfekte Fesseln, flacher Bauch, wohlgeformte Schultermuskeln unter dem T-Shirt. Das meine ich ja gar nicht, aber eben ein bisschen besser.

Schultermuskeln sehen bei einem Mädchen top aus. Obwohl ich zweimal pro Woche zum Schwimmen gehe, ich kriege einfach keine. Mama hatte schon welche, bevor sie mit dem Fitness-Studio anfing, schon als kleines Mädchen, schon auf den Fotos von der Firmung hatte sie welche, und auf den Hochzeitsfotos, auf denen von meiner Taufe, sogar auf denen, wo sie schwanger ist. Mit Bauch sieht Mama phantastisch aus. Genauso wie jetzt, bloß mit einem Luftballon auf Bauchhöhe. Sie war nicht aufgedunsen, sie war nicht schlapp und hatte auch nicht das glänzende Gesicht, das die Gebärenden haben. Vielleicht war sie ja überhaupt nie schwanger, vielleicht war es wirklich ein Luftballon unter dem Kleid, und uns beide hat der Storch gebracht (das würde viele Dinge erklären). Adoptiert sind wir jedenfalls nicht. Richi zumindest nicht, denn an Mamas Bauch erinnere ich mich. Und außerdem, wer würde ihn auswählen, ohne ihn zu kennen, so, auf dem Papier?

»Ma-ach!«

Er wird ungeduldig. Autos, Autos, ein Motorroller, ein Bus. Als sich im Verkehr endlich eine Bresche auftut, packe ich den Rollstuhl, Richi betätigt den Joystick, und wir überqueren die Staatsstraße. Auf der anderen Seite gibt es keinen Gehweg, wir halten uns am Straßenrand. Das ist die gefährlichste Stelle, nicht so sehr, weil die Lastwagen vorbeidonnern, aber wenn uns jemand sieht, der uns kennt, könnte er sich fragen, wohin wir unterwegs sind.

Wir sind auf der falschen Seite: Hinter der Tankstelle beginnt das Industriegebiet, zwölf Werkhallen, die schachbrettartig an der Via dell'Industria, der Via dell'Edilizia, der Via del Legno und der Via dell'Artigianato verteilt sind. Die richtige Seite, um *mindestens sechzig Minuten zügig zu gehen,* wäre die andere, die mit dem Porphyr-Pflaster, den Villen, den Schildern VORSICHT VOR DEM HUND (Richi hasst sie, die Hunde, und umgekehrt).

Wenn man *zügig geht,* erreicht man in einer halben Stunde das Tor des Golfclubs, wir könnten sogar auf dem Rasen herumtollen, weil Opa zu den Gründungsmitgliedern gehörte, doch wir schlüpfen in die kleine Bar, ich schnaufe, weil ich gerannt bin, Richi schnauft, weil die Tür so eng ist, ich verlange zwei Mars, eine Tüte Chips und zwei Eistee mit Pfirsichgeschmack, und schon sind wir wieder draußen und biegen in die Via dell'Industria ein. Auch hier kein Fußweg, aber die Straße ist breit, weil hier die Lastwagen zu den Werkhallen durchfahren. Auch die Leute, die auf der anderen Seite des Industriegebiets in der Margeriten-Siedlung wohnen, fahren hier entlang. Aber Mama würde nie einen Fuß hierhersetzen, das ist eine fixe Idee von ihr:

»Die Margeriten sind ein übler Ort«, sagt sie.

Möglicherweise könnten wir Papa begegnen, es ist aber sehr unwahrscheinlich, denn zur Biosolar-Baustelle wäre es ein Umweg. Er müsste quer durch das Industriegebiet, durch die Unterführung, durch die ganze Margeriten-Siedlung und anschließend noch ein Stück auf der Schotterstraße fahren, dann käme er zuletzt auf der dem Haupteingang entgegengesetzten Seite der Baustelle an. Dem einen oder anderen Lastwagen der Costa Costruzioni sind wir zwar gelegentlich begegnet, aber Papa noch nie, deshalb können wir hier eins runterschalten. Auch weil es hier weder Spiegel noch Schaufenster gibt.

Obwohl ich versuche, mich davor zu drücken, habe ich mindestens einmal im Monat ein unvermeidliches Date mit meinem Gesicht, weil meine Mutter mich zur Intensivbehandlung in den Kosmetiksalon *What a wonderful world* schickt. Gewöhnlich teilen sie mir Deisy zu. So steht es auf ihrem Schildchen am Kittel.

DEISY WHAT A WONDERFUL WORLD PERSONAL CARE

Jedes Mal, wenn ich es direkt vor der Nase habe, während Deisy den Arm der Lupen-Lampe zurechtrückt, denke ich, dass auch sie ein bisschen Pech gehabt hat, mit Eltern, die ihr diesen Namen verpasst haben. Meiner ist im Grund genommen nicht schlecht.

Paola.

Paola und Riccardo De Giorgi.

Schöne Namen.

Aber an gutem Geschmack fehlt es ja bei mir zu Hause nicht. Mal abgesehen von den Ausländerkindern haben wir in der Klasse eine Selene, eine Pamela, einen Tomas ohne h, einen Jonathan mit h, eine Gessica mit G, eine Marika mit k und sogar eine Luana. Vergleichsweise habe ich also wirklich Glück gehabt.

Diese Frohnatur von Deisy quetscht und drückt und tupft fast eine Stunde herum, und zum Schluss, wenn mein Gesicht einer gekochten roten Rübe ähnelt, dreht sie den Spiegel zu mir hin. Aus der Nähe muss ich sehen, dass meine Nase zu einer dicken Wurst geworden ist, und dann das ganze pausbäckige Gesicht mit dem fliehenden Kinn, der niedrigen Stirn, den kastanienbraunen, stumpfen, fettigen Haarsträhnen und den tiefliegenden, noch feuchten Augen, weil Deisy es zwei- von dreimal hinkriegt, dass mir die Tränen herunterlaufen. (Ich hasse Tränen. Fast so sehr wie Aufzüge.) Jedes Detail vielfach vergrößert. Da der Spiegel den ganzen Horror nicht auf einmal fasst, dreht Deisy ihn hin und her, damit ich auch ja keinen Krümel ihrer phantastischen Arbeit verpasse.

»Endlich ein neues Gesicht«, zwitschert sie abschließend, während sie die Führung durch das Horror-Kabinett beendet.

In dem Augenblick gleicht sie aufs Haar Bellatrix Lestrange in der Verfilmung von *Harry Potter*: gespenstischer Blick, gekräuselte lange Haare einer Dark Lady, absolut komplett hoffnungslos dummer Gesichtsausdruck. Am liebsten würde ich ihr eine kleben. Eine schöne, schallende Ohrfeige. Klatsch! Die großen, schwarz umrandeten Augen, die falschen Wimpern, der passend zum Nagellack auberginefarben geschminkte Schmollmund: alles zermatscht und zu einem unansehnlichen Brei geworden, der an das erinnert, was ich jeden Morgen vor Augen habe, da ich nicht umhinkann, in den Spiegel zu schauen, während ich (erfolglos) versuche, meine Haare zu frisieren.

»Schau, Deisy. Endlich ein neues Gesicht«, würde ich zwitschern.

Es ist nur einfach so, dass sich wegen der fettigen Haut auf der Nase und am Kinn Pickel und Mitesser bilden, die keine Schwefelseife wegwaschen kann.

Eine Woche, nachdem Deisy geackert hat, blüht der erste Pickel, und vierzehn Tage später können wir wieder von vorne beginnen. Kurz vor der Regel ist die Blüte am üppigsten, ungefähr so wie die Rabatte mit gelben Narzissen in diesen Tagen. Für Cremes, Lotionen und eklige Nahrungsergänzungsmittel auf der Basis von Bierhefe gibt Mama ein Vermögen aus.

Das habe ich kapiert, als Antonio Ferrari mich darauf aufmerksam gemacht hat. »Mit dem, was ihr in der Parfümerie ausgebt, leben wir einen Monat lang«, hat er gesagt.

Es ist aber nicht so, dass Antonio und ich besonders vertraut miteinander wären. Alles in allem werde ich ihn zwei- oder dreimal gesehen haben. Viermal. Im Allgemeinen ziehe ich es vor, mich etwas abseits zu halten (das ist wohl das Mindeste nach dem, was passiert ist). Jedenfalls hatte ich diesen Aspekt noch nie bedacht. Wir sind reich, na gut. Wir haben das, was Reiche haben: eine Villa, einen Pool, eine Nanny. Nanny, wohlgemerkt, nicht eine Pflegerin (Pflegerin klingt zu sehr nach behindert). Allerdings eine Rumänin, die kostet weniger. Dann sind da noch die Therapeutinnen für Richi, die Reisen, das Haus in *Santa,* das Chalet in *Courma,* die vermieteten Wohnungen, die Aktienanteile. Sehr reich. Seit Opa tot ist, hat Papa seinen Platz im Vorstand der Costa Costruzioni Holding eingenommen, das sind vier Gesellschaften und fast sechshundert Beschäftigte. Meine Mutter arbeitet mit, aber weniger als er, wegen Richi. Das heißt, dass es wegen Richi sei, behauptet sie. Sagen wir einfach, es ist eine Art Teilzeit, ich will nichts Böses sagen.

Dass wir reich sind, stört mich eigentlich nicht. Glaube ich. Sollte es? Ich habe es mir ja nicht ausgesucht. Ich bin so geboren, auf der *richtigen* Seite, in der Oase des Friedens. Ist es der Ton, der mich stört?

Die Szene: Das Mädchen auf der Bank sagt: »Wir müssen jetzt los. Ich muss noch in die Parfümerie.« Ich rede nur so daher, bleibe aber sitzen. Richi schaut mich entsetzt an, als wollte er sagen: »Echt jetzt?«

Ich gehe nie in die Parfümerie. Zu viele Spiegel, zu viele Deisys. Ich sage es nur, weil wir tatsächlich los müssen, sonst begegnen wir noch Mama auf dem Rückweg aus dem Fitness-Studio und lassen uns auf der falschen Seite erwischen, aber ich habe keine Lust, es Antonio zu erklären. Noch nicht zumindest. Es war doch erst das dritte, nein, das vierte Mal, dass wir miteinander redeten, und ich habe einfach das Erste gesagt, was mir eingefallen ist.

An dieser Stelle blickt der Junge das Mädchen an und sagt: »Mit dem, was ihr in der Parfümerie ausgebt, leben wir einen Monat lang.« Dann steht er von der Bank auf, nimmt noch einen Zug aus der Zigarette, schnippt die Kippe weg und geht davon. »Man sieht sich«, sagt er, ohne sich umzudrehen.

Aber der Hammer war, dass er es ganz gelassen gesagt hat, fast lachend. So als wären wir die, die arm dran sind, die keine Ahnung von der Welt haben. Und nicht sie.

Sie, das wäre Antonios Familie. Mutter, Vater und ein Bruder im gleichen Alter wie Richi. Also genau wie bei uns, nur sind sie zwei Jungs, Antonio ist zwei Jahre älter als ich, und sie sind arm.

Sie wohnen in einem der Mietshäuser in der Margeriten-Siedlung. Antonios Vater ist ursprünglich Arbeiter, aber jetzt ist er auf Kurzarbeit und arbeitet schwarz als Anstreicher oder entrümpelt Keller und repariert tropfende Wasserhähne. Solche Sachen. Antonios Mutter arbeitet Schicht im Altersheim, und das ist schlimmer als das, was Nina macht, sagt Richi, denn die Signora Ferrari badet alte Leute, füttert alte Leute und wischt ihnen den Hintern ab, während Nina sich bloß um so ein reizendes Bürschchen wie ihn kümmern muss.

Antonio ist gut in der Schule, er geht in dieselbe Klasse wie Marta Della Vedova, macht dieses Jahr Abitur und studiert dann vielleicht Ingenieurwissenschaften. Sein Bruder ist eine Intelligenzbestie und hat lauter Einser. Ich bin nicht schlecht, aber was Richi angeht, na ja. Sagen wir, auf seine Art ist er spitze, aber es wäre wohl vermessen, ihm zu prophezeien, dass er Abitur, Studium und das ganze Zeug machen wird, was sie manchmal im Fernsehen erzählen, während sie einen wie ihn zeigen, der sich dann als mathematisches Genie entpuppt. Richi nicht. Aber nicht, weil er blöd ist, ganz im Gegenteil. Weißt du, wie viele Tests sie mit ihm gemacht haben? Der meistgetestete Junge, den ich kenne. Manchmal lag er sogar weit über dem Durchschnitt. Meiner Ansicht nach hat er einfach keinen Bock. Und ich verstehe ihn, weil alle dauernd an ihm herumzerren, sprich so, beweg dich so, heb dies, streck das. Deshalb ist er, wenn wir allein sind, zu nichts gezwungen, er muss weder reden noch sich bewegen. Er starrt auch mal eine halbe Stunde regungslos auf den Asphalt, ich sage nichts, mir soll's recht sein.

Aber warum hat mich Antonios Kommentar gestört? Warum denke ich immer noch darüber nach? Er wollte mich nicht vor den Kopf stoßen, glaube ich. Außerdem gehen alberne Beleidigungen bei mir hier rein und da raus, sie bleiben nicht hängen. Was mich fertigmacht, ist die Wahrheit. Ich spreche aus Erfahrung. Ein Beispiel? (Ich schweife ab, ich weiß. Das passiert mir auch beim Aufsatzschreiben. Das ist noch so ein Problem: Ich bin eine professionelle Abschweiferin, Weltmeisterin der Beispiele.) Also: Schulklo. Meine Klassenkameradin Marika raucht eine Zigarette und unterhält sich derweil mit zwei Mädchen aus der 2b. Sie wissen nicht, dass ich da drin bin. Marika sagt: »Kennt ihr Paola De Giorgi? Die mit …« (das letzte Wort verstehe ich nicht, weil sie die Stimme gesenkt hat).

»Ah, ja, kapiert. Das Pferdegesicht.«

Die andere fügt hinzu: »Wen meint ihr? Die mit den Beinen, die ihr bis zu den Titten reichen?«

Sitcom-Lachen. (Ich hasse Sitcoms.)

»Größe ist die halbe Schönheit!«, würde Oma sagen.

Sie würde freudestrahlend die Türe aufreißen, mit ihren ganzen majestätischen, eleganten 1,76 hinaustreten, eine Pirouette drehen und ta-daa, die drei mit ihren armseligen 1,60 sprachlos stehenlassen, nicht ohne einen Satz aus ihrem Repertoire: *Hast du ein Problem?*

Das würde Oma tun, nicht ich. Ich hocke die ganze Zeit, während Marika raucht, da drin eingeschlossen und bleibe auch noch ein paar Minuten, nachdem ich sie habe hinausgehen hören.

Pferdegesicht. Das ist keine Beleidigung. Es schmerzt, weil es stimmt. Wenn es aber die Wahrheit ist, ist es keine Beleidigung. Ich bin auf die Wahrheit fixiert. So wie Mama auf die Margeriten. Über Wahrheit lässt sich nicht streiten. Wir sind stinkreich, und das ist nicht meine Schuld. Mit dem, was wir in der Parfümerie ausgeben, leben sie einen Monat lang. Und das ist nicht meine Schuld. Ich bin ein Monster, und Richi ist ein Opfer. Wenn es jemanden empört, dass wir die Dinge beim Namen nennen, ist es nicht unsere Schuld.

»Stimmt's, Richi?«

Kein Wort, nur Kopfnicken. Heute keine *Konversation,* fast absolutes Schweigen. Mir ist es recht, Opf.

Vieles von dem, was Antonio sagt, verunsichert mich, auch dass er aufsteht und geht, ohne sich noch einmal umzudrehen, oder dass er Richi so anschaut, wie er ihn anschaut. Es ist nicht die übliche Reaktion, kein Erschrecken, So-tun-als-sei-alles-normal oder Mitleid. Es ist Neugier. Antonio ist neugierig. Unglaublich. Das sind wir nicht gewohnt. Ich zumindest.

»Du magst Antonio.«

Richi hebt die Augenbraue, dann grinst er schief. Ein ganz seltsamer Gesichtsausdruck, er braucht ihn nur mir gegenüber, und er bedeutet so was wie *Hm? Wer weiß? Vielleicht …*

»Na«, sage ich, »ich nicht.«

Vielleicht hätte ich gar nicht mit ihm reden sollen, als er zum ersten Mal daherkam. Wir saßen still und vergnügt auf einer Bank im Parco Di Vittorio, mitten in den Margeriten, wo Mama niemals vorbeikommen würde. »Ciao«, hat er gesagt und sich umstandslos zwischen mich und Richis Rollstuhl gesetzt. Er hat ihn gefragt, wie er heißt. Da mussten wir notgedrungen antworten. Außerdem hatte ich so halb damit gerechnet, da ich gesehen hatte, wie er in die Straße einbog, und mir schon dachte, dass er hier wohnt. Und es war auch zu erwarten, dass er herkommen würde, es war ja nicht das erste Mal, dass wir miteinander redeten.

Das erste Mal war in der Schule, wegen dem Video. *Danach* haben wir uns mindestens dreimal gegrüßt. Wenn wir uns in der Schule auf dem Gang begegnen, lächelt Antonio mir zu, auch wenn er nicht allein ist. Doch wenn mir wieder einfällt, dass er alles *wusste,* dann kommt Hass auf, reiner, glasklarer Hass. Etwas Körperliches, Metallisches, eine Art Krampf.

»Heute kein Parco Di Vittorio, Opf.«

Immer noch Schweigen. Auch für ihn ein schlechter Tag. Wenn keine Schule ist, fällt Richi das Los für die Morgentherapie zu. In den Ferien zählt er die Tage wie die Häftlinge im Knast. Also biegen wir in die Via dell'Artigianato ein, die letzte Straße vor dem Nichts.

Am liebsten mögen wir die Halle der Firma Campora Pietro & Sohn Eisenbau, die ganz hinten. Ein Kasten aus grauem Sichtbeton, mit einem weißblauen Schild. Rundherum ein massiver Gitterzaun. Ein schöner Zaun, wahrscheinlich haben sie ihn selber gebaut. Ich habe bei Google nachgesehen, was eine Eisenbau-Firma macht, und sie kann auch Gitterzäune machen. Von der Halle aus können sie uns nicht sehen, und wir können sie nicht sehen, weil innen am Zaun entlang eine mindestens einen Meter hohe Hecke wächst. Um Punkt 16 Uhr schaltet sich der automatische Rasensprenger ein (es ist schon passiert, dass wir nass geworden sind). Aber die Geschäfte gehen wohl nicht so gut, denn hier kommt nie jemand her.

Das ist der richtige Platz für uns.

Wir wählen die Ecke, die am weitesten von den Düsen der Bewässerungsanlage entfernt ist, ich setze mich mit dem Rücken zum Zaun. Wir teilen uns die Chips. Richi nimmt sich eine Riesenhandvoll raus, stopft sie auf einmal in den Mund und beginnt zu kauen. Meine Portion schmeckt leicht bitter und herb, wegen der Finger. Ich dürfte natürlich keine Chips essen und auch keinen Eistee trinken, von dem Mars ganz abgesehen, und Richi eigentlich auch nicht, denn Zähneputzen ist für ihn ein Drama und ihn zum Zahnarzt zu bringen ein Albtraum. Man muss abwarten, bis er mehrere kaputte Zähne hat, dann einen Termin in der Klinik vereinbaren und ihm eine Vollnarkose verpassen, beim normalen Zahnarzt dreht Richi nämlich völlig durch. Und das ist sehr merkwürdig, denn Richi versteht alles, und meiner Ansicht nach macht er es extra.

»Das machst du doch extra, dieses Zahnarzttheater.«

Hochgezogene Augenbraue und schiefes Lächeln. *Hm. Wer weiß. Vielleicht.*

Voriges Jahr haben wir die ganze Sache mit der Klinik durchgezogen, und Mama hat gesagt, eine Weile wolle sie nichts mehr davon hören. Daher darf Richi nur Süßigkeiten essen, wenn er sich hinterher sofort die Zähne putzt.

»Soll ich dir das Mars auspacken?«

Hier ist's nicht übel. Zwar nicht der Parco Di Vittorio, aber nicht übel. Der Rost ist recht bequem. In der Ferne sieht man die Wohnblocks der Margeriten, weiter drüben den Kran vom Biosolar. Ich bin gut genug drauf, um mich bei Facebook einzuloggen. Ich sende eine Freundschaftsanfrage an eine aus der 2c und akzeptiere die Anfrage von einer aus dem Schwimmkurs. Ohne das Video anzuhören, markiere ich ein Lied von One Direction auf Marikas Seite mit einem *gefällt mir*. Auf Carlottas Seite schreibe ich: *Aufsatz überlebt? :-).* Ich knöpfe meine Jacke auf, nehme Richi den Schal ab, schreibe ♥ *summer* auf meine Seite, dann lösche ich es und schreibe ♥ *spring,* poste es und schalte endlich alles ab. Das war jetzt heute das dritte und letzte Mal. Die tägliche Dosis. Alles muss wirken wie immer.

Vor uns ein Grundstück mit einem großen Schild:

GEWERBEAREAL 743/2

LETZTE VERFÜGBARE PARZELLEN

FÜR INFO TECNOEDIL SRL

ING. LORENZO DELLA VEDOVA

Die Tecnoedil gehört zu den Gesellschaften der Gruppe Costa Costruzioni. Lorenzo Della Vedova ist Papas rechte Hand. Gestern war er zum Mittagessen bei uns. Ich kann ihn nicht ausstehen, weil er mit Richi redet wie mit einem Kleinkind. Er ist Martas Vater. Die Mutter ist so eine Art Satellit, sie leuchtet kurz auf, wenn der Ingenieur sie anschaut, sonst siehst du sie gar nicht. Also: Wer ist eurer Meinung nach schuld daran, dass Marta so ist, wie sie ist?

Bei Tisch sagte der Ingenieur Della Vedova, er werde in den nächsten sechs Monaten weitere zehn Hallen hochziehen. Einen Schritt von der Margeriten-Siedlung entfernt.

»Plattmachen müsste man die«, erwiderte Mama.

Die Arbeiten sollen im Juni beginnen. Im Augenblick ist vor der Campora Pietro & Sohn noch alles frei, nur ein paar Erdhaufen, Bauschutt, Gras, einige gelbe Blumen und sogar zwei Vögel, die sich am Rand des Asphalts um einen Wurm streiten.

Aragorn, sagt euch das was? Der aus *Herr der Ringe*. Auf ihn habe ich am Kaffeeautomaten gewartet, jawohl. Drei Tage lang in banger Erwartung eines Typen, von dem du gar nicht weißt, wer er ist, was für ein Gesicht er hat, du kennst ihn nur von Facebook, aber er hat dich dazu gebracht, ihn treffen zu wollen, weil er als Profilbild ausgerechnet Viggo Mortensen in *Herr der Ringe* ausgewählt hatte.

Wenn ich an den Film denke, der da in meinem Kopf ablief. Aragorn. Wetten, Paoletta? Nur ein *wahnsinnig* interessanter Typ kann so eine Wahl getroffen haben. Eine phantastische Figur. Am Anfang ein bescheidener Landstreicher. Tausendzweihundert Seiten später der Retter von Mittelerde. Man muss wirklich blöd sein.

Wäre Antonio Ferrari nicht gewesen, würde ich immer noch da stehen. Als ich zum vierten Mal hintereinander entschlossen auf den Automaten zuging, hat er mich vor den Klotüren abgefangen, hat mich in die Lehrertoilette geschubst, den Schlüssel umgedreht und mir sein Handy unter die Nase gehalten. »Sei still und schau hin«, hat er gesagt. Ich habe nicht lange gebraucht, um zu kapieren, dass ich in Worldvision zu sehen war.

Drei Tage Dauerregen gaben mir die Gelegenheit, die Trilogie wiederzulesen, die Geschichte noch einmal zu durchleben, noch ein Kilo zuzunehmen, mir hundertmal über dem Mayonnaise-Glas zu schwören, dass ich nie, nie,

nie mehr auf so was hereinfallen würde. Dann hatte ich es satt zu grübeln und dem Regen zuzuschauen, und beim ersten Aufklaren habe ich Nina gebeten, Richi fertigzumachen. Um sie zufriedenzustellen, habe ich aus dem Schrank auf dem Speicher die Öljacke herausgeholt, da haben wir ihn reingepackt, auch die Räder abgedeckt, und nur das Gesicht freigelassen. Ich habe mir Papas Anorak über die Jacke gezogen und den Nylonhut aufgesetzt, und so ausstaffiert hat sie uns ohne zu viel Tamtam gehen lassen.

Am Tor weg mit dem Plunder, schnell hinter den Liguster stopfen, ständig die näher kommenden Autos im Auge. Drei schwarze BMWs. Ich dachte, mich trifft der Schlag, aber von Mama keine Spur. Sie rief an, dass sie sich noch weiter verspäten würde.

In diesen Tagen spielt alles verrückt: Mama geht nicht ins Fitness-Studio, sagt nichts zu den drei – drei! – süßen Teilchen zum Frühstück, gibt keine Anweisungen fürs Mittagessen, und Nina tischt eine Fleischpastete mit Kartoffeln und Käse auf, die eine Milliarde Kalorien hat. Papa kommt um zehn Uhr abends nach Hause, begrüßt nicht einmal Richi, fragt mich nicht, wie die Latein-Prüfung gegangen ist und ob ich Mathe gelernt habe, und schließt sich mit Mama, einem Stoß Papiere, einem Toast und einem Bier im Arbeitszimmer ein.

Echt super.

Also verziehen Richi und ich uns in aller Ruhe und ohne Sorge, dass uns jemand sieht, auf die falsche Seite, decken uns in der Bar an der Tankstelle mit Schweinereien ein, lassen uns durch die Windböen treiben, weiter durch die Unterführung und bis zum Parco Di Vittorio. Ab und zu nieselt es ein bisschen, aber dahinter scheint die Sonne, und in der lauen Luft trocknet man rasch.

Es ist kein richtiger Park, eher so wie die Grünanlagen hinter der Grundschule, wo Oma mich manchmal auf dem Spielplatz schaukeln ließ. Er liegt im Zentrum der Margeriten-Siedlung, hat keinen Eingang, ja nicht einmal einen echten Namen, er wird so genannt, weil in einer Ecke eine Gedenktafel angebracht ist, auf der steht:

I. MAI 1997

ZUM GEDENKEN AN DEN ABGEORDNETEN

GIUSEPPE DI VITTORIO

ANTIFASCHIST

GEWERKSCHAFTER

VON DER STADT AUFGESTELLT

ZU SEINEM 40. TODESTAG

Auch die Margeriten heißen nicht so. *Margeriten-Siedlung* ist nur der Name des Projekts, das die Costa Costruzioni eingereicht hat, als es Richi noch nicht gab und ich noch *Mamas süßes Mäuschen* war, mit rosa-weiß kariertem Schürzchen und weizenblonden Zöpfchen. Oma sagt *weizenblond* oder *honigblond* oder *wie Herbstlaub*. Wir sind ein einziges Gedicht. Richis Augen, zum Beispiel, sind für sie *aquamarinblau*.

Ich erinnere mich noch, wie ich damals die Nonne im Kindergarten einmal ohne Schleier gesehen habe, es war die Zeit von Kartoffelbrei mit Fleischküchlein, die Zeit der Margeriten. Daheim wurde von nichts anderem gesprochen. Margeriten hier, Margeriten da, und ich sah eine blühende Wiese vor mir, halb die Berge von Heidi und halb der Park der Villa mit den Pfauen am See, wo wir an einem Sonntag zu Besuch gewesen waren.

»Von wegen Wiese!«, lachte Oma, als ich es ihr erzählte. »Sagen wir, der Dottore betrachtete dieses Projekt als eine Blume im Knopfloch. Wo nichts war, ist jetzt ein Stadtviertel, und das ist sein Verdienst.«

Oma nennt ihren Mann »Dottore«, so, wie ihn seine Angestellten nannten. Und die *Margeriten-Siedlung* heißt in Wirklichkeit PEEP, das heißt Piano Edilizia Economica Popolare, Projekt für günstigen und gemeinnützigen Wohnungsbau.

Antonio sagt: »Ich wohne im PEEP.«

Der Parco Di Vittorio ist im Zentrum des PEEP.

Das Biosolar ist die letzte Parzelle des PEEP.

Seit ich das herausgefunden habe, erwidere ich, wenn jemand von den Margeriten oder vom Biosolar spricht, PEEP.

Peeeeeeeep. Damit es richtig obszön klingt.

Mama: »Die Margeriten sind ein übles Pflaster.«

Ich: »Meinst du das Peeeeeep?«

Oma: »Die Margeriten-Siedlung ist das Meisterwerk deines Opas.«

Ich: »Also das Peeeeep?«

Ingenieur Della Vedova: »In zwei Monaten reichen die neuen Hallen bis zu den Margeriten.«

Ich: »Wollen Sie sagen, bis zum PEEP?« (ihm gegenüber kein ordinärer Unterton).

Und so weiter. Mama wird wütend. Du weißt doch, Ma: Deine fixe Idee ist die Margeriten-Siedlung, meine fixe Idee ist die Wahrheit.

Ich könnte auch *Sozialwohnungen* sagen, denn das ist die Bedeutung von PEEP. Aber bevor mir das jemand erklärt, kann ich warten, bis ich schwarz bin. Zum Glück gibt es Google, und liebe Oma, es tut mir ja leid, aber ich muss dich enttäuschen: Der Dottore hat rein gar nichts erfunden, das Netz ist voll mit PEEP.

Soweit ich's kapiert habe, funktioniert die Sache so: Die Stadt stellt das Grundstück (wenn sie keins hat, kauft sie eins), und darauf baut jemand Wohnhäuser, Straßen und andere nützliche Dinge wie Grünanlagen, Turnhallen oder »Begegnungszentren« (wer weiß, was das ist). Dann werden die Wohnungen verkauft (es ist kein richtiger Verkauf, aber so etwas Ähnliches). Einige Wohnungen behält die Stadt und kann dann entscheiden, ob sie sie an alte Leute vergibt oder an Flüchtlinge oder sogar an Zigeuner, die nicht in Wohnwagen oder Baracken-Camps wohnen.

Beim PEEP hat Opa das Geld für das Grundstück kassiert, das er als Acker gekauft und dann an die Stadt weiterverkauft hat, als es Bauland geworden war. Und anschließend hat er das Geld für die Wohnungen kassiert, denn sowohl die Margeriten wie auch das Biosolar sind von Costa Costruzioni hochgezogen.

»Eins seiner Wunder«, sagt Oma.

Der Dottore war ein wichtiger Mann. Bei seiner Beerdigung waren sogar Reporter vom öffentlichen Fernsehen da (die von den Regionalnachrichten, aber immerhin). Meiner Ansicht nach ist der Parco Di Vittorio allerdings weder eine Blume im Knopfloch noch ein Wunder (auch wenn er für mich und Richi perfekt ist, gerade weit genug weg von zu Hause).

Er ist bloß ein Rechteck, zur Hälfte bepflanzt mit halbdürrem Rasen, drei Birken, einer leidenden Linde und ein paar Büschen. Das Grün wird freundlich vernachlässigt von der Konditorei Santi. Es gibt auch zwei mit Steinplatten gepflasterte Wege, die sich auf der Höhe einer burgförmigen Plastikrutschbahn kreuzen. Dann noch ein rostiges, quietschendes, kleines Karussell und drei Sprungfedertiere: ein Tintenfisch, ein Hund und ein Elefant mit zerbrochenem Sperrholz-Rüssel. Die andere Hälfte des Parks besteht aus einem bohnenförmigen, kleinen Platz, rot gekachelt und von einem niedrigen Geländer gesäumt.

Antonio behauptet, es sei eine Rollschuhbahn, aber ich habe dort noch nie jemanden mit Rollschuhen gesehen. Der Boden ist beschädigt, zwischen den Kacheln sprießt Gras. Rundherum läuft ein Fußweg, an dem alle paar Meter grüne Metallbänke festgeschraubt sind, und dort lassen wir uns gewöhnlich nieder und halten uns abseits von dem Kiosk, wo man leicht auf Jugendliche aus dem Viertel trifft. Wir ziehen die Alten vor, die Pflegerinnen, die Mütter und die Kinder, aber nur, wenn sie noch sehr, sehr, sehr klein sind.

Heute keine Menschenseele weit und breit. Ein echtes Wunder. Wahrscheinlich wegen des Wolkenbruchs, auch wenn der Tag nun herrlich wird: Die Bäume tropfen, das Gras saugt sich mit Wasser voll, die Rollschuhbahn glänzt und glitzert. In einer Pfütze in der Mitte spiegelt sich der blaue Himmel. Wenn man zur Biosolar-Baustelle hinüberschaut, sieht man über dem Kran den Regenbogen.

Als ich gerade das Junkfood herausholen will (zwei Päckchen Cipster, zwei Bounty und zwei Dosen Coca-Cola), taucht Antonio auf dem Scooter auf. Sobald er uns sieht, bremst er. Hinten drauf, an ihn geklammert, ein kleiner Junge mit schwarzem Helm in schwarzer Windjacke und schwarzen Jeans. Arme und Beine stehen ab wie Spinnenbeinchen.

»Aha, heute seid ihr hier. Ich hab ihn von der Schule abgeholt«, sagt er.

Die beiden sind tropfnass.

»Ich bring ihn heim, dann komm ich runter.«

Nun. Es stimmt, dass wir uns in letzter Zeit oft gesehen haben (abgesehen von den letzten drei Tagen). Es stimmt, dass ich ein bisschen damit rechne, ihm zu begegnen, wenn wir herkommen. Aber abgemacht ist es nicht. Die Begegnung ist *zufällig*. Immer. Ich bin sprachlos, wenn er auf seinem Scooter anhält und sagt: *Wartet auf mich, ich komme gleich wieder*. Als wären wir seinetwegen hier. Als wären wir *verabredet*. Doch es gefällt mir. Und wie es mir gefällt. Wie ein kleiner Schauder unter der heißen Dusche.

Ich will schon ja sagen, als ich fühle, wie ich rot werde. Rasch presse ich die Lippen zusammen. Paola. PAOLA. Der gleiche Schauder wie der, der mich drei Tage hintereinander zum Getränkeautomaten geschickt hat, von da direkt in die Sozialen Medien und von da ins weltweite Streaming.

Die kleine Spinne klettert derweil herunter. Nähert sich Richi, nimmt den Helm nicht ab.

»Filippo?«, frage ich.

Antonios Bruder nickt. Ein Außerirdischer, ein schwarzer Marsmensch mit Wasserkopf. Die Taschenausgabe eines schwarzen Sith-Lords ohne Umhang. Er hat sich direkt vor Richi aufgebaut. Wetten, dass er ihn unter dem rauchfarbenen Visier anstarrt? Wenn es neben dem Verhalten von Ingenieur Della Vedova und außerplanmäßigen Physiotherapiesitzungen noch etwas gibt, das den Opf nervös macht, dann das. Ich merke es daran, wie er im Rollstuhl hängt und woandershin schaut. Wenn er will, kann er gerade sitzen. Nicht kerzengerade, aber doch ziemlich anständig. Das dagegen ist seine *Leck-mich*-Haltung.

»Steig auf, Fili, du bist klatschnass, ich bring dich heim.«

Filippo rührt sich nicht. Aber er redet, keiner hört was, und Antonio klopft an den Helm.

»Den musst du schon abnehmen.«

Filippo klappt das Visier hoch: »Bist du der, der mit Righetti spielt?«

Vladimiro Righetti, der schulische Betreuer, ist der große Bruder, von dem jeder Zwölfjährige mit ernsten Folgen einer vermutlich frühkindlichen Hirnlähmung träumt. Nur dank dieses Namens beschließt mein Bruder Riccardo, die Weltallspinne zur Kenntnis zu nehmen. Viel langsamer, als er könnte, wenn er wollte – er liebt die Spannung, das Entsetzen in den Augen, das *Ob-er-es-schafft?*, das niemand unterdrücken kann, wenn er ihm bei bestimmten Sachen zuschaut –, stützt sich auf das Handgelenk, das er weniger gut kontrollieren kann, und richtet sich heftig zitternd auf.

»Er behauptet, du seist gut«, bekräftigt der Marsmensch.

»Er sollte sich um seinen eigenen Kram kümmern.«

»Richtig gut.«

»Und das solltest du auch.«

»Aber worin denn gut?«, mische ich mich ein.

»Im Schach. Weißt du das nicht?« Filippo sieht mich an, als wäre ich die Außerirdische: »Righetti sagt, er ist ein Phänomen.«

Ein *Phänomen*.

Todernst. *Lichtjahre* entfernt von jeder Ironie. Schach. Phänomen. Geschichtsbuch: Tisch, Schachbrett, ein Vorhang, eine Zimmerpflanze, zwei Typen in Anzug und Krawatte. Bildlegende: *Reykjavík 1972. Mit dem Spiel zwischen dem Amerikaner Bobby Fischer und dem russischen Meister Boris Spasski um den Titel des Schachweltmeisters ist der kalte Krieg auch auf dem Schachbrett angekommen.* Richi ähnelt mehr dem Amerikaner, gleicher Haarschnitt, gleiche lässige Haltung (in Wikipedia steht ja auch, dass dieser Fischer nicht ganz richtig war).

Warum zum Teufel hat Richi mir das nie erzählt? Mit wem redet er, wenn nicht mit mir? Über mich weiß er alles. Auch wenn er mein kleiner Bruder ist. Mit wem soll ich sonst reden, wenn nicht mit ihm? (Er weiß von der Facebook-Geschichte, zum Beispiel.) Als ich ihn dann am Abend gefragt habe, lautete seine Antwort, ich könne doch sowieso nicht spielen. Eiskalt und absehbar: ein Monster der Logik, das *Phänomen*.

»Ich spiele nur mit dem Computer«, beharrt Filippo.

»Hör zu, Paola. Ich bin nass und er auch. Wir haben unterwegs von der Schule bis hierher ganz schön viel Regen abgekriegt. Zu Hause ist niemand. Kommt doch mit rauf. Wir trocknen uns ab, und die zwei spielen eine Partie.«

Es ist keine Frage, auch wenn Filippo *au jaaa* antwortet und Richi von der Höhe seines Ruhms als Meister nuschelnd seine Zustimmung signalisiert, viel unartikulierter, als er könnte, wenn er wollte.

Es ist keine Frage – es ist ein weiterer kleiner Schauder.

Sie wohnen im vierten Stock eines siebenstöckigen Hauses, das zum Kiosk im Parco Di Vittorio hinausgeht. Der Lift ist horror, eine Art Metallsarg, so eng, dass Richis Rollstuhl gerade noch reinpasst. Zu meiner Überraschung macht er keine Szene, lässt sich hineinschieben, Filippo quetscht sich zwischen das Rad und die Tür und unterbricht seine Ausführungen über Eröffnungen und Varianten nicht einmal, während er auf den Knopf drückt.

Auf den Aufzug warten? Zu Fuß hinaufgehen? Ich entscheide mich für die Treppe, aber es ist die verkehrte Wahl: Sie ist genau wie der Aufzug, das billigste Modell, nebeneinander ist man sich im Weg. Rechnen, das konnte der Dottore, sagt Oma immer. Und so male ich mir beim Hochsteigen aus, welchen Eindruck mein in die Jeans gezwängter Riesenhintern auf Antonio macht. Eine Qual. Ich gehe zügig, auf Zehenspitzen, mit zusammengekniffenen Pobacken und angespannten Waden, ich wünschte nur, es wäre vorbei, deshalb beschleunige ich, atme mit geschlossenem Mund, um nicht zu zeigen, dass ich außer Puste bin, aber im dritten Stock muss ich anhalten, um Luft zu holen.

»Topfit, was?« Antonio genießt es.

Als wir oben ankommen, stehen die zwei schon vor der Tür. Richi sieht mich mit diesem verschlagenen Lächeln an, das nur Nina und ich von ihm kennen. So grinst er, wenn er uns bei etwas erwischt, das uns insgeheim verlegen macht. Wenn Nina sagt: »Ich hab nur ganz kurz die Augen zugemacht, aber ich schlafe nicht, im Gegenteil, *Don Matteo* gefällt mir, wenn's nur in Rumänien auch so schöne Fernsehserien gäbe.« Oder wenn ich mit undurchdringlicher Miene zu Marta sage: »Hätte ich nur gewusst, dass du vorbeikommst. Dann hätte ich dir Bescheid gesagt, dass ich weg muss.«

»Was gibt's da zu lachen«, zische ich ihm keuchend zu. Und um ganz sicher zu sein, dass er mich verstanden hat, zwicke ich ihn auch noch rasch in den gesunden Arm.

Antonio schließt unterdessen auf, zieht die Schuhe aus, verschwindet hinter einer Tür und kommt barfuß wieder heraus. In der Hand hält er ein Paar Pantoffeln.

»Zieh die an«, sagt er zu Filippo.

Dann schiebt er Richi hinein, der Rollstuhl hinterlässt eine nasse Spur auf dem falschen Parkett. Ich streife meine Schuhe auf der Schrift HOME SWEET HOME ab.

»Zieh dich um, Fili. Häng deine Jacke über die Badewanne.«

Man sieht einen Flur mit blassgelben Wänden, einen Schirmständer aus goldglitzerndem Metall, eine holzfarbene Konsole, eine Schale voller Schlüssel, an einem Pfosten aufgehängt eine Reihe von gerahmten Fotografien von Antonio und Filippo und der ganzen Familie bei einem Ausflug auf einem Boot, auf dem steht *Visita il Golfo Paradiso*.

»Kommst du rein oder willst du weiter draußen Wache stehen?«, fragt Antonio.

Noch nie habe ich eine Wohnung dieses Viertels betreten. Aber kann ich sie mit geschlossenen Augen beschreiben, es ist eine Standardwohnung: Wohnzimmer, Küche, Kinderzimmer 3 × 3,50, Elternschlafzimmer 4 × 4, Bad, Balkon. Garagenplatz extra. Filippo kommt in einer verwaschenen Power-Rangers-Aufmachung zurück, dann verschwindet er erneut und taucht mit einem Holzköfferchen wieder auf.

»Trockne dir erst die Haare.«

»Wozu? Ich hatte doch den Helm auf.«

»Lass mal fühlen. Nass. Trockne sie. Wollt ihr euch auch abtrocknen?«

Ich fasse mir an den Kopf und schaue Richi an. Er grinst immer noch.

»Als wir raus sind, hat es nicht mehr geregnet.«

Eine Lüge, aber Antonios Handtuch, Antonios Föhn und Antonios Haarbürste, nein, das hätte mir gerade noch gefehlt. Er verschwindet mit Filippo, vermutlich im Bad, mit WC und Duschwanne, alles in einem Raum.

»Kannst du mir mal sagen, was es da zu lachen gibt?«

»Du machst ein Gesicht.«

»Was für ein Gesicht?«

»Angst.«

»Hör schon auf. Wovor denn Angst?«

»Angst, Angst.«

»Hör auf, Opf.«

»Du muuusst keine Angst haaaben. Das ist nicht reaaal, das ist aaalles nur in deinem Kooopf.«

Mit *absichtlich* gedehnten Vokalen. Richi sagt den Satz, den ich immer sage, so, wie ich ihn sage, wenn er wegen irgendwas verrückt zu spielen beginnt, etwa beim Zahnarzt oder im Aufzug (ich hasse Aufzüge auch, aber deswegen schrei ich doch nicht herum, wenn ich mal einen nehmen muss. Ich kriege Schweißausbrüche und werde blass. Nur einmal bin ich umgekippt, weil der Aufzug blockiert hat).

Plötzlich öffnet sich die Badezimmertür, und Filippo schießt heraus.

»Gehen wir«, sagt er zu Richi. Er legt ihm das Köfferchen auf die Knie und schiebt den Rollstuhl in ein anderes Zimmer.

Antonio hat sich umgezogen, er trägt ein blaues T-Shirt, eine helle Jeans und Gel im Haar.

»Komm mit«, sagt er.

»Ich fürchte, es ist zu spät.«

»Lass sie spielen, sei nicht so. Eine Viertelstunde.«

Ich folge ihm in die Küche. Ein langer, schmaler Raum mit zusammengestückeltem Mobiliar, die Anrichte anders als die Hängeschränkchen, der Tisch anders als die Anrichte, ein Plastiktischtuch mit Sonnenblumenmuster, gesäumt mit Synthetikspitze. An dem einzigen freien Stück Wand ein Regalbrett, tapeziert mit einer Postkartencollage. Antonio öffnet den Backofen und holt eine Platte mit Apfelkuchen heraus.

»Magst du?«

»Bäckt deine Mutter Kuchen?«

»Deine nicht? Er ist sehr gut, probier mal.«

Er reißt zwei Blatt Küchenpapier ab, schneidet zwei Stück Kuchen auf und trägt sie ins Nebenzimmer. Ich weiß nicht, was ich tun soll, und trete an die Fenstertür, so kann ich hinausschauen und muss nicht mitten im Zimmer warten, bis er wiederkommt. Draußen ist ein kleiner, braun gekachelter Balkon, darauf steht ein Topf mit Basilikum, einer mit Rosmarin, und innen am Geländer, mit einer schlaffen, durchsichtigen Plastikplane voller kleiner Pfützchen geschützt, hängen Blumenkästen mit ein paar grünen Stümpfen, die ich trotz der Intensivkurse unseres Gärtners Pietrangelo Buttita nicht erkenne. Vier Stockwerke weiter unten der Parco Di Vittorio. Richis und meine Bank. Wo ich jetzt gern säße, mit meinem Bounty und dem Regenbogen über dem PEEP-Biosolar.

»Dein Bruder bewegt die Figuren nicht selbst, er sagt so was wie Pferd nach C6, und Filippo macht den Zug für ihn.«

Mit dem guten Arm könnte Opf es auch allein versuchen, denke ich.

»So ist er eben. Wenn er groß ist, will er ein südamerikanischer Diktator werden. Ich wusste gar nicht, dass er Schach spielt. Das hat er mir nie erzählt.«

»Er wird dir ja nicht alles sagen. Setz dich. Willst du nun ein Stück?«

Jeder Stuhl, egal welcher, ist zu nah an seinem. Vor ihm essen? Das soll wohl ein Witz sein. Und nein, Mama bäckt keine Kuchen. Erstens macht Kuchen dick, und zweitens hasst sie es, daheim zu sein, von Sachen wie Marmelade kochen und Kuchenteig rühren ganz zu schweigen. Das Schönste ist für Mama, *nicht* daheim zu sein. Und da fängt der Schlamassel an, denn ab und zu überkommt sie das Ich-bin-eine-schlechte-Mutter-Schuldgefühl, dann lädt sie Richi ins Auto, verschnürt ihn wie eine Salami, damit er nicht hin und her schlenkert, lässt mich hinten einsteigen, und gemeinsam, wie eine *glückliche Familie,* brechen wir auf zu ihrer Lieblingsbeschäftigung: Wir drehen *eine schöne Runde im Zentrum.* Eine Viertelstunde im Rampenlicht vor den Schaufenstern, und schon ist sie genervt von den Blicken, die wir auf uns ziehen, daher beschleunigt sie den Schritt, und wenn wir jemandem begegnen, den sie kennt, grüßt sie nur flüchtig, als hätte sie es eilig, an ein Eis ist nicht zu denken, halblaut sagt sie zu Richi Sachen wie *halt dich gerade, Schatz, komm, mein Küken, benimm dich, mach Mama eine*

Freude, also ehrlich, musst du dich wirklich so gehenlassen,
sag du's ihm, Paoletta, und bei *sag du's ihm, Paoletta* verliert Richi, der sich wirklich maßlos gehenlässt, endgültig
die Geduld, legt eine seiner grandiosen Szenen hin, und wir
kehren alle fröhlich zum Auto zurück. Und für mindestens
ein paar Wochen hält Mama ihre Schuldgefühle im Zaum.

»Möchtest du wirklich nichts?«

»Wir können einfach nicht so lange bleiben.«

»Bitte. Setz dich doch. Filippo hat nicht viele Freunde.«

»Richi noch weniger.«

»Er ist ein bisschen anders als die anderen.«

»Nie so sehr wie Richi.«

»Ich meine, er macht nicht das, was alle machen, er spielt
zum Beispiel nicht Fußball, ihm gefallen andere Sachen. Er
weiß alles über Kometen und die Tiere in der Taiga. Ich
habe keine Ahnung, was die Taiga überhaupt ist. Er macht
Geländelauf. Stell dir mal vor. Und wie viele Jungs kennst
du, die Schach spielen? Richi geht es bestimmt gut da drüben, falls das deine Sorge ist.«

Ich kenne den Opf, Antonio hätte eher an das Wohl seines eigenen Bruders denken sollen.

»Du spielst ja auch nicht Fußball.«

»Nein, aber in seinem Alter habe ich gemacht, was alle
machten. Mehr oder weniger. Du hast auch nicht viele
Freunde.«

»Wie meinst du das?«

»Ich meine, dass du nicht viele Freunde hast. Ich wüsste
nicht, wie ich das sonst sagen soll. Wenig Sozialleben. Keine
Mädchenfreundschaften. Im Pub habe ich dich nur ein einziges Mal von weitem gesehen. Kein Flanieren im Zentrum

am Samstagnachmittag. Du liest einen Haufen Bücher. Du bist anders.«

»Ich bin absolut normal.«

Ich bin genau wie die anderen. Hässlicher, aber das ist kein passendes Gesprächsthema vor einem Stück Kuchen, das ich in seiner Gegenwart bestimmt nicht essen werde, fett wie ich bin.

Ich achte to-tal darauf zu machen, was die anderen machen. Ich verschicke eine Menge Textnachrichten voller Abkürzungen, x und ☺. Auch auf Facebook tue ich, als wäre nichts. Ich aktualisiere ständig mein Profil. Bevor diese Geschichte passierte, hatte ich sogar auf meine Seite geschrieben, *wer ist eigentlich dieser A… von Giuseppe Di Vittorio?* Bisher kamen nur zwei Antworten: *ich glaube, ein toter Musiker* (Tomas) und *schon auf Wikipedia gekuckt?* ☺ (Selene). Nur den Chat habe ich abgestellt (das kann man nicht auch noch von mir verlangen). Und ich versuche, mich genauso anzuziehen wie alle anderen (sogar besser, Mama scheut keine Kosten). Das alles fällt mir nicht leicht, seit erwiesen ist, dass die anderen herzlose Ungeheuer sind. Es war auch schon vorher schwer, im Grund habe ich es schon immer gewusst. Aber was ist die Alternative? Allein sein? Mit niemandem reden?

In der zweiten Klasse Mittelstufe, im Alter von Riccardo und Filippo, habe ich es ausprobiert. Eines Tages habe ich aufgehört, mit meinen Klassenkameraden zu sprechen, und nur noch den Lehrern geantwortet. Das Ergebnis meines Experiments der selektiven Stummheit war, dass Mama sich nach einem Monat in Schale geworfen und mich ins dreizehnte Stockwerk eines Wolkenkratzers in Mailand geschleppt hat. Türschild, Eichenparkett mit Nussbaum-Intarsien, Perserteppiche und getäfelte Wände.

»Nur eine ärztliche Untersuchung, Paoletta.«

Nur? Nur, Ma? Reden wir Klartext. EINE. ÄRZTLICHE. UNTERSUCHUNG. Nur für mich. Du und ich, allein. Einen ganzen Tag. In Mailand (die Ärzte in Mailand sind immer für Richi). Ich war überglücklich.

Drinnen erwartete ich weiße Kittel, Stethoskop, vielleicht das Lämpchen, um in den Hals zu leuchten. Aber nichts dergleichen, schwarze Ledersessel mit Metallrohr wie bei uns zu Hause im Salon, eine Chaiselongue wie in unserem Partykeller und jede Menge Bücher. An den Buchrücken habe ich erkannt, dass der Typ, der uns empfangen hat – ein Schönling, segelgebräunt (das macht einen Unterschied), maßgeschneidertes Jackett (das macht einen Unterschied), Hemd mit Monogramm, Manschettenknöpfe aus Gold mit Emaille, handgefertigte Schuhe –, kein richtiger Arzt war. Höchstens ein Psychologe, ein Psychoanalytiker oder so was.

Eine Weile hat dieser angebliche Doktor mit meiner Mutter über mich gesprochen. Man merkte, dass sie vorher telefoniert hatten, denn sie wiederholte dauernd *wie schon gesagt*. Mama verlor erst den Faden, als er fragte: »Menarche?«

Die Ärmste. Meine Mutter hat studiert, hat an der Bocconi-Universität promoviert, liest Baricco. Aber man kann ja nicht alles wissen. Sie hat die Augen aufgerissen. Hektisch herumgestammelt. Ein erbärmliches Schauspiel. An dem er sich eine Weile ergötzt hat, bevor er wiederholte: »Menarche?«

Da wurde mir klar, mit was für einem Echten Aas wir es zu tun hatten. Er genoss es sichtlich, sie noch weiter zappeln zu lassen, bevor er mit halbgeschlossenen Augen durch die Nase seufzend erklärte: »Erste Menstruation?«

Sobald ich mit ihm allein war, hat er den Blick von dem Nichts hinter mir abgewandt und mich angesehen. Ich hätte an jedem anderen Ort sein wollen. Sogar im Zentrum *eine schöne Runde* drehen, sozusagen. Am Anfang hat er lauter Sachen gefragt, die nichts mit dem *Problem* zu tun hatten, und endlos lange gebraucht, bis er endlich gefragt hat, warum ich denn zu reden aufgehört hätte. Ich habe geantwortet, ich hätte gar nicht aufgehört. Mit ihm redete ich doch, oder? Es sei ein Experiment gewesen: Da mir die Jungen in meiner Klasse nicht gefielen und ich die Mädchen alle blöd und gemein fand, wollte ich mal schauen, was passieren würde, wenn ich aufhörte, das Wort an sie zu richten.

»Und wie ist es gelaufen?«

»Schlecht. Sie sind noch genauso, und ich bin in der Pause immer allein.«

Der falsche Doktor hat ein ausdrucksloses Gesicht gemacht, so ein Gesicht habe ich nie mehr gesehen. Dachte er wirklich an nichts? Ist es möglich, *nichts* zu denken? Das würde ich gerne lernen, so ein Gesicht zu machen, es könnte nützlich sein. Er hat etwas auf ein Blatt Papier geschrieben und mich dann gefragt, warum ich es meiner Mutter nicht erklärt habe.

»Sie hat mich nicht danach gefragt.«

»Lakonisch und idiosynkratisch«, hat er erwidert.

Ein Triumph. Schön, weil unerwartet. Man hat sofort gemerkt, dass dem Falschen Doktor Echtes Aas dieser Kommentar herausgerutscht war. So wie wenn einer mehr sagt, als er eigentlich will. Aber ich vergesse es nicht. Sobald ich wieder daheim bin, gehe ich als Erstes ins Internet und gebe bei einem Onlinewörterbuch ein:

Lakonisch: Adj., jemand, der sich knapp und präzise ausdrückt, ohne viele Worte.

Idiosynkratisch: Adj., von unüberwindlicher Abneigung erfüllt und entsprechend auf jemanden, etwas reagierend.

Und da ich nun schon dabei war und man dem Kerl nicht trauen konnte:

Menarche: Subst., f., Zeitpunkt des ersten Eintretens der Regelblutung.

Ich denke nicht, dass es schlimm ist, *lakonisch und idiosynkratisch* zu sein. Es bedeutet, dass man jemand ist, der ohne viele Umschweife die Wahrheit sagt. Ich denke, wenn er nicht das Echte Aas wäre, das er ist, hätte er doch Klartext reden und mir die nachfolgende Predigt ersparen können: Liebe Paoletta, das Leben ist vielleicht manchmal nicht so toll, die anderen können auch ein bisschen fies sein, aber was willst du machen? Wenn du wieder zu sprechen anfängst, hält sich der Schaden in Grenzen.

So erinnere ich mich jedenfalls. Womöglich habe ich es mir nur eingebildet, denn genau bedacht war er der, der lakonisch war. Auch meine Mutter hat er anschließend in fünf Minuten abgefertigt. Ich wartete draußen und betrachtete ein Plakat mit drei farbigen Streifen, gelb, rot und orange, und darunter stand *Rothko* MOMA *April 1996*. Zum Schluss haben wir bei einer armen Magersüchtigen mit schwarzem Rollkragenpulli und platinblonden, am Kopf klebenden Haaren vierhundert Euro bezahlt, und als wir endlich im Aufzug allein waren, hat Mama das wiederholt, was sie in diesen Wochen des selektiven Mutismus schon hunderttausendmal gesagt hat: Sehr gut, Paoletta. Du versprichst mir, dass du ab morgen wieder anfängst, mit deinen Schulkameraden zu *interagieren*. Auch das war keine Frage. Und sie hatte maßlose Angst.

Am nächsten Tag habe ich wieder zu sprechen angefangen, hauptsächlich aus zwei Gründen. Erstens, weil ich es satthatte. Allein sein ist großartig, aber zu viel ist ungesund, da wird man leicht etwas plemplem, ich zum Beispiel verbrachte die Pause damit, die Aufgaben noch mal abzuschreiben, die ich schon gemacht hatte, oder ich versteifte mich darauf, den Unterrichtsstoff so auswendig zu lernen, wie er im Buch stand. Sinnloses Zeug eben. Zweitens, weil es eindeutig so war, dass manche Sachen bei uns zu Hause nicht gern gesehen waren. Psychologen und so was, meine ich. Wegen Richi hatten meine Eltern eine Reihe von Sitzungen absolviert, aber beim dritten Mal hatte sich mein Vater geweigert mitzugehen und gesagt, dieser alberne Doktor könne sich seine Scheißtheorien in den Arsch stecken. Wortwörtlich. Meine Mutter hatte gesagt: »Aber Carlo, vor den Kindern!«, und erleichtert gelächelt.

Kurz, Psychologie ist nicht so unser Ding. Und man kann natürlich keine hochspezialisierten Experimente mit selektivem Mutismus machen, wenn man alle gegen sich hat. Mama fürchtete nur immerzu, jemand könne es erfahren, und wenn sie mich fragte, wie es in der Schule war, und ich erwiderte »normal, Ma«, senkte sie jedes Mal den Kopf mit einem Ausdruck wie das jüdische Zimmermädchen in Gegenwart von Ralph Fiennes in *Schindler's List* (die Geschichtslehrerin ist auf Filme über den Zweiten Weltkrieg fixiert).

Mit meinem Vater sowieso null Gespräch, als wüsste er gar nicht, was läuft, aber ich glaube, er tat nur so, denn einmal, als ich schon wieder zu sprechen begonnen hatte, habe ich gehört, wie sie darüber diskutierten. Sie sagte, das Problem habe mit meiner Entwicklung zu tun gehabt, da ich bald darauf meine Regel bekommen hätte, und er schwieg dazu.

Menarche-Mutismus.

Klassischer Fall von.

Niemand ist so taub, als wer nicht hören will, würde Oma sagen, wenn sie die Geschichte kennte. Na, eines Tages werde ich sie ihr erzählen. Warum sie es ihr nicht sagen wollten – weder ihr, noch, *um Gottes willen, Paoletta,* dem Dottore –, kann ich mir nicht erklären. Vielleicht hat es damit zu tun, dass bei uns daheim sowieso schon einiges merkwürdig war. Vielleicht kann jeder in seinem Leben nur eine gewisse Menge davon vertragen, und meine Eltern hatten ihren Teil schon mit Richi abbekommen.

(Frage an Oma: Meinst du, ich bin denen daheim deswegen nicht recht, so wie ich bin, ungeschminkt, mit Experimenten und Übergewicht und allem? Begreifst du langsam, *was für ein Problem ich habe*? Das ist nur eine kleine Kostprobe.)

»Ich will nicht sagen, dass du nicht normal bist. Aber ich kann mir einfach nicht vorstellen, dass deine Schulkameradinnen mit einem kleinen Bruder durch die Gegend laufen. Nicht so, nicht auf diese Weise.«

Es gefällt mir, wenn Antonio so etwas sagt. Man merkt, dass er nicht bloß daherredet. Es bringt mich aus dem Konzept, weil er keine *Konversation* macht, sondern den Dingen auf den Grund geht. Ich fühle mich ernst genommen. Aber das ist kein ausreichender Grund, um ihm von den *sechzig Minuten zügig gehen* zu erzählen. Ich will ihm nicht sagen, dass, während meine Mutter glaubt, eine Schlacht gewonnen zu haben, mein Bruder und ich den Krieg gewonnen haben. Diese sechzig Minuten sind besser als der ganze restliche Tag. Man kapiert, was daheim abgeht, in der Schule, mit Nina, mit dem Dottore, mit Marta, sogar mit Oma und dem Gärtner. Niemand weiß, wohin wir gehen, niemand ahnt, dass wir uns mit Junkfood vollstopfen, das wir nicht essen dürften, dass wir uns dort aufhalten, wo es nicht erlaubt ist, und dass wir in dieser Stunde nichts von all dem tun, was der Opf und ich tun sollten: überschüssige Kalorien verbrennen und Aussprache üben.

Und das Schöne ist, dass wir mindestens eine Stunde lang nicht wer weiß was anstellen, nein, wir machen einfach nichts, gar nichts, wir schweigen, ich denke an meine Sachen, er an seine. Ich nehme mir nicht einmal etwas zu lesen mit, und das ist seltsam. Aber ich brauche einen *leeren* Raum.

Wir sprechen nur ab und zu, wenn uns etwas Lustiges einfällt. Es ist unsere tägliche Happy Hour, unsere Stunde Freigang, die Geheimtür, der Fliegende Schlüssel, der uns woandershin bringt, der doppelte Boden des Koffers, der Passierschein, der Tarnumhang, das Simsalabim, das die Schatzhöhle öffnet. Na gut, ich übertreibe. Aber nicht zu sehr. Ob Antonio das versteht? Soweit ich sehen kann, verheimlicht er nichts. Vielleicht gehört er zu den Glücklichen, die nicht ahnen, dass man, um sich zu retten, die Geheimtür suchen muss.

Die Wahrheit ist, dass er mich nicht kennt und ich ihn nicht kenne. Im Augenblick habe ich keine Lust, ihm zu viel zu erzählen. Richi behauptet, wenn du Ärger vermeiden und nicht zu viele Erklärungen abgeben willst, ist die Mitleidsschiene das Beste. Er beherrscht sie vollkommen, ich gebe mir Mühe.

»Weißt du«, ich senke die Stimme, blicke auf die Plastik-Sonnenblumen und kneife die Augen zusammen, um wenigstens einen Hauch von Tränen herauszupressen, »weißt du, Antonio, Riccardos Probleme sind sehr ernst. Von klein auf. Die Therapien. Er braucht seeehr viel Hilfe. Wenn meine Klassenkameradinnen so einen Bruder wie Richi hätten, würden sie genauso handeln wie ich.«

»Mag sein. Ich weiß es nicht. Das ist auch nicht der Punkt. Ich habe mich falsch ausgedrückt. Ich meine, wie du mit ihm umgehst. Es wirkt, als seist du in deinem Element. Dabei schleppt doch niemand gern sein Brüderchen mit sich herum. Umso mehr, wenn es Probleme gibt.«

Das mit dem Mitleid funktioniert fast immer, aber manche fallen nicht darauf herein, zum Beispiel die Leute, die keine *Konversation* machen, ich muss dran denken, es Richi zu sagen.

»Und wieso nennst du ihn Opf? Was ist das, eine Abkürzung?«

Scheiße. Scheiße, Scheiße, Scheiße. Es muss mir herausgerutscht sein. Aber wann? Im Gymnasium ist Richi nicht dabei, da gibt es keinen Grund, ihn zu erwähnen, außerdem rede ich in der Schule nicht mit Antonio. Außer das *eine* Mal, natürlich. Seit es passiert ist, bleibe ich in der Pause im Klassenzimmer, und bei Schulschluss beame ich mich weg wie Captain Kirk mit der Teleportation. Im Park muss es mir herausgerutscht sein, da war ich entspannt und zack! Kalt erwischt! Aber das geht keinen etwas an, nur mich und ihn.

»Oder ein Spitzname?«

»Interessiert dich das wirklich?«

Ich muss schnell denken.

»Ja.«

Was Glaubhaftes erfinden.

»Aber du musst es für dich behalten.«

»Na klar.«

»Opf steht für Kopf. Wenn Richi sich etwas in den Kopf setzt, kann er ziemlichen Stress machen.«

»Hm. Du wirkst aber gar nicht gestresst. Wenn ich dich mit ihm sehe. Ihr kommt mir vor wie ein Team. Und wie gesagt, auf mich wirkst du völlig entspannt. Lockerer als in der Schule.«

»In der Schule bin ich genauso entspannt. Richi führt sich eben nicht so auf, wenn du dabei bist. Offensichtlich bist du ihm sympathisch.«

»Er ist mir auch sympathisch. Übrigens: Wieso warst du heute eigentlich nicht da?«

»Natürlich war ich da.«

»Ich habe den Roller nicht gesehen.«

»Meine Mutter hat mich gebracht. Weil es regnete. Und um eins hat meine Oma mich abgeholt.«

»Ich hätte dich doch mitnehmen können. Ich meine,

wenn's mal nötig ist. Um deine Oma nicht zu bemühen. Ich fahre ja sowieso an eurem Haus vorbei.«

Noch ein kleiner Schauder. Warum das denn? Warum werde ich rot? Ich stehe auf, trete wieder an die Fenstertür. Ich blicke auf die Bank hinunter und sage mir *was soll schon sein?,* zähle die grünen Triebe in den Blumenkästen (die Geranien vom vorigen Jahr?), denke an die Pantoffeln, an den Kuchen, an *ich kann dich mitnehmen, es liegt sowieso auf meinem Weg.* Ein offener Junge, klar, aber vor allem wohlerzogen, dieser Antonio Ferrari. Nur ein wohlerzogener Junge, wiederhole ich mir.

»Ich hatte keinen Helm dabei.«

»Ich habe zwei.«

»Was für einen? Den aus Star Wars?«

»Genau. Lach nicht. Es ist ein Luxushelm, was glaubst du denn, 7500 Punkte an der Tankstelle bei dir gegenüber. Der würde dir bestimmt gut stehen.«

»Weil er das Gesicht verdeckt?«

»So ein Scheiß! Du spinnst. Ich kann dir auch meinen geben, der ist offen.«

Er isst sein Stück Kuchen auf und schiebt den Rest wieder in den Ofen.

»Ob sie bald fertig sind?«, frage ich beiläufig.

»Ich weiß nicht, wie lang eine Schachpartie dauert, manchmal auch stundenlang, glaube ich.«

»Wir müssen aber gehen!«

»Bitte sehr. Ich dachte bloß, es wäre eine gute Idee. Aber wenn es dir nicht passt.«

»So habe ich es doch nicht gemeint.«

Zu hastig. Zurücknehmen kann ich es aber auch nicht.

»Natürlich passt es mir …«, stottere ich, »nur …«, und da klingelt zum Glück mein Handy. *Ho Hey,* von den Lumineers, *I belong with you, you belong with me, you're my sweetheart, I belong with you, you belong with me, you're my sweet',* der Song, der allen Mädchen gefällt, der albernste, der zur Zeit Mode ist, gestern Nachmittag heruntergeladen, mitten in meiner wetterbedingten *never-ending-rain*-Depression.

»Meine Mutter«, sage ich und wende ihm den Rücken zu. Ich will nicht, dass er mithört. Vor allem das, was sie sagt, und ich glaube, er hat nur mich gehört.

Logisch, wenn wir nicht dort sind.

…

Nein, es regnet nicht.

…

Wenn ich's dir doch sage, es regnet nicht.

…

Wir sind schon fast am Golfclub.

…

NEIN! Du brauchst nicht zu kommen, es regnet ja nicht. Außerdem hat Richi die rote Öljacke dabei, hat Nina dir das nicht gesagt?

…

Ich habe Papas Anorak. Ma, ich habe dir gesagt, dass wir allein zurückkommen.

…

Ich habe auch den Hut dabei.

…

Nein, den wasserdichten. Von Prada.

…

Ich weiß, dass du es wegen Richi sagst, was glaubst du denn.

…

Okay.

…

Eine halbe Stunde ungefähr.

…

Gut, wir kommen.

Ich beende das Gespräch. Antonio grinst lautlos, ans Spülbecken gelehnt.

»Golfclub«, sagt er.

»Das ist eine lange Geschichte.«

Er wäscht sich die Hände, trocknet sie an einem Küchentuch ab, das an einem Haken an den Kacheln hängt. Scheußliche, erbsengrüne Standard-Kacheln. Passen aber perfekt zu seinem staubblauen T-Shirt. Danach dreht er sich wieder zu mir um, schaut mich an und sagt: »Irgendwann erzählst du mir mal alles, ja?«

Meine Mutter war nicht immer so. Früher zeigte sie sich gern mit uns, sowohl mit mir als auch mit Richi. In der ersten Klasse kam sie mich manchmal mit ihm abholen, und wir gingen in der Bar ein Brötchen essen. Richi saß im Kinderwagen, aber man sah, dass der Wagen schon zu klein für ihn war, dass irgendetwas nicht stimmte. Wir haben gleich gewusst, dass Richi krank ist, aber Mama schien unbesorgt, sie tat, was die Ärzte ihr sagten, eine Million Ärzte, sie gab ihm die Medikamente, hob seine Ärmchen, ließ seinen Kopf kreisen und beugte seine Knie, tausendmal am Tag, doch irgendwann müssen ihr Zweifel gekommen sein. Ich weiß nicht, wann. Vielleicht, als Richi *nicht* zu laufen begann. Vielleicht, als er *nicht* sprechen lernte. Vielleicht hatte sie erwartet, dass es irgendwie schon noch geschehen würde, aber es geschah nicht, und das Haus füllte sich mit Leuten, Neurologen, Naturheilern, Neuropsychiatern, Logopädinnen und Pflegerinnen und verschiedenen Ärzten, anfangs war sie immer dabei, doch alle sagten, sie sei zu ungeduldig, zu ängstlich, Signora, deswegen arbeitet das Kind nicht mit. Und Richi arbeitete tatsächlich nicht mit (er war schon immer ein bisschen dickköpfig). Mama begann sich zurückzuhalten, sah nur noch zu, ich erinnere mich, wie sie an der Türe stand, ich war etwa sechs oder sieben, zu der Zeit hat sie beschlossen, wieder zu arbeiten, danach stand sie nicht mehr an der Türe und hat Richis erste Schritte verpasst. Und auch die zweiten und die dritten. Als sie endlich hinschaute, war er schon groß und dick und schlau wie eine Katze, und wie eine Katze konnte er auch nur miauen, und als sie sah, wie er sich schief und krumm, aber auf seinen eigenen Beinen vom Gummivorleger bis zum Hocker schleppte, wo die diensthabende Physiotherapeutin auf ihn wartete, lief sie ins Bad und weinte. Sie brauchte tagelang – Tage voll schleifender Schritte und Gemaunze –, bis sie es schaffte, sich anstelle der anderen auf den Hocker zu setzen und zu sagen: »Komm zu mir, mein Schatz, heute Abend zeigen wir Papa, wie viel du schon gelernt hast.«

Wir müssen sofort los und uns schnell eine Geschichte ausdenken, warum wir nicht am Golfclub sind. Stell dir vor, wenn sie uns jetzt doch entgegenkommt. Filippo macht ein todtrauriges Gesicht, mustert das vollgestellte Schachbrett und sagt: »Das lassen wir aber so. Für morgen.« *Morgen* ist seine Hoffnung.

Dann schiebt er Bobby Fischer mit dem Herz aus Eis in den Aufzug. Die Türen schließen sich. Richi kriegt nicht den klitzekleinsten hysterischen Anfall. Dieses ewige Theater mit dem Aufzug macht er also mit Absicht.

»Dann bis morgen«, sagt Antonio zu mir.

Ich weiß nicht, was ich antworten soll, und mustere meine Schuhe.

Nass.

Den Jeanssaum.

Dunkel. Klamm.

Ich fühle seine Hand auf meinem Kopf. Seine Fingerspitzen zwischen den oberen Strähnen, dann hinter den Ohren. Habe ich schon geschrieben, wie groß Antonio ist? Er ist baumlang, mindestens zehn Zentimeter größer als ich, vielleicht sogar fünfzehn. In der Schule gibt es nicht viele, die so groß sind. Wenn einer, der viel größer ist als du, von ganz nah deine Haare berührt, also dich fast einhüllt, also fast – fast – umarmt, dann hat das auf so eine wie mich eine eigenartige Wirkung. Ich fühle mich klein, ganz, ganz klein, winzig, schmächtig. Das genaue Gegenteil von einer Dicken mit *Pferdegesicht.*

Einen wunderbaren Augenblick lang bin ich *normal.*

Aber die Empfindung dauert nur eine Sekunde, weil ich sofort die Stille spüre. Na ja, ich höre das *schhhh* des hinunterfahrenden Aufzugs (in echt) und das *schhhh* seiner Finger in meinen Haaren (unmöglich, aber ich höre es).

Und die Stille rund um diese beiden *schhhh* ist schwindelerregend (im Sinn von Schwindel, Wirbel, Schacht, Abgrund, schwarzes Loch).

Ich muss etwas tun, mich bewegen, wenigstens die Augen heben. Möglichst etwas sagen. Na gut, auch stottern, auch nur *okaaay*. Denn ob es Antonio gefällt oder nicht, dieser Augenblick arktischer Leere muss in *Konversation* verwandelt werden. Wir können hier nicht stocksteif vor der geschlossenen Aufzugtür stehen, nah – ganz nah – nebeneinander, ihm ist die Stille offenbar recht, macht ihn nicht verlegen, denn er braucht unendlich lang, um zu sagen, was er im Kopf hat, wirklich ewig, und in dieser Ewigkeit gelingt es mir nicht, ihm in die Augen zu schauen, und auch nicht, ihm *nicht* in die Augen zu schauen, mein Blick wandert ständig auf und ab, ich muss mich anstrengen, nicht zu denken, dass die Fenstertür genau auf die Bank hinausgeht, dass er uns manchmal von dort gesehen haben kann, dass wir ihm vielleicht nicht immer *zufällig* begegnen, dass er vielleicht manchmal auf uns wartet. Auf *mich* wartet. Es kostet übermenschlich viel Kraft – hier vor ihm, die Augen auf das Blau des T-Shirts geheftet –, es ist fürchterlich anstrengend, sich immer wieder zu sagen: UNMÖGLICH! Es wäre ja wirklich zu dumm, wieder darauf hereinzufallen, unverzeihlich nach allem, was in der Schule vorgefallen ist, *Irren ist menschlich, aber nichts daraus zu lernen ist teuflisch* (Oma), nachdem ich mich derartig blamiert habe und nach der Sache mit der Facebook-Gruppe ist es wirklich nicht angebracht, sich noch mal lächerlich zu machen, und daher, nach *okaaay*, sage ich auch noch *hmmm* und *tja*, und mein Gesicht steht endgültig und unwiderruflich in Flammen, als Antonio sich endlich, ohne die Finger von meinem Kopf zu nehmen, entschließt.

»Prada, so'n Scheiß. Ich schenk dir mal 'ne Mütze, die dich wirklich schützt.«

Und dann steckt er Gott sei Dank die Hand wieder in die Tasche seiner Jeans.

Mai

Mit einer Lüge zu leben wie ich seit der Schachpartie, ist für eine Wahrheitsfanatikerin ungefähr genauso wie für eine Gesundheitsapostelin, einen Joint zu rauchen, für eine Vegetarierin, bei McDonald's zu essen, für eine, die ständig auf Diät ist, in knapp zwölf Minuten ein 200-Gramm-Glas Nutella zu vertilgen. (Mama. Vorgestern Abend, vor der *Celebrity Show*. Nicht ein Wort: *Ich hatte heute einen schlimmen Tag* oder *Weißt du, die Arbeit* oder auch *Siehst du nicht, wie nervös dein Vater ist*. Einfach unglaublich. Am liebsten hätte ich zu ihr gesagt: Willkommen in der Wirklichkeit.)

Nicht, dass wir keine Schuldgefühle hätten, wenn wir Wagenladungen voll guter Absichten unterlaufen. Nicht, dass wir uns nicht ein bisschen vor uns selbst ekeln, sehr sogar, wenn wir den Trieben nachgeben. Doch in den magischen Momenten, in denen jede Abwehr zusammenbricht, ist es ganz, ganz schwach, das Stimmchen, das dir jeden Tag zuflüstert: »Widerstehe der Versuchung! Der doppelte Cheeseburger ist der Antichrist!«, es wird lautstark übertönt von guten Gründen. Der Joint entspannt, und Entspannung *tut gut*! Wenn wir Eckzähne im Mund haben, dann, um Fleisch zu kauen! Oder der beste aller guten Gründe: Es gibt Momente der Leere, die nur streichfähige Schokolade füllen kann.

Was für ein schönes Gefühl. Was für eine Befreiung! Deswegen erzählt Paola De Giorgi, Bannerträgerin der Aufrichtigkeit um jeden Preis – eine Lara Croft der Direktheit und eine Lisbeth Salander des Die-Dinge-beim-Namen-Nennens – Lügenmärchen ohne Ende. Und ich schmücke sie auch genüsslich aus (»Weißt du, Ma, heute sind wir fast zwei Stunden zügig gegangen: die ganze Runde hinter den Tennisplätzen, herrlich, die kühle Luft, und im Garten der Perelli sind die Bäume voll von knallrosa Blüten«), ich häufe Detail auf Detail (»Ich habe einen Ananassaft ohne Zucker genommen und Richi einen Birnensaft«), alles leicht zu überprüfen, wie etwa »Im Golf-Café war Giovanni, er hat gefragt, wie es dir geht«. Offensichtlich liebe ich das Risiko, vielleicht auch die Gefahr, als Lügnerin überführt zu werden, jedenfalls macht es mir Spaß, und mir ist klar, dass es mir in den letzten Wochen zu einem geradezu körperlichen Bedürfnis geworden ist, *ihr* nicht die Wahrheit zu sagen. So wie pinkeln.

Pinkeln macht einem keine Schuldgefühle, und wenn ich nicht mindestens einmal am Tag lüge, platze ich. Wenn ich an den ganzen Blödsinn denke, den ich verzapfe, möchte ich vor lauter Übermut am liebsten singen: *Ich halt's nicht aus / die Lüge muss raus*. Manchmal denke ich, ich existiere nur, wenn ich *nicht* die Wahrheit sage. Ist das schlimm?

Die Fakten. Am Morgen nach dem ersten Spiel haben sich Riccardo und Filippo in der Pause getroffen und vereinbart, dass Antonios Bruder zweimal pro Woche zu uns kommt. Bis hierher alles im hellen Sonnenlicht. Nebenbei gesagt: Ihr hättet Mamas Gesicht sehen sollen.

»Ein Schulkamerad von dir? Das ist ja phantastisch! Und wie heißt du?«

Die heilige Bernadette in der Grotte von Lourdes sieht

die lichtumflossene Muttergottes, Sternenmantel, Diadem und alles. Zu Hause haben wir ein Bilderbuch, *Auf den Spuren des heiligen Hirtenmädchens* (kann gut sein, dass jemand irgendwann damit liebäugelte, eine kleine Wallfahrt zu unternehmen). Der Ausdruck des Mädchens ist mit dem von Mama identisch.

»Du gehst also auch in die 2c!«

Freude.

»Und spielst auch Schach!«

Schach. Ein so *intelligentes* Spiel. Filippos reizendes, wohlerzogenes Gesicht, so *normal,* und da sitzt dieses Gottesgeschenk im heimischen Salon und ist nicht bloß irgendein banaler Klassenkamerad, NEIN!, mein Bruder hat den Jungen in der Pause kennengelernt, Richi, der *jemanden kennenlernt,* ein blondes Bübchen mit Grübchen auf unserem Sofa, *um mit Richi Schach zu spielen*!

Die Dankbarkeit floss über die Bohlen des Parketts wie Wasser aus einer Wunderquelle.

Falls ihr aber den Begriff *Metamorphose* im Unterricht nie genau verstanden habt, dann hättet ihr das Gespräch bis zum Ende hören müssen: »Und wo wohnst du, Filippo?«

Sie war der Ohnmacht nahe, ich schwör's. Wachsbleich im Gesicht. Ein Fall von dreißig Stockwerken aus dem Paradies der *Normalität* in die Hölle des PEEP.

Also wirklich, sage ich, dein behinderter Zweitgeborener bekommt Besuch von einem *normal begabten* Klassenkameraden; ein spontaner, selbstorganisierter Besuch, wohlgemerkt, ohne die Fassade der unvermeidlichen Geburtstagsfeste und den Austausch von Höflichkeitsfloskeln mit den anderen Müttern, die ihre *glücklicheren* Kinder herschleifen; und dann haderst du damit, dass der Freundschaftskandidat nicht den richtigen Stammbaum hat?

Nun gut, liebe Mammina, mit größtem Genuss überqueren Richi und ich ohne dein Wissen mindestens dreimal die Woche die Staatsstraße, gehen durch die Unterführung und den Parco Di Vittorio, quetschen uns in den grausigen Aufzug und fahren ohne das leiseste Gezeter in den vierten Stock eines Wohnblocks mit schlammgrauem Verputz und Geranien an den Fenstern. Und klingeln Sturm bei Ferrari, im Peeeeep. Schach der Königin.

Der Opf sagt, ich übertreibe. Seiner Ansicht nach mag sie Filippo, was sie aufregt, ist die Margeriten-Siedlung. Das stimmt, abgesehen von dem kurzen Blackout hat Mama immer gezeigt, dass sie sich über die Anwesenheit von Antonios Bruder freut. Wenn sie ihn über das Schachbrett gebeugt an unserem Esstisch sitzen sieht, betrachtet sie ihn so gerührt, als hätte sie ein schutzloses, liebebedürftiges kleines Wesen vor Augen, ein Hündchen aus dem Tierheim oder das Opfer einer gigantischen Ungerechtigkeit. Will sie ihn vielleicht adoptieren? Einmal hat sie ihm sogar mit einem leisen Seufzen selbstvergessen den Nacken gestreichelt. Filippo hat den Kopf gehoben und sie angeschaut, als wäre sie eine Vulkanierin mit spitzen Ohren. Will heißen: sehr ungläubig.

Bei all diesem Hin und Her zeigt die Superwaage seit mindestens zwei Wochen immer denselben BMI: 24,80. Komplimente von Mama (Komplimente ist zu viel gesagt, Komplimente gibt es, wenn der BMI sinkt, sagen wir, sie hat bemerkt, dass die Kurve stehengeblieben ist).

Schwierig, da Bewegung reinzubringen, auch weil Mama doch nicht ganz durchgeknallt ist und die Versorgungslage meistens im Griff hat, kein Fitzelchen Junkfood im Haus (das Glas mit Nutella hat sie am Nachmittag gekauft und am Abend geleert), strikteste Anweisungen für Nina (keine Kartoffeln, kein Käse, keine Sahne, keine Butter, keine Mayonnaise, nichts Frittiertes, einfach gar nichts), die Zeit für unsere Fluchten ist gezählt, wir können normalerweise weder in der Bar an der Tankstelle einkehren, noch uns in Ruhe und Frieden vollstopfen.

Und dann ist da noch Antonio. Wenn Filippo zu uns kommt, begleitet er ihn, und wir bleiben im Garten und reden. Wenn ich Richi ins PEEP bringe, ist er *immer* daheim. Lernt er gerade, macht er eine Pause, sitzt er am Computer, steht er auf, was immer er tut, egal was, wenn wir kommen, hört er auf damit. Und spricht mit mir.

Das ist eine Tatsache. Ich ziehe keine Schlüsse daraus, ich stelle nur fest. Weiter gehe ich nicht. Im Gegenteil, ich versuche, nicht darüber nachzudenken. Ich denke überhaupt nicht darüber nach. Ein bisschen zwar schon, aber nicht zu viel. Ich versuche, mir keinen Roman auszudenken, wenn ihr wisst, was ich meine.

Es ist zum Beispiel eine Tatsache, dass Antonio mir nie mehr so nahe gekommen ist und mir nie mehr über die Haare gestrichen hat. Es ist allerdings auch eine Tatsache, dass er mir die Wange gestreichelt hat. Aber nur einmal. Ich schreibe es genau auf, mit allen Details, damit ihr euch eine Meinung bilden könnt.

Wir sitzen am Küchentisch, dem mit den aufgedruckten Sonnenblumen. Er erzählt mir etwas, das ihm passiert ist, als er neun Jahre alt war und einen Schulausflug ins Aquarium von Genua gemacht hat. Er war ein stilles Kind, sagt er, ein bisschen schüchtern, er drängte sich nicht gerne vor, und deshalb stellte er sich beim Halt an der Autobahn-Raststätte hinter seinen Klassenkameraden an und ging als Letzter auf eine der fünf Toiletten, machte sein Geschäft, und als er wieder hinauswollte, merkte er, dass das Schloss blockiert war. Er hörte die Stimmen der anderen, hörte das Wasser rauschen und die Lehrerinnen, die sich unterhielten, aber er genierte sich, zu klopfen und um Hilfe zu rufen. Ängstlich blieb er drinnen, bis er die Schwingtüren hörte und dann nichts mehr. Im Bus werden sie es merken, dachte er. Stattdessen fuhren sie ohne ihn ab und bemerkten sein Fehlen erst beim Eintritt ins Aquarium.

»Eine Ewigkeit hab ich da drinnen auf der Kloschüssel gehockt, während die automatische Spülung lief und lief.«

Schließlich nahm eine der Lehrerinnen ein Taxi, um ihn zu suchen, die anderen blieben derweil in Genua. Sie war jung, hielt die Augen während der Fahrt starr auf die Gegenfahrbahn gerichtet, ob dort vielleicht ein Kind auf dem Asphalt herumirrte. Sie rief in der Raststätte an, aber man sagte ihr, da sei kein Kind. Doch sie traute der Auskunft nicht, und auf der Höhe der Tankstelle angekommen, ließ sie das Taxi im Slalom zwischen den Autos und Lastwagen hindurch auf die andere Seite fahren und ging selbst nachsehen.

»Ich höre sie rufen: *Antonio, Antonioooooo,* und entschließe mich: *Frau Lehrerin, ich bin hier.* Man hat das Schloss entsperrt, und sie ist zitternd hereingekommen, hat mich in die Arme genommen, ihr Gesicht war schweißnass, sie hat mich fast erdrückt. *›Du musst dich bemerkbar machen, Antonio‹,* hat sie mir ins Ohr geflüstert, *›du darfst nicht zulassen, dass man dich vergisst.‹«*

Schön, diese Geschichte, habe ich gedacht, und als ich es gesagt habe, hat Antonio geschwiegen.

Wieder Stille. Ich habe den Blick gesenkt, was sollte ich tun? Es ist passiert. Er hat mich gestreichelt. Mit zwei Fingern hat er mir mit der umgedrehten Hand vom linken Ohr über die Wange gestrichen, nur mit Zeige- und Mittelfinger (also nicht aufdringlich).

»Warum sagst du nicht, wo man dich findet?«

Schluss. Aus. Vorhang. Das war alles. Nichts Besonderes. Da braucht man sich keine Illusionen zu machen.

Ich mache mir keine.

Natürlich geht es nicht so weiter. Antonios Mutter, energischer Typ, von der Sorte, die nur einmal fragt: »Willst du ein Stück Kuchen?«, und wenn du nein sagst, ist es auch recht; begeisterte Bastlerin – Collagen, Salzteig, Patchwork, Perlchen und so –, etwa 1,50 Meter groß (Antonio muss nach dem Vater gekommen sein); drahtig, nur Nerven, null Busen, aber Unterarme wie ein Maurer, eine Kaskade kleiner Ringe am linken Ohr und eine peinliche Haarfarbe *pure color ultra noir intense extrastrong;* Signora Ferrari besteht darauf, Mama kennenzulernen. Früher oder später muss man darauf eingehen – oder alle Brücken abbrechen, und ich weiß nicht, was schlimmer wäre, denn Richi und Filippo verstehen sich prima.

Vor einigen Tagen beobachtete ich die beiden, ohne dass sie es merkten, sie hatten ihr Spiel unterbrochen und redeten über einen gemeinsamen Lehrer, Ingenieur La Ganga, einen Fettwanst mit Toupet, genannt Fanga, nach der Farbe seines Anzugs – Schlamm (oder Babykacke) –, den er von Mai bis September nicht wechselt. Lehrer für Informatik seit der Steinzeit (er war auch mein Lehrer).

Richi erzählte, wie der Lehrer, als er auf seinen kurzen, plumpen Beinen ins Klassenzimmer gerannt kam, über das Rad des Rollstuhls gestolpert war. Mein Bruder genoss das Schauspiel in der ersten Reihe: Fanga verliert das Gleichgewicht, stützt sich auf Richis Bank, macht zwei Schritte vorwärts, klammert sich ans Lehrerpult, die Hand rutscht ab, er versucht eine andere Bank zu erwischen, landet flach auf dem Boden mit dem Gesicht nach unten, steht blitzschnell wieder auf, gebietet Schweigen, beginnt zu erklären und merkt nicht, dass sein Toupet auf das eine Ohr gerutscht ist. Er merkt es die ganzen fünfundfünfzig Minuten der Unterrichtsstunde nicht. Alles mimisch untermalt von Richi. Stolpern, erster Halt, zwei Schritte, zweiter Halt, Sturz, verrutschtes Toupet aus falschen Haaren, Unterricht, als ob nichts sei, alles mit wenigen, einfachen Mitteln: vor und zurück des Oberkörpers, Pirouette mit dem Rollstuhl, Wedeln mit Armen und Beinen, Sortiment von Gesichtsausdrücken. Bühnenreif, wie vom Actor's Studio.

Die beiden lachten sich kaputt. Wie zwei Zwölfjährige. Schön. Auch wenn Richi es mir nicht erzählt hat, schön auch, weil er es mir nicht erzählt hat, dachte ich, während ich ihn auf seine schräge Weise schadenfroh gackern sah. Das könnte ich Antonio erzählen, alles andere ist zu schwierig für mich, und was sollte ich ihm denn überhaupt sagen?

Na gut, ich könnte ihm gestehen, dass wir heimlich zu

ihnen kommen (das hat er schon kapiert, er ist ja nicht blöd). Ich könnte es ihm ausführlicher erklären. Lieber Antonio, könnte ich sagen, wir haben damit angefangen, in den Parco Di Vittorio zu gehen, um meine Mutter zu ärgern. Sie denkt, das PEEP sei Mordor (um es mal mit *Herr der Ringe* zu sagen), die Unterführung, die wir dabei durchqueren müssen, der Turm von Cirith Ungol, der Parco Di Vittorio das unüberwindliche Schwarze Tor. Und willst du wissen, was am allerverrücktesten ist? Aber wirklich zum Totlachen? Meine Mutter hasst die Margeriten-Siedlung, dabei haben doch wir die gebaut.

Sie hasst sie so sehr, behauptet meine Oma, dass sie wegen der Margeriten-Siedlung zu arbeiten aufgehört hat. Aber pass auf, Antonio: Mama sagt, sie hat wegen Richi aufgehört. Und nach drei Jahren hat sie wieder angefangen, aber nur Teilzeit, um mehr mit Richi zusammen zu sein.

Kurz, zu erzählen gäbe es mehr als genug. Was Oma betrifft, frage ich mich, ob sie glaubt, was sie sagt, oder ob sie bloß so tut. An dem Nachmittag, als ich beschlossen hatte, Oma zu dem Thema zu befragen, war jedoch der Gärtner bei uns, was mein Vorhaben erschwerte.

Oma kam mit einem großen Korb voll französischem Käse und *foie gras,* einem Geschenk ihres letzten Verehrers, und vier Blumenzwiebeln, in Brotpapier eingewickelt, ein Vorwand, um mit Buttita eine Unterhaltung zu beginnen.

Pietrangelo Buttita kommt mindestens dreimal pro Woche, jätet das Unkraut, düngt die Beete, mäht den Rasen, schneidet die Pflanzen zurück und kümmert sich um den Gemüsegarten. Er sieht Oma an, ohne den Blick zu senken, ein echter Cowboy, ein Clint Eastwood (er ähnelt ihm). Er bietet ihr die Stirn, auch wenn sich Marina Fornaro, verwitwete Costa, von dem speziellen Shampoo mit Anti-Gelbstich-Effekt leuchtend in sahneweißer Jacke kerzengrade vor ihm aufbaut. Nachdem er sie von oben bis unten gemustert hatte, betrachtete er die Blumenzwiebeln und sagte: »Rausgeschmissenes Geld, es ist schon zu heiß, auch für die Dahlien. Siehst du denn nicht, dass sie verfault sind?« Und als wäre der verächtliche Ton noch nicht genug, fängt er an, sie *Signora* zu nennen (auch wenn sie sich schon von Jugend auf kennen).

»Widmet sich die Signora jetzt der Gärtnerei?«

Die ganze Verachtung der Welt in sieben Wörtern und einem Spatenstich, der den Python-Slippers gefährlich nahe kommt.

Oma gefällt ihm, das wissen alle (alle sind Richi und ich und Nina). Man braucht nur zu sehen, wie er sie schon von weitem anstarrt, wenn sie tänzelnd und mit Päckchen beladen die Allee heraufkommt. Man braucht nur zu sehen, wie er seine Fischerweste zurechtrückt. Wie er die Schultern gerade hält (prächtige Schultern für einen Mann von dreiundsiebzig Jahren).

Oma ist verrückt nach ihm. Trotz ihrer Schar von Verehrern mit Segelboot. Man braucht nur zu sehen, wie sie sich in Szene setzt, und kurz nachzurechnen, an welchen Wochentagen Oma *zufällig auf einen Sprung vorbeischaut.* Ihr Gesicht, wenn Buttita an dem Tag nicht gekommen ist.

Wie auch immer, diesmal rauscht Oma zwitschernd in die Küche, und während sie die *foie gras* an Nina übergibt und sagt: *direkt von der Île Saint-Louis, ich würde sie in den Kühlschrank stellen, aber wie du meinst,* schaue ich sie an à la *Ich habe keine Angst* und werfe hin: »Woher kommt es, dass Mama so sauer auf die Margeriten ist?«

Oma sieht mich entgeistert an – man merkt, dass sie noch ganz erfüllt ist von dem Wortgefecht mit dem Gärtner –, dann macht sie ein unschuldiges Gesicht nach dem Motto: Ich war nicht dabei, und falls ich dabei war, habe ich geschlafen.

»Hast du wirklich keine Ahnung?«, sage ich.

»Sie hat mit Opa gestritten. Glaube ich. Riccardo war ein paar Monate vorher geboren worden. Ich weiß nicht genau, was da zwischen ihnen lief, der Dottore hat nichts erzählt. Jedenfalls hat sie bestimmt wegen der Margeriten-Siedlung beschlossen, zu Hause zu bleiben, und dein Vater hat ihren Job übernommen. Jetzt schau du doch bitte auch mal. Findest du, dass sie verfault aussehen?«

»Mama hatte den Posten von Papa?«

»Selbstverständlich. Wusstest du das nicht? Sie war die Vorstandsvorsitzende. Nicht nur von der Costa Costruzioni. Vom gesamten Konzern.«

»Und ist wegen der Margeriten zurückgetreten?«

»Ja. Nein. Ja, aber dazwischen kam Richi. Das heißt, ich meine. Ich vermute, dass nichts sein konnte wie vorher, verstehst du? Andere Prioritäten. Schließlich ist sie seine Mutter. Und außerdem, komm schon, das war nicht der richtige Posten für eine Frau. Auch der Dottore sagte das: Dein Papa hat alles, was man braucht, und tatsächlich ist er jetzt der Vorsitzende.« Sie steckt ihre Nase in die Tüte mit den Dahlienzwiebeln. »Ich finde, sie sind völlig in Ordnung. Nina, was meinst du, sind sie verfault?« Nina antwortet nicht, sie winkt nur ab, als wollte sie sagen: *Um Himmels willen, lass mich da draußen.*

»Aber was ist denn so besonders an den Margeriten? Die Costa Costruzioni hat doch Dutzende solcher Wohnblöcke gebaut.«

»Keine Ahnung. Ich verstehe nicht, warum Pietrangelo so mit mir spricht. So ein Flegel. Nur, weil er keine Lust hat, sie einzupflanzen. Weil ich sie mitgebracht habe und nicht er. Ein Dickkopf. War er übrigens schon immer.«

Dann zieht sie die cremefarbene Jacke aus, schlüpft in eine Schürze von Nina, die die Augen zum Himmel verdreht. Doch Oma ist so beschäftigt, dass sie es gar nicht mitkriegt. Angriffslustig marschiert sie hinaus, entschlossen, die Dahlien selbst einzupflanzen. Ganz nah neben dem Rosenstrauch, an dem Buttita arbeitet.

Hast du verstanden, Antonio?

Meine Mutter hasst die Margeriten, obwohl sie sie als Vorstandsvorsitzende der Firma doch *selbst* gebaut hat.

Meine Oma hat siebenunddreißig Jahre lang mit dem Vorsitzenden der Costa Costruzioni Holding gelebt, den sie auch nach seinem Tod noch Dottore nennt, und hat nur eine sehr vage Vorstellung davon, warum ihre einzige Tochter völlig unvermittelt ihren Posten als Vorstandsvorsitzende aufgegeben hat. Außerdem turtelt sie mit dem Gärtner.

Mein Vater. Mein Vater hat wirklich *alles, was man braucht.* Mein Vater hat mit Bestnoten das Polytechnikum absolviert. Dann hat er noch zwei Master gemacht. Einen davon in Amerika. Mein Vater – es gibt keine freundliche Art, das auszudrücken – hat meine Mutter gnadenlos rausgedrängt. Und jetzt behandelt er sie, als wäre sie die Sekretärin. Bereite mir das und das vor. Ruf den Soundso an, gib ihm Bescheid wegen der Verzögerung. Sag den Termin ab.

Ich, und ich bin jetzt fast sechzehn, ich habe geglaubt, sie sei seine Sekretärin, stell dir das vor. Ich wusste nicht einmal, dass sie je Vorstandsvorsitzende gewesen war.

Findest du das nicht auch peinlich?

Es vergehen keine drei Minuten, und schon lässt Buttita die Rosen sein und sagt zu Oma: »Nicht so, tiefer, sonst schwemmt der erste Regen alles weg, kaum zu glauben, dass du das mit siebzig immer noch nicht weißt.«

Betonung auf *siebzig*. Omas Lippen werden schmaler und kräuseln sich, was schade ist, denn so sieht man die Fältchen um ihren orangeroten Mund noch deutlicher. »Siebzig«, legt er noch nach, »das ist ja kein Pappenstiel.« Er nimmt ihr die Schaufel aus der Hand, schiebt sie beiseite (aber liebenswürdig) und fängt an, in unserem Garten Omas Dahlien zu pflanzen.

Wenn sie ihre Komödien aufführen, schaut Nina von ihnen zu uns und lacht. Sie ist einundfünfzig und sieht zehn Jahre älter aus, ihr Vater war Bauarbeiter, ihre Mutter Telefonistin beim Staatlichen Rundfunk, sie hat einen Universitätsabschluss in etwas, das in Italien Chemie oder Pharmazie sein müsste, und ist eine alte Jungfer. Seit sie diesen Ausdruck entdeckt hat, ist sie sehr stolz darauf.

»Eigentlich heißt es *Single*«, sage ich. Manchmal kann ich nicht anders und spiele Lisa Simpson. »Alte Jungfer hat man früher gesagt. Wenn dich kein Mann wollte, warst du eine alte Jungfer.«

»Und wenn du keinen Mann wolltest?« Daran habe ich

noch nie gedacht. Gibt es da ein Wort? Als Italienischlehrerin tauge ich nicht viel.

»Hm. Ich vermute, man sagt trotzdem alte Jungfer.«

»Dann alte Jungfer.« Und sie lacht. Nina lacht unglaublich viel. Kein ungehöriges Lachen, *hahaha* mit gebleckten Zähnen, eher ein Dauerlächeln, das zwischen Mund und Augen hin und her wandert, dann von den Augen zu den Wangen, und am Ende des Satzes breitet es sich aus, so dass man den Eindruck bekommt, das Happy End sei schon gekommen, um die Sache abzuschließen. Und während Nina lacht, legt sie alles, was sie verdient, beiseite, um achtzig Kilometer von Bukarest entfernt einen Lebensmittelladen zu kaufen. Sie hat es fast geschafft.

»Zwei Jahre ich gehe zurück«, sagt sie.

Zwei Jahre, ohne je die Nase vor die Tür der Villa zu strecken, außer um Richi irgendwohin zu begleiten oder im Supermarkt einkaufen zu gehen, das heißt im Herzen der *Oase des Friedens,* in der wir leben. Zwei Jahre wie die vier Jahre davor, ohne sich je was zu gönnen, Kino, Restaurant, Kosmetikerin, Friseur, Ausflüge ans Meer, Schaufensterbummel, Spaziergänge. Dreimal im Jahr kommen große Pakete aus Rumänien, mit Briefen, Keksen, unansehnlichen Schuhen, Büchern und Stoffresten.

»Dort kostet wenig.«

»Tut es dir wirklich nicht leid, eine alte Jungfer zu sein?«

»Nein.«

»Auch nicht früher, als junges Mädchen?«

Sie hört auf, Kartoffeln zu schälen. Aus denen macht sie einen *gâteau,* eine ihrer Köstlichkeiten, Unmengen Butter, Berge von Käse, welch schöne Überraschung für Mama! So wie Nina sich dumm stellt, das können nur wenige auf der Welt: Sie reißt die Augen auf und sagt: »Entschuldigung, Signora, ich nicht verstanden kein *gâteau*.« Sie wiegt die Kartoffel in der einen Hand, das Messer in der anderen, blickt mich an, überlegt, lacht nicht. Dann sagt sie: »Nein.«

Lakonisch, aber nicht idiosynkratisch, denke ich. Doch ich bohre nach. Denn ich halte es für unmöglich. »Nicht einmal wegen der Kinder?«

»Ein bisschen schon. Aber hier ich habe Kinder gehütet.« Und sie lacht. Als sagte man, ich wollte ein Auto, aber ich begnüge mich mit dem Fahrrad, oh, wie schön ist Fahrradfahren!

Darf ich ehrlich zu ihr sein? Wenn ich ihr verriete, was wir jeden Nachmittag machen, würde sie sich vielleicht verpflichtet fühlen, es meiner Mutter zu erzählen. Womöglich würde sie befürchten, dass man ihr kündigt, wenn sie es nicht täte. Ich würde sie in die Klemme bringen.

»Dann sagen wir es ihr eben nicht«, beendet Richi die Diskussion.

Was Nina angeht, hat er das Sagen. Sie ist die Beste von allen, die er je gehabt hat. Sogar besser als Righetti, der Betreuungslehrer, Richis Kummer ist, dass Vladimiro Righetti ein Aushilfslehrer ist (»Es ist jederzeit möglich, dass ich in die Schule komme, und er ist nicht mehr da, IST DIR DAS KLAR?«). Am meisten graut ihm, wenn Nina das Kalenderblatt abreißt und sagt: »Zwei Jahre ich gehe zurück.«

Mein Vater und meine Mutter haben am selben Tag bei der Costa Costruzioni angefangen. Sie saßen beide wartend in den Sesselchen im Vorzimmer vor dem Büro des Dottore, der die Bewerber für die Leitung einer Baustelle einbestellt hatte. Mama tat, als ob sie wegen derselben Stelle da sei. Sie gab sich als Architektin aus, fragte ihn nach seinem Curriculum und ob er schon dies und jenes gemacht habe und ob er diesen und jenen kenne. Kurz, sie brachte ihn durcheinander und amüsierte sich über die Verlegenheit dieses großen Jungen, der zwar sichtlich von ihren grünen Augen und ihrer Konfektionsgröße 38 angezogen, aber wenig geneigt war, einer potentiellen Konkurrentin Berufsgeheimnisse mitzuteilen. Als die Sekretärin den Kopf aus der Tür streckte und sagte: »Signorina, Ihr Vater ist jetzt frei«, musste Mama laut lachen. Es war ihr erster Tag, aber wenn du die Tochter vom Chef bist, verläuft dein erster Tag vermutlich anders als der der anderen Angestellten, und du bist eher zum Scherzen aufgelegt.

Dies ist die Geschichte, die Mama oder Papa nach dem gebührenden Austausch von Höflichkeiten dem Politiker, Journalisten, Rechtsanwalt, Offizier der Finanzpolizei, Steuerberater, potentiellen Geschäftspartner auftischt, der zum ersten Mal bei uns zum Aperitif im Garten oder zu einem zwanglosen Abendessen eingeladen ist. Und glaubt mir, es funktioniert. Das Eis ist gebrochen, jedes Misstrauen weicht der Zuversicht, der Neuzugang fühlt sich auf angenehme Weise ins Herz der Costa Costruzioni eingeführt, die nun nicht mehr eine maßgebliche Gruppe der Branche ist, ein führendes Unternehmen jenes Teils des Landes, der für das BIP zählt, sondern einfach eine nette Multimillionärs-Familie. Die natürlich auch ihre Sorgen hat mit diesem armen, unglücklichen Jungen, aber je nun, offenbar werden bei ihnen zu Hause auch amüsante Geschichten zum Besten gegeben.

Die ersten Male fand ich es lustig. Ich sah die zwei vor mir, sie durchtrieben, er schon verliebt. Ich fühlte ihre Aufregung, lachte ihr Lachen, doch in letzter Zeit kann ich es nicht mehr ausstehen, wenn sie damit ankommen. Es stört mich, dass *meine* Familiengeschichte zwischen einem Bissen und dem nächsten zu *ihrer* Firmengeschichte wird, und ich frage mich, ob das alles überhaupt so stimmt oder ob sie es sich extra zurechtgelegt haben, um das Eis zu brechen in all den Fällen, in denen ein wenig Vertraulichkeit den Abschluss begünstigt, eine Unterschrift erleichtert, den Weg zu einer Einigung ebnet, die *für alle Beteiligten vorteilhaft* ist. Ich könnte deshalb nicht sagen, wie sie sich wirklich kennengelernt haben. Diese Salonversion überzeugt mich nicht, es gelingt mir nicht mehr, Mama als keckes Mädchen und Papa als einfältigen jungen Mann zu sehen. Ich sehe sie so, wie sie jetzt sind. Vorsichtig. Er achtet auf seine Worte, sie darauf, mit wem man es zu tun hat. Als gäbe es da immer etwas, das man lieber nicht sagt. Ich wüsste wirklich nicht, was ich Antonio erzählen sollte. Wie waren sie *tatsächlich*?

(Da er nicht der Typ ist, der *Konversation* macht, müsste ich sowieso, bevor ich mit den De Giorgi anfange, das andere Thema anschneiden. Herausfinden, wie viel es damit zu tun hat. Seien wir ehrlich, ohne das kommen wir nirgendwohin.)

Wenn du dich daran gewöhnst, dich an der Grenze zwischen Wahrheit und Lüge entlangzuhangeln, merkst du, dass Absichten, Meinungen und Gerede nur Schall und

Rauch sind, was zählt, sind nur die Fakten. Body Mass Index 24,80. Drei minus in Mathematik. Vorstandsvorsitzende. Größe 42. Vier plus in Mathematik. Telefonistin. Siebzig Jahre. Englischtest. Glas Mayonnaise. Glas Nutella. Sonniges Fleckchen für die Dahlien. Springer auf C6. Fünfzehn Seiten Geschichte. Python-Slippers. Siebzig Bahnen Brustschwimmen. Kartoffel-*gâteau*. Der Monat April im Papierkorb.

Antonios Textnachrichten sind eine echt schöne Tatsache. Unbestreitbar, konkret, mit dem Handy beweisbar. Heute: sechzehn. Ich glaube, ich schreibe sie ab, damit ihr euch auch hierzu eine Meinung bilden könnt.

Klar könnte man das Handy einfach einer Freundin zeigen. Logisch. Wenn man eine Freundin hätte. Nicht eine, die man einfach so kennt, eine Schulkameradin, eine vom Schwimmkurs, nicht Marta Della Vedova. Eine echte Freundin.

Sie könnte Carmen heißen. Die einzige Carmen, die mir je untergekommen ist, trug ein blaues Haarband in ihrem grauen Bürstenschnitt, ein ärmelloses, weißes Hemd, eine tätowierte Dornenkrone auf dem schrumpeligen Bizeps und einen Haifischzahn um den Hals. Grantig, an manchen Schlechtwettertagen regelrecht gruselig, à la *Fluch der Karibik*. Sie verkaufte Eis an der Strandpromenade. Als ich noch klein war und Richi vielleicht drei, vier Jahre alt, gingen wir immer mit Mama zu ihr, und Carmen erriet die Sorten, die wir wollten, weil sie Gedanken lesen konnte.

»Wie viele Sorten heute?«, fragt sie finster.

(Ich denke drei, schweige aber.)

»Ich sage drei.«

(Ich lächle, immer noch stumm.)

»Gut. Und welche?«

(Schokolade. War immer mein Lieblingseis. Azzurro wegen der Farbe. Kokos wegen dem Geschmack. Und Grabesstille.)

»Ich sage Schokolade.«

(Einfach, das nehme ich immer.)

»Dann Stracciatella, nein, warte, Azzurro.«

(Phantastisch, Carmen! Das war nicht leicht, hab ich noch nie genommen. Ich lächle, aber nicht zu sehr, sie muss noch die dritte Sorte erraten. Ich denke Kokos. *Ganz fest.*)

»Und dann … du bist unkonzentriert!«

(Ich kneife die Augen zusammen, kann fast das Bounty auf der Zunge schmecken.)

»Ich sage … Kokos.«

Jedes Mal. Die Hexe der Sieben Meere. Und den Namen Carmen fand ich wunderschön. Exotisch, aber freundlich. So wie wenn du etwas Neues probierst und entdeckst, dass es genau so schmeckt, wie du erwartet hast. Frühlingsrollen zum Beispiel. Weich und knusprig, warm, aber frisch. Die Frühlingsrollen sind ein Oxymoron, ein Widerspruch in sich, also etwas und gleichzeitig sein Gegenteil (Zwei plus in Italienisch ist eine Tatsache).

Ich hätte zu gern eine Freundin, die meine Lieblingsgeschmäcker erraten kann. Sie sollte etwas älter sein als ich, aber nur wenig, so dass sie ein bisschen mehr Erfahrung hat (zum Beispiel schon geknutscht). Zu ihrem Besten wünschte ich mir auch, dass sie weniger hässlich ist als ich, mir wäre auch eine hübsche Freundin recht, und ganz allgemein dürfte sie etwas normaler sein.

Wenn ich eine Freundin hätte, würde ich einen Haufen Sachen mit ihr machen. Nicht das, was ich ab und zu mit denen mache, die ich kenne, Pizza, Kino, Pub oder so. Nein, Carmen und ich könnten zum Beispiel einen Joint zusammen rauchen, denn beim ersten Mal kannst du das ja nicht allein ausprobieren. Dann würde ich aufhören, über Leute, die kiffen, solchen Quatsch zu schreiben, ohne die geringste Ahnung zu haben, was das heißt und ob Hasch einen wirklich entspannt. Und wenn ich eine Freundin hätte und ihr schreiben würde, würde ich auch keine Albernheiten wie *Wenn ihr wisst, was ich meine* oder *Mamas Gesicht hättet ihr sehen sollen* einflechten. Künstliches Getue, Nachplappereien erster Güte, eins zu eins abgeschrieben – ihr wisst ja, dass ich ehrlich bin – bei einem amerikanischen Schriftsteller. Auf Rat der Englischlehrerin, ja, denn diese Mumie von Italienischlehrerin, Oxymora, Metaphern, Metonymien und alles, ist im 19. Jahrhundert stehengeblieben.

Ein absolut künstlicher Roman übrigens. Die Geschichte eines amerikanischen Jungen, ungefähr mein Alter, zum x-ten Mal von der Schule geflogen, auch er mit einer miesen Kindheit, und statt das einfach zu erzählen und Schluss, tut er die ganze Zeit so, als würde er mit jemandem reden. Eine gigantische Pose.

Doch als ich auf die Idee kam, meine Sachen aufzuschreiben, habe ich noch mal drüber nachgedacht. Wenn ein Schriftsteller schreibt *Wenn ihr wisst, was ich meine,* hat er wahrscheinlich ähnliche Gründe wie ich, er möchte sich nicht so allein fühlen. Bestimmt ist es nicht toll, seine miese Kindheit durchzukauen, ohne mit jemandem drüber reden zu können. Ich rede mit Richi, aber Richi ist keine Freundin, *wenn ihr wisst, was ich meine.*

Wie auch immer, ich glaube kaum, dass ich ihr schreiben würde, wenn es Carmen gäbe, ich würde mit ihr reden, Schluss, aus, Ende der Geschichte.

Wenn ich aber weiß, dass es sie nicht gibt, und ich schreibe ihr trotzdem, wäre Carmen das, was man eine *imaginäre Freundin* nennt. Bisschen wie im Kindergarten.

Ihr, die ihr lest, während ich schreibe, seid *imaginär.*

Stark, oder?

Also ist ein Schriftsteller jemand, der sich von Beruf *imaginäre* Freunde schafft. Nehmen wir mal an, dass er etwas zu sagen hat, er braucht trotzdem jemanden, dem er es sagen kann, und wenn er niemanden hat, muss er ihn erfinden. Wie ich mir Carmen erfinden könnte.

Wenn man es recht bedenkt, ist das ja die Geschichte von Antonio, der im Raststättenklo eingeschlossen ist: Er hat nicht im richtigen Moment geklopft, und die anderen haben ihn vergessen. Ein Schriftsteller hätte geklopft. Ich klopfe gerade. Seid ihr da? Hört mich jemand? Antonio?

Ich will nicht, dass sie mich vergessen, dass sie ins Aquarium gehen und mich hierlassen. Ich will nicht unsichtbar sein. Ich will kein *Profil* sein. Oder ein Avatar, mit dem man spielt. Oder die Dicke mit dem Pferdegesicht. Eine, die es nicht schafft, die Türe aufzureißen und zu rufen: »Tataaa! Größe ist die halbe Schönheit!«

Also hör zu, Carmen, meine imaginäre, aber völlig wahrhaftige Freundin, so real, dass ich dich fast sehen und berühren kann, mit deinen schönen roten Haaren und den Sommersprossen und den Beinen, die mindestens so lang sind wie meine, aber viel, viel schlanker, hör zu, Carmen mit den Himmelsaugen, wirf einen Blick auf die letzten SMS, die ich mit Antonio gewechselt habe, und sag mir, was du davon hältst.

(Er – denn auch heute hat er angefangen) 15.35
Kein Schach? Fili Paranoia.

(Ich) 15.35
Pa unerwartet daheim. Irrenhaus.

(Er) 15.37
Later?

(Ich) 15.38
Vielleicht. Weiß nicht. I hope.
(*I hope* ist mir rausgerutscht, Carmen. Mach nicht so ein Gesicht, kann vorkommen. Ich hab's bereut, nachdem ich auf *Senden* gedrückt hatte.)

(Er) 15.38
Na gut, aber wirst doch mal rausgehen, oder?

(Ich) 15.39
Sobald ich kann, ruf ich an.

Und jetzt sind zwei Stunden vergangen. Hast du eine Ahnung, wie viel Zeit es kostet, Stöße von Papier in schmale Streifen zu verwandeln? Obwohl du dir die Arbeit mit deinem Bruder teilst, der eine unerwartete Präzisionsbegabung zeigt, wenn er das Blatt in den Schredder schiebt, den Papa zusammen mit drei Riesenkartons voll Papier in seinem Arbeitszimmer abgeladen hat.

Nur, um eine Vorstellung zu kriegen: wie auf Seite 247 des Geschichtsbuchs, *Fließband, 1913, der Amerikaner Henry Ford* etc. etc. Ich hole die Blätter aus dem Karton, lese die Zahl oben vor, Papa sucht sie auf dem PC, sagt *behalten* oder *weg,* ich ordne die zum *Behalten* wieder ein, Richi macht Sternschnuppen aus denen, die *weg* sollen. Eine Million Mal.

Ist es dir in deiner *normalen* Familie je passiert, dass du gut zwei Stunden damit verbracht hast, Dokumente zu schreddern, die sich auf die Cava degli Eremiti beziehen – ein krasser Ort, einer der größten Steinbrüche, die die Costa Costruzioni betreibt, wir haben einmal einen Ausflug dahin gemacht, kennst du das, wenn sie dir zeigen wollen, wo Papa sich aufhält, wenn du ihn wochenlang nicht siehst? –, also, ich meinte, hast du je zwei Stunden ununterbrochen mit *behalten* und *weg, behalten, behalten* und *weg, weg* verbracht, ohne dass es jemand für nötig hält, dir den Grund zu nennen? Nur: »Dieses Zeug habt ihr nie gesehen. Und den tragbaren Schredder auch nicht.«

Ich weiß nicht, ob ich eine Freundin möchte, der solche Dinge passieren. Da es dich ja nicht gibt, möchte ich mir dich lieber so gut wie möglich ausmalen. Ich glaube nicht, dass deine Mutter nach dem Fitness-Studio (sie hat wieder angefangen, Post-Nutella-Krise, *I suppose*) ins Haus stürmen würde, wie meine es gemacht hat. Wie ein Orkan in der Karibik, schwankende Palmen, berstende Jalousien, weggefegte Straßenschilder. Genauso wütete sie, knallte mit den Türen im Haus, angefangen bei der im Eingang und weiter mit der Salontür, der Küchentür, der zu meinem Zimmer, der zu Richis Zimmer und zuletzt der zum Arbeitszimmer.

Nun ist Mama nicht der Typ für so was. Sie ist *beherrscht*. Als Erstes wechselt sie die Schuhe, wenn sie das Haus betritt. Und wenn sie in den Garten geht, zieht sie sich von Kopf bis Fuß um. Doch als die Tür zum Arbeitszimmer aufflog, hatte sie nicht nur die Mokassins an den Füßen und Erdklumpen an den Sohlen, sondern sie war auch grün wie Regan, die Besessene aus *Der Exorzist*.

Vier Schritte, und sie stand neben mir. Sie riss mir die Blätter aus der Hand, warf sie in den Karton zurück und baute sich vor Papa auf – dem ehemaligen einfachen Angestellten, dann Geschäftsführer, dann Vorsitzenden der Firma, deren Chef sie war, ich erinnere dich daran, für den Fall, dass dir dieser Teil entgangen sein sollte – und erst da, mit der Wucht eines Tornados, brüllte sie ihm ins Gesicht: »Ich hätte wetten können.«

Er hob den Blick, als bemerkte er ihre Anwesenheit erst in diesem Moment. Ich schwöre es. Ein Gesicht, wie nicht mal Nina es hinkriegt, wenn sie bei Tisch Bratwurst mit Pommes frites serviert *(Entschuldigung, Signora, ich nicht verstanden keine Bratwurst)*. Ungehalten über die Störung, kannst du dir das vorstellen?

»Renzi hat sich krankschreiben lassen«, sagte er.

»Aha.«

»Tja«, erwiderte er und sah sie an, als wollte er sagen *Bist du jetzt zufrieden? Jetzt stehst du schön blöd da.*

Felice Renzi ist der Chefbuchhalter der Costa Costruzioni, ein hagerer, farbloser Mann mit schütteren Haaren und zu weitem und meiner Ansicht nach auch leicht schmutzigem Hemdkragen. Er ist fähig, in einem Sessel zu versinken, und du merkst nur, dass er da ist, weil er plötzlich wieder auftaucht, sein Brandyglas auf dem Tischchen abstellt und sagt: »Nun, Signora, es ist Zeit zu gehen.« Er nimmt an allen Arbeitsessen teil, aber seit einer Weile lässt er sich nicht mehr blicken. Sogar das Ostermontagsessen hat er dieses Jahr ausgelassen.

Sie sah meinem Vater scharf in die Augen. Wenn sie das tut – selten, aber es kommt vor –, gleicht sie meiner Oma aufs Haar. Eine Amazone, eine Walküre, eine echte Wucht. Dann machte sie auf dem Absatz kehrt, doch an der Tür drehte sie sich noch einmal um.

»Wage es ja nicht, je wieder die Kinder da reinzuziehen.«

Mittlerweile war es 17.13 geworden, und Gott sei Dank kam wieder eine Textnachricht.

Hast du mich vergessen?

Das Problem ist, Carmen, dass mir hier drin alle lauter Stuss erzählen. Oma, Papa und vor allem Mama. Wenn sie zum Beispiel behauptet, sie arbeite halbtags wegen Richi. Das stimmt so nicht. Sie sagt mir nicht die ganze Wahrheit. Und ich umgekehrt auch nicht.

»Was haltet ihr von einem Spaziergang?«

»Ein bisschen Luft schnappen täte sicher gut. Ich muss nicht viel lernen, das kann ich nach dem Abendessen erledigen.« *(stimmt)*

»Wollt ihr zum Golfplatz gehen?«

»Wahrscheinlich schon. Oder wir gehen runter bis zur Villa der Santinis.« *(stimmt nicht)*

Halb und halb. Ich weiß, dass eine halbe Wahrheit eine Lüge ist.

Also ist »Ich arbeite halbtags, um mehr für Richi da zu sein« eine Lüge.

Daher, ohne Schuldgefühle:

(Ich) 17.21

Natürlich nicht. Ich komme.

(Entschuldige, Carmen, ich konnte nicht widerstehen.)

Während Richi und ich uns noch auf dem Heimweg von der Schule befanden, klingelten vier Carabinieri in Zivil an unserer Tür, zeigten Nina ihre Ausweise, verteilten sich im Haus, packten eine Menge Dokumente in eine schwarze Aktentasche und luden sämtliche Computer außer meinem in den Kofferraum ihres Autos. Dann fuhren sie, nach den Spuren auf dem Kies der Zufahrt zu urteilen, mit quietschenden Reifen davon.

Nach so was stellt man sich ein höllisches Durcheinander vor, umgekippte Schubladen, aufgeschlitzte Matratzen, durchwühlte Schränke, aber nichts da. Alles an seinem Platz, es lohnte sich gar nicht nachzusehen, und ganz sicher gab es keinen Grund, so zu weinen, wie Nina es gerade tat.

»Es geht nicht um dich«, sagte Mama.

Doch Nina hörte sie gar nicht. Das bedeutet *unter Schock*. Ich hätte sie gern nach dem Grund gefragt. Es muss doch einen Grund geben, wenn eine, die seit vier Jahren zweitausend Kilometer von ihrer Heimat entfernt lebt, die hier niemanden kennt, der ihre Sprache spricht (abgesehen von der gestörten Pflegerin der Signora Guasco), die an der Wursttheke nicht mit der Wimper zuckt, wenn sie etwas nicht versteht, sondern den Verkäufer nur böse anschaut, nun, es muss einen wirklich guten Grund geben, wenn Nina angesichts von vier Carabinieri die Fassung verliert.

Ich fange schon an, mir einen langen Roman auszumalen, und eventuell werde ich sie dieser Tage mal interviewen, aber jetzt ging es nicht, weil Mama die Szene beherrschte und genau das tat, was man tut, wenn der Kronzeuge zusammenzubrechen droht. Innehalten, sich auf Richis Bett setzen, Nina ein Glas Wasser anbieten, leise sprechen und ermutigende Worte sagen.

»Waren sie unfreundlich? Sind sie dir zu nahe getreten?«

»Nein, nein, sehr höflich.«

»Mach dir nichts draus. Sie werden nicht wiederkommen.«

Mit Notfällen kann Mama ziemlich gut umgehen. Einmal saßen wir am Küchentisch, Richi war etwa vier oder fünf, und plötzlich hörte er auf zu atmen. Er schnappte nach Luft, man hörte das Kratzen im Hals, aber die Luft kam nicht durch, und seine Augen weiteten sich. Der reinste Horror. Wir sahen ihn blau anlaufen, »ein Anfall, ein Anfall«, kreischte Oma (mehrere Ärzte hatten Richi einen Epilepsieanfall prophezeit, aber er kam nie – bis heute nicht).

Die Einzige, die kapiert hatte, dass es sich nur um ein Zigulì-Fruchtbonbon handelte, war Mama. Sie hob ihn aus dem Wägelchen, hielt ihn mit dem Kopf nach unten und schüttelte energisch, bis das Kügelchen über das Parkett hüpfte. Pling. Pling. Pling pling pling, pling. Unvergesslich. Wie auch die Standpauke, mit der Paoletta bedacht wurde, schließlich hatte sie die Packung neben der Obstschale liegenlassen. Aber, ich meine ja nur: Damals hätte niemand einen Cent darauf gewettet, dass es Richi gelingen würde, die Schachtel zu öffnen. Und dann auch noch das Kügelchen aus dem Blister herauszudrücken!

Damals, bei der Sache mit dem Fruchtbonbon, war Ma

schon ruhig, und selbst heute wirkte sie wie eine, die von Berufs wegen nach einer Durchsuchung wieder Ordnung schafft. Ich vermute, dass sie es erwartet hatte, denn als Nina sie anrief, war sie bereits unterwegs und antwortete unbeteiligt: »Sie waren auch im Büro.«

Aber Nina war völlig außer sich, Mama ließ sie ein paar Minuten reden, dann hakte sie sie unter, zog sie auf den Flur und nahm sie mit auf den Speicher, um die Lage da oben zu begutachten. Wahrscheinlich wollte sie unter vier Augen mit ihr sprechen.

»Wir müssen es ihr sagen«, fing Richi sofort an.

Wir saßen noch in seinem Zimmer, mitten in dem Chaos aus Unterhosen, Socken, Windjacken, Legosteinen, Sammelbildchen, Comics, Bauern, Türmen, Heften und Filzstiften. Zu 90 Prozent herrschte dieses Durcheinander schon vor dem Besuch der Carabinieri. So gesehen ist Richi ein ganz normaler Junge, am liebsten hätten ihm die vier Beamten vermutlich die Bude aufgeräumt.

»Findest du das jetzt den richtigen Moment?«, antwortete ich. Zum millionsten Mal fängt er wieder damit an.

»Für dich ist nie der richtige Moment.«

»Nichts sagen wir ihr. Sie hat sowieso zu viel um die Ohren, um sich zu fragen, wo wir nachmittags hingehen.«

»Filippos Mama will sie anrufen.«

Als wüsste ich das nicht. Zum Glück begegnen wir ihr nicht so oft, aber letztes Mal hat sie mich wieder nach unserer Telefonnummer gefragt. Ich habe gebrummt, die wüsste ich nicht auswendig, und mein Handy hätte ich leider vergessen. Als es geläutet hat, wäre ich am liebsten im Boden versunken. Signora Ferrari hat so getan, als hörte sie nichts, aber bevor wir gingen, hat sie mir einen Zettel in die Hand gedrückt.

»Hier ist meine Nummer, du kannst deiner Mutter sagen, sie soll mich anrufen«, hat sie gesagt, aber mit dem Unterton: *Pass auf, Mädchen. Wenn du's nicht machst, klingle ich demnächst bei euch an der Haustür.*

»Wir sagen ihr einfach, dass Mama zurzeit viel zu tun hat, dass sie ins Krankenhaus musste, dass sie zur Erholungskur in der Schweiz weilt, dass sie auf den Malediven Urlaub macht, dass Neuseeland im Mai eine Farbenpracht entfaltet, die Mama sich nicht entgehen lassen wollte, irgendwas wird uns schon einfallen«, sage ich zu Richi, »aber wo kommen eigentlich diese Berge von Socken her, wenn man mal fragen darf?«

»Wenn du's ihr nicht sagst, sag ich's ihr.«

»Toll. Damit sie so richtig wütend wird, in dieser Situation.«

»Sie wird nicht wütend.«

»O doch. Und *wie*.«

»Das glaube ich nicht.«

»Hör zu, mit dir wird sie sich nicht anlegen, weil du ihr Schnucki bist, aber mir wird sie eine Riesenszene machen.«

Das ist ein Schlag unter die Gürtellinie, ich gebe es zu, Richi leidet unter der Bemerkung, er kann es nicht ausstehen, wenn ich auf diesen un-be-streit-ba-ren Punkt hinweise: Er ist Mamas Liebling, ihm verzeiht Mama alles, er ist ihr Augenstern. Ich verstehe sie, denn Richi ist auch mein Schnucki, er ist sogar mehr mein Schnucki als Mamas Schnucki. Aber er will davon nichts wissen.

»Wir sind gleich«, schreit er.

»Von wegen. In der Welt der Elfen.«

So, wie wenn irgendein Idiot dich fragt: »Wen magst du lieber, Mama oder Papa?« Zu hören, dass Mama ihn lieber mag als mich, wirkt auf Richi genauso. Zum Kotzen. Ich vermute, bei dem Gedanken, er werde bevorzugt, fühlt er sich anders, schwach, er will aber offensichtlich auch seine Dosis Normalität.

Gewöhnlich bin ich nicht so gemein, auf der Geschichte mit dem Lieblingskind herumzureiten. Aber seit ZWEI Wochen, ZWEI vollen Wochen drangsaliert er mich, sobald wir eine Minute allein sind und wenn wir zu den Ferraris gehen und auf dem Heimweg von den Ferraris und wenn wir morgens darauf warten, dass Mama ins Auto steigt, und während Mama aussteigt, um eine Zeitung zu kaufen, und wenn ich ihm bei den Hausaufgaben helfe – das hat mich zermürbt.

»Sie wird ganz bestimmt nicht wütend sein«, wiederholt er.

Denn wenn Riccardo De Giorgi sich etwas in den Kopf setzt, ist er wie ein Presslufthammer, ein Elektrobohrer, ein nachts tropfender Wasserhahn. Du kriegst Lust, ihn zu verprügeln. Vor allem, wenn er anfängt, mit dem Kopf zu schlenkern, und dann mit den Knien wackelt und mit den Fingern die Armstützen des Rollstuhls umklammert. Bis sie weiß werden. Wenn er das macht, will er dich erschrecken, und glaubt mir, neun von zehn Mal schafft er es. Aber diesmal nicht.

»Also danke. Vielen Dank, wirklich. Und ich darf es dann ausbaden, dich lässt sie ja sowieso in Ruhe.«

Jetzt wackelt er gefährlich.

»Sie lässt uns beide in Ruhe«, brüllt er.

»Hör zu, du Dickkopf. Mich täuschst du nicht mit deinem Theater« – ich packe ihn an den Handgelenken, drücke seine Knie zwischen meinen zusammen, löse seine Finger von den Armstützen, zwinge ihn, mir direkt in die Augen zu schauen – »ich sag dir jetzt, wie das ablaufen würde. Wir sagen es ihr, sie rastet aus, verbietet uns, in die Margeriten zu gehen, und fängt an, uns zu überwachen. Du siehst deinen Freund nur noch ein- bis zweimal pro Woche, bis seine Mutter anfängt sich zu fragen, wieso du dich denn gar nicht mehr blicken lässt. Filippo weiß nicht, was er antworten soll, sie denkt, wir sind eingebildet, und du musst Filippo die Wahrheit sagen. Nämlich, dass unsere Mutter eingebildet ist, und daraufhin besucht er dich nicht mehr. Super, oder?«

Ich denke dabei mehr an Antonio als an Filippo. Aber hier geht es darum, Richi zu überzeugen, also ist Filippo das bessere Argument. Wie auch immer, eines steht fest: Ich will nicht mit ihr diskutieren, ob ich die Margeriten-Siedlung betreten darf oder nicht, ich will nicht, dass sie mich daran hindert, Antonio zu treffen, und keinesfalls will ich mit ihr diskutieren, ob es angebracht ist, dass ich Kontakt mit ihm habe. Das entscheide ich. Punkt.

Richi atmet immer heftiger, schaut mich mit einem schiefen Blick an, in den Mundwinkeln bilden sich Speichelbläschen.

»Blödsinn«, meint er geifernd.

Ich hab's euch ja gesagt: eine hydraulische Presse, ein Schlagstock, eine laufende Betonmischmaschine, eine Schuttwalze. Na ja, vielleicht übertreibe ich. Aber wenn es etwas gibt, das ich ihr nicht anvertrauen will, dann das. Ich will nichts riskieren. Ich will es ihr nicht sagen und Schluss. Darf ich?

»Richi. Verdammt. Darf ich ein Geheimnis haben? Ein einziges? Sie hat Geheimnisse. Warum soll ich keine haben?«

»Ich sag's ihr.«

Mit einem Schubs lasse ich den Rollstuhl los, Richi schwankt, dann steht alles still.

»Das lass ich mir nicht nehmen, nein, vergiss es, kapiert?«

Ich schreie. Schon seit einer Weile. Echte Schreie. Und ich würde gern weitermachen, aber meine Stimme versagt, und ich fühle mich miserabel. Ich kann ihn nicht mehr ansehen, daher wende ich ihm den Rücken zu, jetzt bin ich diejenige, die nach Luft schnappt, die Speichel schluckt, ich fang gleich an zu heulen, in einer Minute wird es so weit sein, und ich hasse es, die Beherrschung zu verlieren, ich hasse es so sehr, dass es nie vorkommt, und ausgerechnet jetzt? Wegen NICHTS.

Ich höre, dass Richi aus dem Rollstuhl aufsteht.

Es kostet ihn große Anstrengung.

Ich weiß, dass es große Anstrengung kostet.

Ich höre die Schritte. Der linke Fuß schleift am Boden. Der rechte kommt bleiern auf. Dann die Arme, auf meine Schultern geworfen. Seine linke Hand klammert sich an den Kragen meines T-Shirts, mit der rechten patscht er mir unbeholfen auf den Kopf.

Richi kann einen nicht richtig streicheln.

»Nicht weinen«, sagt er zu mir. Und Mama reißt die Türe auf.

Auf den Dokumenten, die die Carabinieri dagelassen haben, stand etwas von Cava degli Eremiti. Dieser Steinbruch war der Anfang von allem, denn von da kommt ja alles, die Villa, der Garten, Papas Mercedes, das Heer von Therapeutinnen für Richi, meine zwölf Paar Hogan, sogar Buttita (ich glaube, er war Baggerführer).

Nicht ganz genau da, nicht genau an dem Ort, denn Steinbrüche wandern. Am Anfang war er ungefähr fünfhundert Meter von da, wo er jetzt ist, entfernt und lag mindestens hundert Meter höher. Das Höher gibt es nicht mehr, es hat sich in Kies, Sand, Beton, Straßen, Siedlungen (vielleicht auch in die Margeriten) verwandelt. Das, was vorher oben war, ist jetzt abgeflacht zu einer Art Maya-Pyramide, aber mit breiteren, höheren Stufen, schmutzigweiß und staubig.

Wisst ihr, dass man sagt »einen Steinbruch betreiben«? Aber es ist nicht wirklich so wie Ackerbau betreiben, wo du dann die Kartoffeln ausbuddelst, aber der Acker bleibt. Wenn man einen Steinbruch betreibt, verschwindet er nach einer Weile, und man muss weiter rüber gehen oder richtig woandershin (zum Beispiel in Wildbächen graben). Die Cava degli Eremiti ist die Mutter aller von der Costa Costruzioni betriebenen Steinbrüche, damit hat mein Urgroßvater, also der Vater des Dottore, angefangen.

Er hieß Giovanni Costa. Er sah nicht besonders gut aus, war nicht reich, aber schlau, sagt Oma. Bei der Geburt fehlte ihm ein Arm, im Ersten Weltkrieg wurde er von den Pfaffen durchgefüttert, die ihm das Rechnen beibrachten und ihn im Haus der Grafen Grimaldi als Verwalter unterbrachten. Das heißt, bei den Grundherren all jener Ländereien, die nicht der Diözese gehörten.

Die Grimaldis besaßen auch die Anhöhe, wo jetzt der Steinbruch ist, ein felsiger Hügel, der niemandem etwas einbrachte. Als die Grafen verarmten, erwarb ihn mein schlauer Urgroßvater, und es gelang ihm, das Abbaurecht zu bekommen. Das Geschäft florierte, er schickte seinen Sohn auf die Universität, und als der Dottore dann zurückkam und zu seinem Vater sagte: »Schluss jetzt, wir verkaufen keinen Kies mehr, wir behalten ihn und bauen selber Häuser«, da begriff mein Urgroßvater, was zum Teufel es mit dem sogenannten Boom auf sich hatte, und dachte, dass das für Kost und Logis seines einzigen Sohnes in Mailand investierte Geld nicht schlecht angelegt war. So weit die Familienlegende. Nach der Lovestory zwischen der Tochter des Chefs und dem jetzigen Präsidenten das zweite Thema für angenehme Unterhaltung bei den *zwanglosen* Abendessen.

Wenn die Carabinieri sich bis hierher bemüht haben, dann geht es um die Cava degli Eremiti. Nicht um die neue Parzellierung des Industriegebiets, von der Della Vedova vor einem Monat faselte, nicht um die alten Geschichten wie die Margeriten-Siedlung, nicht um das neue Zeugs wie das Biosolar, die Baustellen bei Pavia, die Schnellstraße bei Bergamo, die vom Regionalen Verwaltungsgericht gestoppte Auftragsvergabe, das geplante Eislaufstadion oder den neuen Flügel der Poliklinik oder eines der tausend anderen Vorhaben, von denen ich zwischen einem Glas Champagner und ein paar Lachswürfelchen mit Schnittlauch gehört habe.

Wenn ich an den mit dem Schreddern von Dokumenten verbrachten Nachmittag denke, wundert mich das nicht, doch mehr wüsste ich dazu nicht zu sagen, denn bei Mamas erstaunlicher Meisterschaft in Notfallbewältigung und ihrer unglaublichen Fähigkeit, jeden Funken Wahrheit zu verschleiern, ist das Protokoll schneller verschwunden als Bilbo, der auf dem Fest zu seinem einhundertelften Geburtstag den Zauberring überstreifte, unsichtbar wurde und die geladenen Hobbits mit offenem Mund stehenließ.

Unter normalen Umständen wäre die Tatsache, dass sich das Protokoll in Rekordgeschwindigkeit in nichts aufgelöst hat, nur eine weitere Bestätigung dafür gewesen, dass bei mir zu Hause für Ehrlichkeit kein Platz ist. Die x-te Klage, die ich diesen Seiten anvertrauen könnte. Doch Mama gab sich nicht zufrieden damit, oooh nein, sie hat es auf die Spitze getrieben.

»Was ist denn hier los?« Sie reißt die Türe auf, nimmt Richi bei der Hand und führt ihn zum Rollstuhl zurück.

»Alles in Ordnung, mein Schatz? Alles gut?«, fragt sie, und während Richi völlig unaufgeregt nickt, dreht Mama sich zu mir um.

»Also, was ist?«

Ein harter Blick. ›Das ist das *millionste* Mal‹, denke ich. Und dann: ›Das ist einmal zu viel.‹

»Nichts«, knurre ich. Ohne den Blick zu senken, ohne Scheu. *Nichts,* als wollte ich sagen, *Ende der Diskussion.*

»Warum habt ihr gestritten?«

»Warum waren die Carabinieri hier?«

»Warum habt ihr gestritten? Ich möchte den Grund wissen.«

»Und ich möchte wissen, warum die Carabinieri hier waren.«

»Werd nicht frech. Ich habe dich etwas gefragt und will eine Antwort.«

»Ich habe dich auch etwas gefragt und will eine Antwort.«

»Wir haben nicht gestritten«, sagt Richi. Mama beachtet ihn nicht. Diesmal kriege garantiert ich alles ab.

»Das geht dich nichts an, Paola. Sag mir, warum du mit deinem Bruder gestritten hast.«

»Das geht dich nichts an, Mama. Sag mir, warum sie hier waren.«

»PAOLA!«

»Was willst du?«

»Ich habe dich etwas gefragt.«

»Ich dich auch.«

Sie wirkt erschüttert. Dann holt sie tief Luft, wie meine Grundschullehrerin, Maestra Rosy, wenn ich mich ein bisschen zu eigensinnig aufführte.

Die Geschichte von Maestra Rosy muss ich erzählen. Ich schweife ab, ich weiß. Aber nur beim Schreiben. Im Leben bin ich *lakonisch*. Also: Maestra Rosy. Den Füller in der Hand halten ist ungefähr das Einzige, was ich ziemlich gut kann. Ich kann weder Mathe noch Diät einhalten, noch 400-Meter-Kraulen in weniger als sechs Minuten, noch einen Freund finden. Nur das Aufsatzschreiben ist mir immer leichtgefallen, schon in der Grundschule. *Der erste Schultag:* locker zehn Seiten gefüllt mit Schulkitteln, Bänken, Klassenkameraden, Kleid der Lehrerin, Glocke, Pausenhof, Verkehrspolizist. *Ein schöner Sonnentag:* eine detaillierte Schilderung des Gartens, der Kieswege, von Buttita, der die Forsythie ausschneidet. Und dann mein Lieblingsthema:

das *freie Thema*. Schreiben ohne einen Titel, schreiben, was mir in dem Moment einfällt, in dem ich schreibe, wahre und erfundene Sachen, alles durcheinander, Puppen, Richi, süße Snacks. Das Thema ohne Hemmungen. Manchmal zu hemmungslos, und Maestra Rosy stellte klar: »Freies Thema bedeutet, dass du dir dein Thema selbst aussuchst. Aber du musst dich entscheiden.«

»Ich habe mich doch entschieden.«

»Nein, das hast du nicht. Das hier ist wie Kraut und Rüben. *Freies Thema* bedeutet, ein Thema auszuwählen und es zu entwickeln. Also denk dir nächstes Mal einen Titel aus und dann schreib.«

»Dann ist es gar kein freies Thema. Sondern ein Aufsatz mit frei wählbarem Titel.«

Maestra Rosy sah mich schweigend an, und bevor sie mir antwortete, holte sie tief Luft.

»Ja, gut. Aufsatz mit frei wählbarem Titel, wie du willst. Aber nächstes Mal machst du es, wie ich es dir gesagt habe.«

Ins Zeugnis schrieb sie *fleißig, ausdauernd, manchmal eigensinnig.*

Als Mama tief Luft holt, erinnert sie mich an Maestra Rosy. Aber ihr Ausdruck ist anders. Nicht: schockiert, aber verständnisvoll. Nicht: als wollte sie gleich loslachen. Mama macht ein völlig anderes Gesicht. Meine Damen und Herren, in einem glänzenden Panzer aus Selbstbeherrschung und guten Absichten – ganz anderer Kämpfe würdig und unter dem die reine, helle Wut aufblitzt – antwortet Monica Costa, die Walküre, ihrer arroganten und undankbaren Erstgeborenen: »Du solltest nicht mit deinem Bruder streiten.«

Form des Verbs *sollen,* zweite Person, Konjunktiv II. Die Grammatik versüßt die Disziplin, aber die Walküre war nie sehr gut darin, einem irgendetwas zu versüßen.

»Und wenn er angefangen hätte?«

»Hör auf, dich wie ein kleines Kind zu benehmen.«

Form des Verbs aufhören, ebenfalls zweite Person, aber Befehlsform Präsens. So wie *Ehre Vater und Mutter.* Die Befehlsform passt am besten zu ihr, fürchte ich.

»Hör auf, mich wie ein kleines Kind zu behandeln, und sag mir, warum die Carabinieri hier waren.«

»Wie schon gesagt, das geht dich nichts an. Wenn ich dich wie ein Kind behandele, dann weil du dich so benimmst. Was machst du bloß? Schreist mit Richi herum? Findest du das angebracht?«

»Aber klar doch … Paola muss ein großes Mädchen sein, sie muss *verantwortlich* sein, weiß Paola denn nicht, was für Probleme Richi hat? Sieht sie nicht, wie sehr Richi sich anstrengen muss? Paola sollte sich besser ganz still in eine Ecke verziehen und aufhören, uns auf den Sack zu gehen.«

»Sei nicht so vulgär.«

»Hast du ein Problem?«

»Was ist nur mit dir los?«

»Das würde ich dir sofort sagen. Wenn es dich bloß interessieren täte. Wenn du mich anschaust, siehst du doch nur, welche Kleidergröße ich trage. Du misst meine Taille, meinen Schenkelumfang, und das war's. Für manche Sachen hast du ein scharfes Auge, das halbe Kilo mehr errätst du aus hundert Meter Entfernung.«

»Red keine Dummheiten.«

»Ich habe das Recht zu erfahren, was hier vorgeht. Und

du hör endlich auf, so zu tun, als wäre Richi drei Jahre alt. Du bist lächerlich.«

»Aber was sagst du da?«

»Du verstehst nur, was du verstehen willst.«

Sie holt tief Luft.

»Hör zu.« Noch ein tiefer Atemzug. »Hör zu. Machst du dir Sorgen wegen der Carabinieri? Du auch, Richi? Das hat mit der Arbeit zu tun, so was kann vorkommen, wisst ihr. Das Problem wird rasch gelöst sein.«

»Ich bin nicht vor den Carabinieri erschrocken. Die Carabinieri samt der Cava degli Eremiti und der Costa Costruzioni sind mir SCHEISSEGAL. LASS MICH AUSREDEN. Darf ich mit meinem Bruder streiten, ohne dass du dich einmischst? Wir sind ja nicht mehr fünf Jahre alt, dürfen wir diese Sache zwischen uns ausmachen?«

»Dieser Ton gefällt mir nicht. Mit Riccardo sollst du nicht herumschreien. Schluss, aus. Wenn du nicht groß genug bist, um das zu begreifen, kann ich es nicht ändern. Finde dich damit ab, wie wir alle.«

»Abfinden, womit? SPRICH ES AUS! Damit, dass mein Bruder schwerbehindert ist? Damit, dass er nicht so geworden ist, wie du gehofft hast? Damit, dass er nicht Fußball spielt, sich die Socken nicht selbst anziehen kann, nicht in der Lage ist, sich selber den Arsch abzuwischen, und auf Fotos keine besonders tolle Figur abgibt? Oder damit, dass ich selbst auch nicht so gut gelungen bin? Dass ich nicht top bin, dass ich nicht lauter Einser habe wie du früher und dass ich deine Jeans höchstens bis zum Knie hochziehen kann? Ich habe mich damit abgefunden, weißt du. Und Richi auch. Wenn sich jemand noch damit abfinden muss, dann bist du das.«

Bingo. Das Gesicht der Walküre zerfällt. Ihren Blick, als sie wieder aufschaut, kann ich nicht deuten. Anderswohin, weit weg.

»Ich will nicht, dass du vor deinem Bruder so redest. Ich will nicht, dass du so redest, und Schluss. Du kannst nicht wissen, was ich denke. Du weißt nichts«, sagt sie.

»Genau. Ich weiß nichts. Warum Zeit damit verplempern, mir zu erklären, was vor sich geht?«

»Paola hat recht, Ma. Das ist etwas zwischen uns. Mach dir nichts draus.«

Mama sieht ihn an. Sie hat Tränen in den Augen. Sie lächelt ihn an, küsst ihn.

»Soll ich euch allein lassen?«

»Ja«, erwidert Richi.

Sie verschwindet, aber keiner von uns erinnert sich, warum wir gestritten hatten. Also werfe ich Richis Socken in die Schublade, gehe hinaus und schlage hinter mir alle Türen zu, einschließlich Gartentor.

Das ist schon nicht ganz normal. Wir gehören nicht zu den Leuten, die streiten, herumbrüllen und die Türen knallen. Wir führen uns nicht auf wie in den Reality Shows. Dennoch fühle ich mich kein bisschen beunruhigt, sondern ganz leicht, als wäre die Sache eben einer anderen passiert und ich hätte sie im Fernsehen gesehen. Völlig unbeteiligt.

Auf einmal habe ich Lust auf einen Spaziergang. Aber nicht zur Margeriten-Siedlung, ohne Richi mag ich nicht zum Parco Di Vittorio gehen. Das Eisenwerk Campora Pietro & Sohn zieht mich einen Augenblick lang an, doch dann überlege ich es mir wieder anders, weil gerade ein Lastwagen der Costa Costruzioni in die Straße durch das Industriegebiet einbiegt, zu den Margeriten hinunterfährt und dann weiter über die Schotterstraße zum Biosolar. Lieber keine weiteren Komplikationen heute. Lieber die *Oase des Friedens*.

Wird Mama alles Papa erzählen?

Ich glaube nicht.

Aber es wäre doch eigentlich anzunehmen, oder? Ich meine, es wäre doch *normal*, Papa miteinzubeziehen, wenn so etwas passiert, eine wichtige Auseinandersetzung mit Tränen und allem. Ihn wenigstens zu informieren. Aber ich bin sicher, dass sie es nicht macht. Erstens: Sie wird meinem Vater nichts erzählen. Und zweitens: Sie wird mir gegenüber nicht auf das Thema zurückkommen. Wir werden so tun, als sei nichts geschehen.

Natürlich könnte auch ich es Papa erzählen, aber wenn ich versuche, mir die Szene vorzustellen – er, der spät heimkommt, allein in der Küche vor dem Fernseher isst oder sich gleich in sein Arbeitszimmer einschließt, während ich zu ihm sage *Entschuldige, Pa, hast du einen Augenblick Zeit, ich müsste mit dir reden* –, dann kommt mir das so aufgesetzt vor wie das Gesicht mancher Frauen, die im Fernsehen auftreten. Etwas, was schön, fröhlich, gesund sein soll – wie Schwierigkeiten *gemeinsam* anzugehen, in der Familie miteinander zu reden –, aber dann ist es aus der Nähe betrachtet ein hässliches Gummigesicht. Angespannt, verzerrt und traurig.

»Neee«, sage ich mit lauter Stimme. »Für Papa bin ich kein Problem.«

Ich bleibe abrupt stehen. Es war eine Art Refrain: Richi

konnte schon ziemlich gut sprechen, und das war sein Satz. Er lernte etwas Neues, zum Beispiel eine Schublade auf- und zumachen oder den runden Aluminiumdeckel des Joghurts ablecken, ohne sich das ganze Gesicht zu besudeln oder in die Zunge zu schneiden, und Mama sagte: »Sehr gut, Richi! Heute Abend erzählen wir es Papa.«

Dann zog Riccardo seinen Leitspruch heraus. *Für Papa bin ich kein Problem.* Im Ton einer Selbstverständlichkeit, als meinte er *Was hat Papa mit dem Joghurt zu tun.*

Wir verstanden ihn nicht. »Natürlich bist du kein Problem für Papa, Papa hat dich lieb«, sagten ich oder Mama oder Nina oder auch alle drei zusammen.

Aber Richi bestand darauf. »Nein, nein, für Papa bin ich kein Problem. Für Mama und Paola ist Richi ein Problem. Für Nina ist Richi ein Problem.«

Und wir bedrängten ihn immer weiter, nein, er sei kein Problem für uns, sei nie ein Problem für uns gewesen, bis er genervt war und schmollte.

Recht hatte er.

Ich stehe vor dem Supermarkt und überlege, ob ich rein- gehen und mir ein paar Schweinereien kaufen soll. Eine Zehnerpackung Fiesta. Eine Maxi-Rolle Pringles Original. Eine Familienpackung M&M's. Einen Sechserpack Eistee. Schon fast drei Wochen habe ich mich nicht mehr vollge- stopft. Es hat mit Antonio zu tun, aber über Antonio will ich nicht reden.

An einem der Schaufenster hängt ein altes Plakat: das Bild einer behaarten Kokosnuss mit Sonnenbrille und zer- knautschtem Panamahut. Unter dem Kokos-Gesicht steht *Vincent Van Coc.* Ich muss lächeln, weil Richi das Bild nicht versteht. Das heißt, wenn du es ihm erklärst, versteht er es abstrakt, lacht aber nicht. Ist es normal, dass er nicht lacht?

Andere lustige Sachen versteht er. Wenn er den Technologie-Lehrer nachäfft, ist es zum Kaputtlachen. Vincent Van Coc versteht er nicht. Die Krankheit im Gehirn macht, dass du bei der geringsten Ungewöhnlichkeit, der kleinsten Verschiedenheit denkst, es könne sich um ein Symptom handeln. Es ist ein Zustand, in dem du nicht mehr weißt, was normal ist und was nicht. Vielleicht ist Richi einfach so, Vincent Van Coc findet er nicht zum Lachen, aber dir bleibt der Zweifel, ob du nicht doch mit dem Arzt drüber reden solltest. Ob man ein Medikament braucht.

Ich würde gern alle diese Leute mit Einkaufswagen anhalten und fragen, ob sie lachen, wenn sie eine Kokosnuss sehen, die als ein berühmter Künstler verkleidet ist. Und ob sie ein Problem damit haben, ob das Plakat sie zum Lachen bringt oder nicht. Ja, Richi hat recht, wir haben ein Problem mit ihm, ich, Mama, Nina. Auch Oma. Nicht aber Papa. Und es trifft mich wie eine Ohrfeige, denn ich habe einen Haufen Zeit gebraucht, um etwas zu kapieren, das meinem Bruder, dem Opfer, schon im Alter von acht Jahren sonnenklar war, und ich begreife es erst in dem Augenblick, in dem Papa wegen der Szene, die ich gemacht habe, ein Problem mit mir haben könnte.

Aber mir bleibt keine Zeit, weiter darüber nachzudenken. Vor dem Eingang des Supermarkts sehe ich Antonio. Er ist nicht allein, sondern redet mit Marta Della Vedova. Sie geht in seine Klasse, ich dürfte mich also nicht wundern, aber ich wundere mich und werde nervös. Nicht, weil ich schlecht gelaunt bin. Sondern weil sie dasteht. Sie mit Antonio.

Sie ist mein Schicksal, meine unvermeidliche Spielgefährtin, seit ich auf der Welt bin. Und seit ich auf der Welt bin, war Marta Della Vedova auch immer zwei Jahre älter als ich und hat nie vergessen, es mich spüren zu lassen. Du sprichst fünf Minuten mit ihr und begreifst sofort, dass sie Weltmeisterin im schönen Schein ist, ein Destillat aus Oberflächlichkeit, die Quintessenz des Snobismus. Und sie ist kein bisschen hübsch, auch wenn sie das glaubt.

Außerdem glaubt sie, sie sei intelligent, tolerant, sympathisch, die Beste in Mathematik und unheimlich sprachbegabt. Sie ist überzeugt, sie spreche Englisch fließender als die Lehrerin, da ihre Familie sie seit ihrem vierzehnten Lebensjahr jeden Sommer nach London schickt, als Gast in einer Familie, die sich vermutlich hütet, sich mit ihr oder ihrer Zimmergenossin anzufreunden (noch so ein Snob, *I suppose,* oder eine, die ihre Gesellschaft ertragen muss, die Arme).

Wenn ihr unseligerweise beschließen solltet, ihr einen nicht unbedeutenden Teil eurer Zeit zu gönnen, oder wenn ihr euch an einem endlosen Nachmittag im Garten mit den Freunden von Papa zusammengesperrt fändet, würde Marta Della Vedova euch erklären, dass sie in England *zu Hause* ist, weil sie im Lauf ihres kurzen, aber intensiven Lebens in dem eleganten Londoner Viertel Chelsea, einen Schritt von dort entfernt, wo die Verlobte und jetzige Gattin von Prinz William wohnte, genau *sechsundfünfzig* Tage verbracht hat, aus denen nach ihrem geplanten Aufenthalt im kommenden

Sommer *siebzig* werden. Marta ist nämlich eine, die alles zählt, was ihr zustößt, jede Erfahrung, auch die unbedeutendste, und da sie ein wahnsinniger Snob ist und ihren ganzen Hochmut in einem, noch milde gesprochen, Mega-Konkurrenzverhalten ausdrückt, hat sie die Neigung, alle Zahlen, die sie betreffen, hemmungslos überzubetonen. Genüsslich wälzt sie sie im Mund, SEEECHSUNDFÜÜÜNFZIG Tage im Vereinigten Königreich (Marta sagt Youkay, *obviously*), ZWÖÖÖLFTAUSEND Euro für eine Woche Sansibar, NEUUNZEEEHN Gänge bei der goldenen Hochzeit der Großeltern. Wenn du also Zeit mit ihr verbringen musst, wirst du unweigerlich die genaue Zahl ihrer bisherigen Verehrer erfahren (ab der dritten Klasse Mittelstufe, nach Jahrgang unterteilt), wie viele Prada-Schuhe ihr ihre Mutter gekauft hat, seit Prada-Schuhe Mode sind, wie viele Bauchmuskelübungen sie in einer Stunde Bauch Beine Po ULTRA geschafft hat (nur Bauch Beine Po einfach *gibt es nicht,* für sie), die *beträchtliche* Zahl von geladenen Gästen bei dem Fest zu ihrer Erstkommunion, die *astronomische* Zahl von Geschenken, die sie zur Firmung bekam, die *schwindelerregende* Zahl von Ostereiern jedes Jahr, auch als Ostereier-Zählen selbst für eine zwei Jahre Jüngere lächerlich geworden war. Und so weiter, Zahl für Zahl. Ich bin fest davon überzeugt, dass ich bei Marta Della Vedova zählen gelernt habe.

Aber noch viel unangenehmer als diese ständige Vermessung des Marta'schen Universums ist, dass die Tochter des Ingenieurs Della Vedova dir von der Höhe ihres vierundzwanzigmonatigen Vorsprungs herab ständig sagt, was du tun sollst und wie du es tun sollst, und dir vor allem erklärt, so, wie du es machst, sei es verkehrt. Schneidest du dir die Haare kurz, versichert sie dir, jetzt trage man sie lang. Lässt du sie wachsen, weist sie dich darauf hin, dass du aussiehst wie eine Schlampe. Wenn du im Brustschwimmen besser bist, sagt sie dir, dass Rückenschwimmen aber die Figur harmonisiere. Und überhaupt, fügt sie dann hinzu, sei Schwimmen für Mädchen gar nicht so gut, denn das Beste sei, Modern Dance zu machen, so wie sie, oder ins Fitness-Studio zu gehen, so wie sie. Liegst du am Pool und liest in aller Ruhe einen Roman, den du cool findest, unterbricht dich Marta Della Vedova, um dir zu erklären, was an dem Roman nicht gut ist, auch wenn du nicht darum gebeten hast und sie das Buch nicht gelesen hat. *Der Herr der Ringe* zum Beispiel »ist was für Kinder«, der Roman *Wie es Gott gefällt* »ist schlechter als die Verfilmung«, *Der Fänger im Roggen* handelt von einem Jungen namens Holden – »Ach! Wie die Schreibschule Holden? Da geht mein Cousin hin«, der *Graf von Monte Christo* – »Was ist denn das für Zeug, so was mit Vampiren à la *Twilight*?«. Da wärst du dann gern die Reinkarnation von Edmond Dantès und würdest es sie schwer büßen lassen, aber wirklich schwer, sie etwa zwingen, alle diese Bücher zu lesen und dann eine Zusammenfassung zu schreiben, bei striktem Verbot, den Film anzuschauen. Da du aber nicht Edmond Dantès bist, na gut, Marta, ich schwimm ein paar Runden. Brustschwimmen. Wenn's gestattet ist.

Sobald sie mich sieht, macht sie Antonio auf mich aufmerksam, er steht mit dem Rücken zu mir und hält eine Supermarkttüte in der Hand. Sie wechselt einen Blick mit ihm, wie soll ich es nennen, vielsagend?, ganz hochgezogene Brauen, glitzernde Pupillen, schmallippiges Lächeln. Dann geht sie, winkt mir mit ihrem Händchen, ciao, ciao, während Antonio schnurstracks auf mich zukommt.

Er lächelt. Ich nicht.

»Was machst du denn hier?«, fragt er mich.

»Ich wohne hier.«

Ich vermeide es hinzuzufügen: *Und du?*, aber er merkt es nicht.

»Ich musste fürs Abendessen einkaufen, weil meine Mutter lange Schicht hat. Kommt ihr später vorbei?«

»Heute kein Schach. Für eine ganze Weile, fürchte ich.«

»Warum?«

»Ach, nichts. Chaos. Na gut, wir sehen uns.«

Ich drehe mich um und mache mich auf den Heimweg. Aber Antonio lässt nicht locker.

»Gibt's ein Problem?«

»Wieso?«

Ich gehe stur weiter, doch er holt mich ein.

»Bist du sauer auf mich?«

»Sollte ich?«

Ich beschleunige. Er ebenso.

»Weiß ich nicht. Weil ich mit Marta geredet habe?«

»Sie ist doch deine Klassenkameradin, oder?«

»Ich verstehe dich nicht. Ist was passiert?«

»Ich mag nicht drüber reden.«

Mit zwei großen Schritten überholt er mich, pflanzt sich vor mir auf und schaut mir in die Augen. Seine Haare sind ein bisschen gewachsen, eine Locke fällt ihm in die Stirn und zeichnet einen luftigen Halbmond. Er sieht aus wie Chris Martin von den Coldplay, als der lange Haare hatte.

Die Lippen sind weich und die Zähne darunter makellos weiß. Mir bleibt die Luft weg.

»Warum kommst du nicht mit? Ich bin mit dem Scooter da und habe den Starwars-Helm dabei. Ich bringe das Zeug hier in den Kühlschrank, und dann machen wir eine Spritztour zum Belvedere.«

»Musst du nicht lernen?«

Während ich das sage, schaue ich woandershin. Ich weiß nicht, ob ihr je eine Folge von *Happy Days* gesehen habt. Ich bin ganz verrückt danach, sie zeigen die Serie auf einem Sky-Kanal. Das Belvedere ist so eine Art Inspiration Point.

»Los, sag ja. Da vergeht dir die schlechte Laune.«

»Ich habe keine schlechte Laune.«

Zum Belvedere. Ich wäre überglücklich. Eine Kurve nach der anderen mit ihm hinaufbrausen, bis dorthin, wo der Asphalt eben wird und man unten die ganze Stadt sieht, die Margeriten-Siedlung, das Biosolar, unseren Garten, den Supermarkt, den Golfclub, die Glockentürme der Altstadt und in der Ferne die Zikkurat der Cava degli Eremiti, die sich über der üppig blühenden Vegetation erhebt. Ihm von meinem Urgroßvater erzählen. Oder von Buttita und Oma. Oder von den Dingen, von denen ich ihm jetzt seit ein paar Wochen erzähle, Schule, zu Hause, Nina, Richi, Bücher, Ferien. Marta Della Vedova auslöschen. Die Hausdurchsuchung vergessen. Die weinende Nina vergessen, Richis Liebkosung, Mamas Gesicht, als ich diese schrecklichen Sachen gesagt habe. Denn dass sie wahr sind, bedeutet nicht, dass sie nicht schrecklich sind, und die Tatsache, dass wir einander nicht sagen können, was wirklich los ist, macht sie noch schrecklicher. Ich weiß nicht, wieso sie das nicht verstehen will. Und es tut mir leid, Oma, es tut mir leid, Mama, es tut mir leid, Richi, aber ich glaube, dass mein Leben ziemlich mies ist, auch wenn ich scheinbar kein Problem habe, auch wenn mir nicht einmal in den Sinn kommt, *was ich für ein Problem haben könnte,* geschweige denn darüber reden kann. Auch wenn es, im Vergleich zu Richi, ein enormes Glück ist, nur einen einzigen fetten, schlaffen Riesenschenkel zu haben. Doch glaubt mir, irgendetwas fehlt mir garantiert, etwas Wesentliches, und jetzt gefällt es mir, dass Antonio so nah ist, in meinem Hals löst sich etwas, ich möchte den luftigen Halbmond beiseite schieben, der seine Stirn verbirgt, und wenn ich jetzt, so scheint mir, auf seinen Scooter steigen, meinen Arm um seine Taille schlingen und mich durch die mit Akazienduft geschwängerte Luft kutschieren lassen könnte, dann, glaube ich, wäre mein Problem ein bisschen weniger ein Problem. So ist das.

»Also wenn du heute nicht schlechter Laune bist, dann bist du auf einmal unsympathisch geworden. Schade.« Er streichelt mein Gesicht, mir stockt der Atem. »Schade. Ausgerechnet heute, wo du dieses T-Shirt anhast.«

»Was stimmt an dem T-Shirt nicht?« Meine Stimme zittert, ich will nicht an dieses T-Shirt denken. Ich hätte es wegwerfen sollen.

»Nichts. Es steht dir super. Lila ist eine schöne Farbe.«

Lila. Zwischen mauve und lila, genauer gesagt. Bis vor ein paar Monaten dachte ich, dieses Shirt sei violett, bis mir jemand im Chat auf Facebook geschrieben hat, es gefalle ihm sehr gut.

Und das war nicht das erste Kompliment.

Am Anfang stand eine Freundschafts-Anfrage. Hätte ich

misstrauisch werden müssen? Bei einem, der schon ein Freund von Freunden von mir war? Der behauptete, er gehe auf meine Schule, nur einige Klassen höher? Der sich Aragorn nannte, nach der schönsten Figur aus *Herr der Ringe*? Aber wer wird denn auf Facebook misstrauisch werden?

Ich akzeptierte.

Aragorn fing an zu kommentieren, was ich reinstellte. Es war die Zeit von *gefällt mir,* von *super Paola*! Dann begann der Chat, darin tauschten wir uns über Songs, Zitate, Filme und Albernheiten aus.

So ging das tagelang.

Dann kamen die ersten Komplimente und zuletzt das T-Shirt. Wie gut mir eben dieses T-Shirt stand.

Ich wusste nicht, was ich antworten sollte.

Aragorn gefiel mir schon sehr. Mir war, als hätten wir den gleichen Geschmack, ich erzählte ihm kleine Begebenheiten, und er schrieb einfühlsame Kommentare. Ich war sicher, dass ich nicht enttäuscht würde, wenn ich ihn persönlich kennenlernte, obwohl es keine Fotos vom Gesicht oder der ganzen Person gab. Nur Details. Aber reizvolle. Eine rot-blau gestreifte Schuhspitze, eine Gürtelschnalle, der bis knapp übers Handgelenk aufgerollte Ärmel eines Hemds. Für sein Profil benutzte Aragorn wechselnde, verführerische und bizarre Gesichter, Donald Duck, Keanu Reeves in *Matrix,* Johnny Depp in *Chocolat* und Spider-Man. Auch extra für mich ausgewählte Bilder, die nur wir beide verstanden: Matt Damon, wenn ich ihm am Tag zuvor mitgeteilt hatte, dass *Invictus* hinreißend sei, Bart Simpson, als ich ihm schrieb, was Eigensinnigkeit betreffe, käme ich mir gelegentlich wie diese Nervensäge von Lisa vor.

»Gefällt dir dieses Violett?«, tippte ich. Ich überlegte es mir ganz schön lang, ganz schön lang für einen Chat, und drückte dann ENTER.

»Das ist nicht violett, meine kleine Pedantin. Das ist lila. Check Mail, schicke dir Link.«

Der Link kam nach wenigen Sekunden und führte zur Wikipedia-Seite über die Farbe Violett und ihre verschiedenen Schattierungen. Aragorn hakte im Chat nach: »Siehst du, dass es nicht violett, sondern lila ist? Zwischen mauve und lila.« Dann eine Aufforderung. »Morgen in der Pause Kaffeeautomat. Mag nicht mehr, dass du nicht weißt, wer ich bin. Dasselbe T-Shirt, *please. It makes me crazy.*«

Wegen dem Lila habe ich zugestimmt. Wegen einer Schattierung von violett habe ich mich drei Tage lang verarschen lassen und auf den Märchenprinz gewartet, den ich mir wie Viggo Mortensen vorstellte, als er achtzehn war. Naiver geht's nicht.

Und zuletzt hat er sich materialisiert. Aragorn in Person. Nicht am Getränkeautomaten, sondern vor dem Supermarkt. Statt mit wollenem Umhang und Schwert mit Motorradhelm in der einen Hand und Einkaufstüte in der anderen.

»Ich hab's gewusst«, habe ich zu Antonio gesagt.

Ich bin ihm ausgewichen und losgegangen.

»Was hast du gewusst? Was ist bloß heute mit dir los?«

»Du bist ein Schwein.«

»Habe ich was Falsches gesagt?«

»Dass ich es nicht gleich kapiert habe! Wie konnte ich nur?!«

»Aber was denn?«

»Ihr hattet noch nicht genug Spaß, wie?«

»Ich weiß nicht, wovon du redest.«

»Diese arme Irre von Paola De Giorgi. Weißt du, was ich dir sage? Die armen Irren seid *ihr*.«

»WER DENN IHR?«

»Und wie er sich aufgespielt hat! Als mein Beschützer! Aragorn, der Sternenadler, der Streicher, König Elbenstein, der Verteidiger der Unterdrückten. Kennt mich überhaupt nicht, aber er ist ja so ein *anständiger Junge* und will mich warnen: Er hält mich auf der Lehrertoilette fest, macht auf dem Handy die Facebook-Seite auf, zeigt mir das Video, damit ich aufhöre, zu der Verabredung zu erscheinen und mich verarschen zu lassen. Kompliment. Gut ausgeklügelt.«

»Warte. Du glaubst, ich habe bei dieser Geschichte mitgemischt?«

»Hat Marta auch was damit zu tun?«

»Du denkst, ich mache mich über dich lustig?«

»Von dir war auch ein Kommentar bei den Beiträgen auf der Seite. Hast du das vergessen? Wie hattet ihr das Ganze genannt? *Die Hoffnung stirbt zuletzt? Eine Chance hat jeder verdient!*«

»Lass gut sein, das war ein Blödsinn.«

»Ich erinnere mich nicht genau. *Das letzte Ufer? Die neuen Monster?*«

»Es hieß *Diejenigen, welche … die Noten geben diesmal wir,* aber das habe nicht ich erfunden. Ich bin da irgendwie reingerutscht.«

»Sagte der Mörder zum Richter und verbarg das blutige

Messer. Was für Heuchler! Und die Seite war auch nicht so harmlos. Erinnerst du dich nicht an die Beschreibung?«

»Lass gut sein. Sie existiert nicht mehr. Es war Scheiße.«

»Warte, warte. Lass mich mal rekonstruieren. *Erste Schülermeisterschaft*, nein, *Erste Ausschreibung der Schülermeisterschaft.*«

»Lass gut sein. Vergiss es.«

»Warte, warte, *Naturwissenschaftliches Gymnasium Giuseppe Garibaldi, erste Ausschreibung der Schülermeisterschaft, reserviert für die Mädels, die zwar vielleicht 'ne Goldf... haben ...*«

»*... die aber trotzdem keiner will.* Paola. Es war eine Scheißidee. Als sie beschlossen haben, dich aufs Korn zu nehmen, war ich schon längst draußen.«

»Du hast auch zu den Freunden von Aragorn gehört. Wie konnte ich nur sooo blöd sein!«

»Wer zum Teufel ist Aragorn?«

»Wer zum Teufel ist Aragorn, fragte Aragorn.«

»Halt, stopp. Du irrst dich. Wer ist Aragorn?«

»Warum ausgerechnet ich? Erklär's mir!«

»Ich weiß es nicht. Ich hatte nichts mitzureden, wie schon gesagt. Ich weiß nicht, was ich tun soll, damit du mir vertraust. Ich weiß wirklich nicht, wer dieser Aragorn ist.«

Jetzt zittert seine Stimme.

»Willst du etwa behaupten, dass du dir den Namen rein zufällig zugelegt hast? Das glaubst du doch selber nicht.«

Sein Gesicht ist verkrampft, die Augen geweitet. Er knallt die Einkaufstüte auf den Boden und versetzt ihr einen heftigen Tritt. Über den Vorplatz rollen vier Äpfel, zwei Packungen Tortelli Giovanni Rana Gorgonzola mit Walnuss, drei Brötchen, eine Dose Polpabella Star und eine Packung H-Milch. Ich weiß nicht, warum, aber ich gehe in die Hocke, um die Sachen aufzusammeln. Doch, ich weiß warum. Weil ich das Durcheinander satthabe. Er kniet sich neben mich, nimmt meine Hände.

»Hör mir zu. Ich schwöre dir, dass ich nichts damit zu tun habe. Am Anfang wirkte es ganz harmlos.«

»Warum ICH?«

»Keine Ahnung, Paola. Vielleicht, weil du nicht so bist wie die anderen Mädchen. Du bist eine Einzelgängerin. Ich glaube, die Idee stammt von einer aus deiner Klasse, bin aber nicht sicher. Und einige meiner Klassenkameraden sind Vollidioten. Ich weiß, dass viele bei diesem Ding mitgemacht haben, aber nichts Genaues, sie haben mich außen vor gelassen, weil ich, genau wie du, nicht besonders beliebt bin. Vor allem, nachdem ich ihnen das Spiel verdorben habe. Vielleicht passt du irgendjemandem nicht. Aber das ist doch scheißegal. Marta ist es jedenfalls nicht, Marta mag dich, und das ist erstaunlich, denn sie mag sonst niemanden. Aber dich mag sie, sie fühlt sich als deine große Schwester. Sie hat nichts damit zu tun, das garantiere ich dir, ich glaube nicht, dass sie überhaupt etwas von dem Video weiß. Sie lebt in ihrer eigenen Welt, verstehst du, was ich meine?«

Und ob ich es verstehe. Eine Welt, in die niemand hineinkommt, und bestimmt nicht ich, und ganz bestimmt nicht Antonio Ferrari, Sohn eines Arbeitslosen und einer Kloputzerin im Altersheim Villa Elvira. Ich spüre die Tränen. Schon wieder. Scheiße. Da, wo sie heruntertropfen, färbt sich der Stoff dunkelviolett.

»Ich mag dich, Paola. Ist es möglich, dass du das nicht kapierst?«

Er lässt meine Hände los und umfasst mein Gesicht. Wir knien voreinander, ich rieche seinen Atem, Tabak und Pfefferminz, Pfefferminzkaugummi.

»Ich denke immerzu an dich.«

Ein wahnsinnig guter Geruch. Ich spüre den Asphalt unter den Knien, fühle mich unwohl in dieser merkwürdigen Stellung, schwach, als könnte ich jeden Augenblick umfallen, doch ich falle nicht, seine Finger umschließen mein Gesicht, werden nass von meinen Tränen, Antonio hält mich. Das ist schön. Aber ich kann mich nicht bewegen. Es gefällt mir, aber auch nicht. Da sind seine Lippen, ganz nah, Pfefferminz und Tabak, sie werden mich berühren, wenn ich es nur will.

»Du machst mich ganz verrückt, Paoletta.«

Nein.

Nicht mit Aragorn.

Ich weiche zurück, und Antonio verliert das Gleichgewicht. Er stützt sich mit den Händen am Boden ab, ich nutze es und stehe auf. Ich trockne meine Wangen.

»*You make me crazy.* Hältst du mich wirklich für so blöd?« Er kniet immer noch, ich sehe seine Augen nicht.

»Sag mir, was ich tun muss, damit du mir glaubst«, fleht er.

»Ich will die Wahrheit. Und die Wahrheit ist, dass Paola De Giorgi niemanden verrückt macht. Sie ist zu groß, zu fett, die Dicke mit dem Pferdegesicht mit aneinanderstoßenden Schenkeln und schwankendem Gang, mit unreiner Haut, fettigen Haaren, auch deshalb gibt ihre Mutter in der

Parfümerie so viel aus, wie ihr in einem Monat zum Leben braucht. Und glaub mir, ich wollte wirklich lieber nicht, dass es so wäre, und irgendwie gebe ich dir recht, dass wir diejenigen sind, die nicht zurechtkommen im Leben. Ich bin kein Genie, ich spreche nicht gut Englisch, meine Noten sind mittelmäßig, ich kann gut schwimmen, aber nicht gut genug für Wettkämpfe. Im Sommer verbringe ich die Nachmittage damit, Romane zu lesen, die kaum jemand aus meinem Bekanntenkreis liest, oder ich schaue mir alte Filme an, denn bei allem anderen wären andere Menschen beteiligt und ich würde mich unwohl fühlen.« Antonio erhebt sich, steht vor mir. »Nachmittags gehe ich nie aus dem Haus, kein Bummel im Zentrum, kein Tratsch mit Freundinnen, keine Runden, um Jungs zu treffen: Richi kann eine hervorragende Ausrede sein. Am Samstagabend gehe ich zwar mit den anderen Mädchen in den Pub oder in die Pizzeria, aber nur, weil ich sonst sogar mir selber zu komisch vorkäme. Deshalb vermute ich, dass mir das nicht besonders liegt. Aber rate mal, wofür ich mich wirklich gut eigne? Experimente auf Facebook. Das weiß ich dank dir. Als Versuchskaninchen bin ich top, ich falle auf alles rein. Wer sonst beißt sogar ein zweites Mal an, nachdem er so bloßgestellt worden ist wie ich.«

»Du hast nur angebissen, weil das Gefängnisleben, das du führst, dich fertigmacht und du jemanden näher kennenlernen wolltest.«

»Ob mir mein Leben gefällt oder nicht, geht dich nichts an.«

»Schließlich habe ich dir alles verraten!«

»Damit das Spiel noch aufregender wird?«

Er kneift die Lippen zusammen und auch die Augen. Dann öffnet er sie wieder, schaut mich erneut an.

»Es war das einzig Richtige«, sagt er.

»Ist irgendwo jemand, der die Szene hier filmt? Eröffne ich grade die zweite Folge mit meinem schönen *lila* T-Shirt? Gibt es vielleicht auch ein Video vom Parco Di Vittorio? Von deinem Fenster aus gedreht? *Mit der peinlichen Ausrede, den Bruder in den Park zu bringen, wartet Paola De Giorgi auf Aragorn.*«

»Ach Quatsch. Ich stand da am Fenster. Jeden Tag. In der Hoffnung, dass ihr kommen würdet. Wenn ich euch auftauchen sah, lief ich runter. Und ich bin nicht Aragorn, ich weiß überhaupt nicht, wovon du redest.«

»Damit ihr es nur wisst, du und deine Scheißfreunde. Opf steht für Opfer, nicht für Kopf. Mein Bruder hat mich nie gestresst. Wenn wir allein sind, nenne ich ihn Opf, und er nennt mich genauso. Wir sagen lieber die Wahrheit.«

»Ich bin ehrlich zu dir. Ich schwöre es. Frag Marta, der habe ich es gesagt.«

»Marta Della Vedova. Sehr gute Wahl. Meine ältere Schwester. Jetzt reicht's mir. Leck mich am Arsch, Antonio.«

Und an dieser Stelle gehe ich tatsächlich, weil ich jetzt wirklich möchte, dass der Vorhang fällt, dass der Tag vorbei ist, mir ist schon fast übel. Die Carabinieri, die mit quietschenden Reifen über unseren Gartenweg rasen. Nina. Mama, der das Gesicht entgleitet. Vincent Van Coc. *Für Papa bin ich kein Problem.* Marta Della Vedova. Der unbändige Wunsch, mit zum Belvedere zu fahren, so heftig, dass ich eine Gänsehaut bekomme, Antonio, der sich bückt, um die Äpfel aufzuheben, ich sehe ihn von weitem aus dem Augenwinkel, Antonio mit Tränen in den Augen, während er mit mir spricht, Antonio ist Aragorn.

Kennt ihr den Film, in dem ein Typ, ohne es zu wissen, in einem riesigen Fernsehstudio lebt und irgendwann merkt, dass alles Kulisse ist? Der Himmel ist nicht aus Luft, sondern aus Pappmaché. Das Meer ist kein Meer, sondern ein großer Pool. Er sitzt in seinem Bötchen, weiß nicht mehr, was er tun soll, und bekommt Angst, und auch wir, die wir ihm zuschauen, bekommen eine grenzenlose Angst, die gleiche, die ich, scheint mir, jetzt fühle, bis der Typ in dem Film eine Tür sieht, die sich im Pappmaché öffnet, und dann denken wir alle: *Los, mach auf, mach auf! Da draußen ist das* WAHRE *Leben. Leb dein* WAHRES *Leben!,* und allen kommen die Tränen.

»Es ist doch bloß ein Film«, sagt meine Oma, wenn ich vor dem Fernseher zu flennen anfange.

Genau, es ist bloß ein Film. Hier gibt es keinerlei Türe.

Juni

June is the cruellest month.
PAOLA DE GIORGI

Wenn Thomas Stearns Eliot noch lebte, in der Oase des Friedens wohnte und in zwei Tagen sechzehn Jahre alt würde, dann würde er den Anfang von *Das wüste Land* umschreiben. »April treibt Flieder aus toter Erde, er mischt Erinnern und Begehren«, heißt es bei ihm (und die Englischlehrerin schmilzt dahin). Doch in Wahrheit sind gerade jetzt die qualvollsten Tage, so reich an Früchten wie an nicht gehaltenen Versprechen.

Der Garten erlebt eine Explosion von Apfelgrün, Flaschengrün, Schattengrün, Gelbgrün, Violett, Rot und Orange. Die Zweige der Kirschbäume hinter dem Haus biegen sich unter ihrer Last bis zum Boden. Buttita kommt jeden Tag vorbei, gießt die Pflanzen, jätet das Unkraut, zieht die Zwiebeln der Narzissen heraus und verstaut sie fürs nächste Jahr, stutzt hier und da ein Ästchen, und während er so werkelt, blüht er selbst auch auf, seine Schultern bekommen eine goldbraune Tabakfarbe, er redet, redet und redet, und es ist wunderbar. Alles, was ich über Blumen und Früchte weiß, habe ich im Monat Juni von ihm gelernt.

Und während ich den passenden Platz für eine Schale Levkojen entdeckte, während ich lernte, dass Azaleen dem Berg-Rhododendron ähneln und leiden, wenn man sie in den heißesten Stunden gießt, bewältigte ich die letzten Klassenarbeiten, die mündlichen Tests, den Endspurt im Lernen. Wie trunken, übervoll von Erwartungen. Und dann hat mich der grausamste aller Monate betrogen. Die Hitze erdrückte plötzlich alles in einer unüberwindlichen Schläfrigkeit. Der Sommer würde mich vor Langeweile umbringen. Aber das ist egal: Im Juni *wartete* ich.

Nur eines tue ich mit großem Fleiß: die Lehrer aus der Nähe beobachten. Nachmittags hänge ich herum, doch vormittags unterziehe ich sie einer eingehenden Prüfung. Zumindest die wichtigsten: die Madame Italienischlehrerin, die alternative Englischlehrerin und den Schönling von Mathe. Im Geist drehe ich einen Dokumentarfilm: Ich tarne mich im Umfeld, setze mich auf die gewohnte Art in die gewohnte Bank, Ellbogen aufgestützt, Wange in der Hand, Beine unter den Stuhl von Gessica ausgestreckt, die in der Reihe vor mir döst. Ich gähne, schwatze und hebe mit der gewohnten Niedrigfrequenz die Hand, und unterdessen registriere ich alles, was sie tun und sagen (ich mache mir sogar Notizen). Nun, vier oder fünf solcher Vormittage genügen, und schon begreifst du, dass die Schule für sie bereits vorbei ist. Die Italienischlehrerin seufzt bei den gröbsten Schnitzern tief, schiebt ihre Handtasche auf dem Pult von einer Seite zur anderen, schaut aus dem Fenster, deutet ein schwaches Lächeln an und macht stur weiter. Die Englischlehrerin, ausgerechnet sie!, *my favourite!*, tippt während der Nachprüfung, die der halben Klasse das Leben rettet, ununterbrochen Nachrichten ins Telefon. Sie stellt ihr Handy auch nicht ab, sondern verlässt sogar das Klassenzimmer, um einen Anruf entgegenzunehmen. Wir sind so platt, dass wir es nicht einmal schaffen, einen anständigen Zettelverkehr zu improvisieren. Der Mathe-Schönling erzählt uns, anstatt wie vorgesehen den Stoff mündlich abzufragen, eine halbe Stunde lang von seinem toten Hund (er gehört zu den Leuten, für die der Hund ihr Kind ist). Dann entlässt er die zwei an der Tafel, um ihren Durchschnitt zu retten, mit einer Drei plus, bei der sich Generationen von Durchgefallenen im Grab herumdrehen.

Kurz, ein kolossaler Schlendrian. Nach dem Motto: Na ja, Kinder, nichts für ungut, ab in die Freiheit. Vermutlich war es am Schuljahresende schon immer so, und ich habe es nie gemerkt. Mit der Energie eines Gladiators und mit vollem Ernst stürzte ich mich bisher in die letzten Tage, die letzte Gelegenheit für Paola De Giorgi, ihren Notendurchschnitt anzuheben und die Zwei minus in eine runde Zwei zu verwandeln. Und das passierte auch, ist aber gar nicht der Punkt. Der Punkt ist: Welchen Unterschied macht so ein halber Punkt, ich meine, für mein Leben heute?

Für Antonio ist es vielleicht anders. Ich meine, es ist wohl anders, wenn man Pläne hat. Die Uni, die Zukunft, solche Sachen. Er hat sich nicht mehr gerührt, ich habe mich nicht mehr gerührt, zwei Wochen sind vergangen.

Als Marta Della Vedova zum obligatorischen Sonntagsbesuch kam (Papa, Mama und der Ingenieur hatten sich im eisgekühlten Arbeitszimmer eingeschlossen, mit Gesichtern wie ein kampfbereiter Avatar); als wir allein am Pool im Liegestuhl lagen (sie mit karibischer Bräune, *drei Sonnenduschen reichen, auch wenn mein Abonnement Gold Premium Supermaxi Deluxe* FÜNFUNDZWANZIG *vorsieht, warum probierst du's nicht mal aus, Paoletta? Es tut dir gut für die Akne*); als Marta Della Vedova auf ihre gewohnte schrille Art trillerte: »Und Antonio?«, mit einem Blick, der vor Hintergedanken triefte wie die Peperoni, die Nina dieser Tage in riesigen Mengen einlegt, habe ich nur geantwortet: »Nix Antonio.« Sie muss mich verstanden haben, denn sie hat das Thema gewechselt. Nicht nur. Sie hat sogar ihren Ton gemäßigt, sich dem Klima angepasst, das seit dem Sturm bei uns zu Hause herrscht.

Richi zum Beispiel sieht mich an, sagt aber nichts. Er wirkt nicht verärgert, er spricht einfach nicht mit mir. Jetzt läuft es so: Nina bringt ihn zu den Ferraris, damit er mit Filippo spielen kann, Mama weiß alles und zuckt nicht mit der Wimper, einmal hat sogar sie ihn hingebracht und mit Signora Ferrari einen Kaffee getrunken. Wenn Nina mich fragt, ob ich mitkommen will, erwidere ich, dass ich lernen muss. Und Richi sieht mich an.

»Wirklich«, sage ich.

Er senkt den Blick und antwortet nicht.

Auch Mama spricht leise. Sie sagt nicht mehr: »Hör jetzt auf mit dem süßen Zeug zum Frühstück!«

Stattdessen fragt sie: »Magst du ein Müsli?«

Vom Imperativ zur Frageform. Nicht schlecht, für ein bisschen Geschrei. Eines Tages hat sie es probiert. Sie hat versucht, die Frage da wiederaufzunehmen, wo wir aufgehört hatten. Aber so was ist unmöglich, wenn du etwas sagen willst, musst du es im richtigen Moment tun, danach wird es schwierig, du fällst aus dem Takt und setzt falsch ein.

Es war früh am Morgen, wir saßen im Auto vor dem Tor des Gymnasiums, und statt gleich wieder loszufahren, wie sie es immer macht, wenn sie mich zur Schule bringt, hat sie den Motor abgestellt.

»Hör mal, Paola«, hat sie angefangen.

»Ma, es ist spät.«

»Nur einen Augenblick. Ich wollte dir etwas sagen.«

»Hm.«

»Ich wollte dir sagen, dass es mir egal ist, welche Größe du trägst, es tut mir leid, wenn ich dir diesen Eindruck vermittelt habe, es interessiert mich echt nicht, ich glaube, du bist schön, so wie du bist, wirklich, ich sage nur, dass du abnehmen sollst, weil du in einem speziellen Alter bist, du musst aufpassen, sonst platzt du irgendwann. Das ist alles.«

Sie hat in einem Atemzug gesprochen, als müsste sie diese Sorge loswerden, und dabei durch die Windschutzscheibe gestarrt. Seit jenem Nachmittag haben wir keinen Blick mehr gewechselt. Zwei Wochen wegschauen. Aber so ist es, wenn man sich streitet. Man tut alles, um Blickkontakt zu vermeiden, und auch ich starre im Auto, statt dass ich ihr ins Gesicht sehe, lieber auf meine Knie. Sie schauen aus den kurzen Hosen heraus, zwei dicke, krankhaft bleiche Knie (auf Marta hören? Niemals!). Abgesehen davon, dass im Fall eines normal großen Mädchens die Knie bei diesem Hosenmodell (superschick, sagt Oma) bedeckt blieben.

»Gut, Ma. Kann ich jetzt gehen?«

Ich bemühe mich, so neutral zu klingen wie möglich, aber es kommt ein bisschen schroff heraus. Wie gesagt: Hinterher, ohne Wut, ist es verdammt schwierig.

»Warte. Ich weiß, dass du dich übergangen fühlst. Ich meine, so als würde nur Richi zählen.«

»Ich fühle mich nicht übergangen«, erwidere ich und denke: Wenn sie das sagt, hat sie nichts kapiert. Sogar Antonio hat verstanden, wie ich zu Richi stehe. Obwohl er mich doch kaum kennt. Ich gratuliere, Ma.

Andere Schüler trudeln ein. Autos halten am Straßenrand, Mopeds fahren durchs Tor, gleich wendet der Bus auf dem Platz und spuckt noch eine ganze Ladung aus. Es ist weder der richtige Ort noch die richtige Zeit, und Monica Costa hat zum soundsovielten Mal nichts kapiert.

»Warte, lass mich ausreden. Ihr beiden seid gleich für mich, nur dass er ein paar Probleme mehr hat, gehabt hat. Das verstehst du doch, oder?«

»Ich bin nicht mehr fünf Jahre alt, und ich fühle mich nicht übergangen. Warum fragst du mich nicht auch noch, wen ich lieber habe, Mama oder Papa?«

»Ich verstehe dich nicht.«

»Lass gut sein.«

»Du hast kein Recht, dich so zu benehmen«, ich lege die Hand auf den Türgriff, »es darf nicht mehr vorkommen, nicht vor Richi. Das musste ich jetzt einfach loswerden, aber ich habe nicht deswegen angehalten.«

Ich öffne die Tür noch nicht, mal sehen, worauf sie hinauswill.

»Nach unserem Streit habe ich nachgedacht. In den letzten Wochen war ich zu sehr mit anderen Dingen beschäftigt. Ich weiß, dass du fast erwachsen bist. Ich wollte dir sagen, wenn es etwas gibt, das du wissen willst, wenn du denkst, ich würde dir etwas verheimlichen, also, dann brauchst du nur zu fragen.«

Antonio überholt uns und verschwindet mit dem Scooter im Schulhof. Er bremst nicht, hebt nicht den Arm und dreht sich nicht nach unserem Auto um. Ob es etwas gibt, das ich wissen will? Sicher gibt es das. Einiges. Ich folge ihm mit den Augen, bis er verschwindet, ich glaube nicht, dass er mich im Rückspiegel sehen kann, jedenfalls senkt er nicht den Kopf, um es zu versuchen. Auch er schaut seit jenem Tag woandershin. Ich denke, *Okay Ma, probieren wir's.* Erster Aufrichtigkeitstest. Für den Anfang eine ganz einfache Frage.

»Warum hast du so einen Hass auf die Margeriten-Siedlung?«

Schweigen.

Der schnellste Test in der Geschichte der Tests.

»Lassen wir's«, sage ich abschließend. Das Klicken des Türschlosses hört sich an wie eine Explosion.

»Nein, warte. Warum ich die Margeriten hasse? Genau den Punkt getroffen. Hör zu, es ist kompliziert. Ich weiß gar nicht, ob ich bereit bin für diese Frage. Und wir bräuchten auch mehr Zeit.«

»Auf einmal hast du es eilig?«

»Sagen wir, es hat etwas mit Richi zu tun. Vielleicht. Sicher bin ich nicht. Wir hätten diese Siedlung nie bauen dürfen, oder vielmehr, wir hätten sie bauen sollen, aber anders, nicht … so. Die Verantwortung dafür trägt die Costa Costruzioni, das heißt, ich. Auch ich. Ich.«

Die Hände umklammern das Lenkrad, aus dem Augenwinkel sehe ich, dass sie schweißnass sind. Mir ist, als sei sie blass geworden, aber ich schaue weiter hinaus, überprüfe es nicht.

»Was hat Richi damit zu tun?«

»Es gibt zu viele Dinge, die du nicht weißt. Es war meine Schuld. Vielleicht. Sicher werde ich es nie wissen.«

Jetzt kommen immer mehr Schüler, Fahrräder, Mopeds, Grüppchen zu Fuß, mit geschultertem Rucksack. Man hört es klingeln, rund um unser Auto wächst die Spannung, eine Art kollektive Beschleunigung, und Ma nutzt es, um mich flüchtig mit dem Blick zu streifen, mir ein Knie zu tätscheln und ein verkrampftes Lächeln aufzusetzen. Tatsächlich, die Hand ist feucht von Schweiß.

»Jetzt gehst du besser, Paoletta.«

Von wegen, Paoletta! Ist das etwa eine Antwort?

Der kolossale Schlendrian hat nichts damit zu tun, dass Richi und ich auf die staatliche Schule gehen. Zwischen einem Scheibchen Roggenbrot mit iranischem Kaviar und einer Flûte Franciacorta Rosé Demi-Sec wundert sich immer mal wieder jemand darüber. Wie? Die De Giorgi zahlen nicht das alles in allem doch *günstige* Schulgeld für eine schöne, anerkannte Privatschule mit Turnhalle, Hallenbad und multimedialen Klassenzimmern? Sie ziehen es vor, ihren Kindern eine Rolle Klopapier und ab und zu einen Stoß DIN-A4-Papier für die Fotokopien in den Rucksack zu packen?

Das ist eine der wenigen Fragen, auf die Mama eine glasklare Antwort gibt und auch keine veränderte Version auftischt, wenn die Signora nach dem Schnittchen wieder heimfährt und Klatschgeschichten verbreitet im Mikrogärtchen ihres Reihenhauses, gebaut von der Costa Costruzioni auf der letzten Parzelle der Oase des Friedens, der in Hanglage.

Mama traut den Privatschulen nicht, denn, behauptet sie, wenn du zahlst, ist es zu einfach. Ist doch klar, oder? Sie weiß, wovon sie redet, sie hat an der Bocconi studiert. Und vor allem, fährt sie fort, traut sie ihnen nicht wegen Richi.

Bestimmte Privatschulen – zum Beispiel die beiden im Zentrum, eine ganz neue, die vom Kindergarten bis zum Gymnasium geht, und eine alteingesessene, die Mittel- und Oberschule abdeckt – nehmen Kinder wie ihn nicht gern. Höchstens zwei oder drei. Im gesamten Institut, wohlgemerkt. Kontingentiert, genauso wie die bedürftigen Kinder (die jedoch nie aus muslimischen oder Zigeunerfamilien stammen). Sie versuchen nicht einmal, solchen wie Richi etwas beizubringen. Sie parken sie bei einer Babysitterin (bei der Vorstellung einer hässlichen Nonne anstelle von Righetti fällt das Stimmungsbarometer meines Bruders auf *Pulsadern aufschneiden*). Sie trennen sie von den anderen, keine Chance, dass einer einen Freund wie Filippo findet. Und Filippo einen Freund wie Riccardo.

Aber der sommerliche Schlendrian hat wie gesagt nichts damit zu tun, dass es sich um eine öffentliche Schule handelt. Sie spiegelt die Realität, die Unvollkommenheit der Realität. Was ich meine, ist Folgendes: Betrachten wir die Allgemeine Auffassung von Schule: der Königsweg ins Morgen, die Stütze der Zukunft, die Wette, Die Wir Nicht Verlieren Dürfen, im Namen der Jugend und des Landes etc. etc. Eine insgesamt absolut perfekte Idee, einschließlich Großschreibung und allem. Wer wäre nicht glücklich, wenn er jeden Tag, als Lehrer oder als Schüler, mit so etwas zu tun hätte?

Lassen wir mal die Probleme beiseite, die Tatsache, dass wir vierunddreißig Schüler in der Klasse sind und dass Righetti schon als Aushilfskraft arbeitete, als Richi noch im Universum der platonischen Ideen schlummerte. Die Englischlehrerin tippt ja nicht während der letzten Prüfung ungeniert Nachrichten ins Handy, weil die Schule zum Kotzen ist. Wenn es so wäre, würde sie das ganze Jahr mit dem Schreiben von Textnachrichten verbringen.

Die Sache ist die, dass auch in der vollkommensten aller Schulen, auch auf der höchsten denkbaren Stufe schulischer Perfektion gegen Ende Mai, wenn es heiß zu werden beginnt, die Luftfeuchtigkeit auf weit über 50 Prozent steigt; dass, wenn das erste Morgenlicht durch die Fensterläden dringt und ein nach Linden duftender leiser Wind dich streichelt, ein Betonklotz ohne Klimaanlage der letzte Ort ist, den du aufsuchen möchtest; dass du dich, wenn du weißt, es sind die letzten Arbeitstage, nur umzudrehen brauchst, und unvermittelt liegt die ruhige Weite der Ferien vor dir wie das Meer, gesprenkelt mit kleinen weißen Segeln, Fischerbooten und Möwen; kurzum, Ende Mai würde auch in der perfekten Traumschule niemand daran denken, dass er es mit der Wette, Die Wir Nicht Verlieren Dürfen etc. etc. zu tun hat. Die unerbittliche Unvollkommenheit der Wirklichkeit holt dich auch dort ein, und dann zeigt sich, dass die perfekte Schule der realen Schule ziemlich ähnlich ist: ein Kompromiss, ein So-lala, eine halbe Sache, ein Sich-Arrangieren, ein Das-Beste-draus-Machen.

Man kann mir entgegnen, nicht die Realität, sondern wir seien unvollkommen. Mag sein. Aber das erschüttert mich nicht besonders. Mich stört nur, dass ich es nicht früher gemerkt habe. Ich fühle mich wie eine, die noch an den Weihnachtsmann glaubte, während alle anderen schon den Stall samt Ochs und Esel in Frage stellten. Eine, die permanent auf der Leitung steht. Ein bisschen schäme ich mich und frage mich, ob es Dinge gibt, für die es sich lohnt, sein Bestes zu geben, großgeschriebene Dinge, an die man blind glauben kann. Schule, nein, Familie, nein, Freundschaft, wer weiß, Liebe, bisher keine Antwort. Noch etwas?

Vielleicht darf man nur an sehr, sehr konkrete Sachen glauben. Pietrangelo Buttita setzt auf Pferdemist. Manchmal kommt er mit entsetzlich stinkenden Plastikflaschen daher, gefüllt mit einer bräunlichen Brühe, die er dann überall verteilt. Einen halben Tag lang riecht der Garten dann ein bisschen nach Stall.

»Nach Reitbahn«, sagt Oma.

»Nach Scheiße«, erwidert er.

Eines Tages, als sie nicht da war, habe ich ihn gefragt, ob es stimmt, dass er in der Cava degli Eremiti gearbeitet hat.

»Als junger Bursche«, hat er geantwortet und rund um die Magnolie ein Bächlein flüssiger Kacke ausgegossen (es ist gar keine Kacke, sondern ein geheimnisvoller Zaubertrank, sieht einfach so aus).

»Und wieso hast du dann aufgehört?«

Ins Schwarze getroffen. Kennt ihr das, wenn in den scheußlichen Fernsehfilmen die aufreizende Blondine den Hebel runterdrückt, die Slot Machine rattert und dann eine Kaskade goldener Jetons ausspuckt? Genau so. Schade, dass Richi nicht dabei war, sobald ich diese beängstigende Funkstille durchbrechen kann, muss ich es ihm erzählen. Buttita, der die Flasche wieder verschließt, zum Rosenspalier geht und, während ich ihm wortlos folge, die WAHRHEIT ausspuckt. Drei Jahre habe er in dem Steinbruch gearbeitet, sagt er. Dann mustert er die helle Seite der Blätter. Er hat als Handlanger angefangen und ist bis zum Baggerführer aufgestiegen.

»Keine Läuse. Das Zeug funktioniert.«

Gegangen ist er, als sie ihm gerade den Posten als Vorarbeiter angeboten hatten.

»Du hast aufgehört, als sie dich befördern wollten?«

»Die Signora wollte mir eine Abfindung geben.«

»Abfindung? Was soll das heißen?«

»Lass es dir von ihr erklären.«

»Oje!«

»Sagen wir so: Ich wollte nicht für den Dottore arbeiten. Jede Art von Arbeit, aber nicht für den Dottore.«

Und jede Art von Arbeit hat er dann gemacht: dreiundzwanzig Tage Straßenkehrer, acht Wochen Maurer und abends Pizzaiolo, elf Jahre, sieben Monate und vier Tage Steinbrecher in Deutschland. Bis er genug auf der hohen Kante hatte, um zurückzukommen, ein Bauernhaus, ein Stück Land, eine Hacke, einen Spaten und einen Rechen zu kaufen. Und dann Säge, Hammer, genug Schnurrollen, Glasabfälle, Plastikreste, Nägel und Pflöcke, um ein fünf Meter breites, neun Meter langes und einen Meter fünfzig hohes Gewächshaus zu bauen. Das hat er alles haarklein erzählt: Wer ihm beigebracht hat, das Senkblei zu benutzen und wer die Bierhefe, die zwölfstöckige Mietskaserne mit zehn Wohnungen pro Stockwerk, wo er in Essen gewohnt hat, der Geruch in den Gängen, Kohl, Knoblauch und Tomate, die Rundziegel des Bauernhauses, alle kaputt und an Schönwettertagen einzeln ausgetauscht. Ist das nicht eine schöne Geschichte? Bekäme man nicht Lust, einige Sachen großzuschreiben?

»Ein Traum. Ich hatte mir auch ein Schild gemacht: BUTTITA PIETRANGELO PFLANZEN UND BLUMEN, aber am

Anfang hatte ich nur Obstbäume und Gemüsepflanzen. Jeden Morgen fuhr ich mit vier Zucchini- und Basilikum-Töpfchen auf die Märkte. Aber alle hatten einen Gemüsegarten und züchteten sich ihre Sachen selber.«

»Aus der Traum. Ein Hungerleben.«

»Tja, und schon stand ich wieder bis nachts um zwei in der Pizzeria am Ofen. Aber ich hatte immerhin meine Pflanzenschule. Es hat Jahre gedauert, bis endlich die Villen kamen. Ein Segen, Paola. Sogar diese hässlichen Reihenhäuser, die der Dottore baute«, sagt er mit Blick über den Zaun. »Kilometer von Kirschlorbeer, Mauern von Liguster, geometrisch angeordnete Zypressen, kugel- oder kegelförmig gestutzte Buchsbaumsträucher. Die eleganteren Leute wählten japanischen Ahorn, Silbertanne. Andere Rotfichte, Hortensien und Petunien, die ersten Reihenhäuser hatten alle Petunien, kannst du dir das vorstellen?«

»Nie gesehen.«

»Geschmacklose Blumen, grelle, falsche Farben, sehen zerknittert aus. Sie riechen nach überstandener Armut, nach entronnener Gefahr. Sehr poetisch.«

»Bring mir einen Topf Petunien mit.«

»Du würdest sie nicht verstehen. Deine Oma, vielleicht. Na, jedenfalls, an dem Tag, an dem ich den Auftrag für einen Hektar englischen Rasen, sieben Tulpenbeete und zwei Rosenspaliere mit Kletterrosen bekam, habe ich beschlossen, dass die gut durchgebackene Quattro Stagioni, die ich auf der Schaufel hatte, die letzte war. So ist das mit den Träumen, es kommt nicht alles auf einmal, ist ja keine Lotterie. Ich war für den Traum, sie für die Lotterie. Ich gebe ihr keine Schuld«, sagt er mit einem Gesicht, als würde er ihr ALLE Schuld zuweisen, »sie bekam die Blumen lieber geschenkt, als sie zu züchten.«

Nein, denke ich. Neeeiiiin. Das gibt's ja nicht. Ich habe schon etwas geahnt, aber nicht, dass ein Roman dahintersteckt, der schon ein halbes Jahrhundert dauerte.

»Na so was.«

Mir fällt *Liebe in Zeiten der Cholera* ein (das Buch, Marta, nicht der Film). Die Grenzenlose Liebe, riesengroß geschrieben, die der Protagonist Florentino Ariza sein Leben lang für das Mädchen hegt, das er in seiner Jugend geliebt hat, die schöne Fermina Daza. Er liebt sie auch weiterhin, als sie sich entscheidet, einen wichtigen Typen zu heiraten (der Dottore!), als sie altert, als sie endlich Witwe wird. Obwohl er keineswegs auf ein ausschweifendes, erotisches Leben verzichtet, bleibt er ihr ergeben, sucht sich keine Frau (wie Buttita!), ist auch uralt noch trunken vor Liebe.

»Hör mal, Pietrangelo.«

Aber mir fehlen die Worte. Es ist unglaublich. Unter dem Pferdemist so viel reine Literatur. Wie gern würde ich das Antonio erzählen.

»Hör mal, Pietrangelo: Hast du schon mal García Márquez gelesen?«

Jetzt schreibe ich, was übermorgen passieren wird. Oma wird am späten Nachmittag kommen, in der einen Hand eine Tüte von Gucci oder Fendi oder Dolce & Gabbana, in der anderen ein üppiges Paket aus der Konditorei Santi. Buttita wird keinen Finger rühren, um ihr zu helfen, Oma wird so tun, als sähe sie ihn nicht. Sie wird aber die Zeit bis zum Abendessen im Garten verbringen, um sich mit ihm zu kabbeln, und er wird an diesem Abend einen Vorwand finden, um länger zu bleiben als gewöhnlich.

Mama und Papa werden vor sieben zu Hause sein. Papa wird kurz duschen. Um Punkt halb acht werden wir um den Tisch mit der Tischdecke aus feinstem Leinen sitzen, mit den Baccarat-Gläsern, dem dänischen Porzellan, dem Silberbesteck, einer Komposition weißer Röschen in der Kristallschale und abgestelltem Fernseher.

Mama ist eine Geburtstags-Fundamentalistin. Zu der ultraorthodoxen Zeremonie sind nur die engsten Familienangehörigen und Nina zugelassen. Wenn ich es wünsche, kann ich mir noch ein anderes Fest organisieren mit wem ich will (abartige Vorstellung!), aber wehe, jemand rührt am häuslichen Geburtstagsfest. Alles steht geschrieben, ist seit Jahren getestet und wiederholt. Da ich das Geburtstagskind bin, wird es Schnitzel mit Pommes geben. Wenn Richi dran ist, gibt es Lasagne al forno. Das heißt, unsere Lieblingsgerichte (als wir sechs Jahre alt waren). Nach dem Obstsalat wird das Licht ausgehen, dann wird Mama in den Salon kommen, in der Hand eine Torte der Konditorei Santi (Blätterteig und Vanillecreme für mich, Schokolade, wenn Richi an der Reihe ist). Die brennenden Kerzchen werden flackern. Wenn sie anfängt, *Tanti auguri a te, tanti auguri, Paoletta* zu singen, werden ein paar erlöschen. Wir werden sie wieder anzünden, ich werde die Augen schließen, so tun, als würde ich mich auf einen Wunsch konzentrieren, und pusten. Nach der Torte werden die Geschenke ausgepackt, eines nach dem anderen, die von Mama alle mit einem Kärtchen, Ton in Ton mit dem Einwickelpapier. Dann wird sich unweigerlich und todsicher Ninas Blick weiten. Unverständnis. Aufregung. Angst. Dieselbe Fassungslosigkeit bei jedem Gegenstand: Computer, Handy, Schuhe, was immer ich bekomme. Als wollte sie sagen: Und jetzt? Was machen wir damit?

Nicht, dass Nina nicht wüsste, wozu man ein Handy braucht: Ihre Sorge gilt dem alten Gerät, das ersetzt werden soll. Denn es ist nicht nur so, dass Nina nichts kauft: Nina wirft auch nichts weg. Den Begriff Müll gibt es in ihrem Kopf nicht. Laufmaschen an Strumpfhosen stoppt sie mit Nagellack. Socken stopft sie. Alle. Eine Gewohnheit, die zu einem endlosen Krieg mit meinem Vater geführt hat: Sobald ein Füßling ein wenig fadenscheinig wird, steckt er das Paar in die Tasche und lässt es in der erstbesten Tonne der Oase des Friedens verschwinden. Er hat kapieren müssen, dass die Socken Ninas Flickwut nicht entgehen, wenn er sie in den Eimer unter dem Spülbecken wirft. Ihrer Meinung nach lässt sich alles reparieren: der Mixer, die Klospülung, die Gummimatte in der Dusche, die angeschlagene Kachel, der eingerissene Konditoreikarton, der Föhn, der Pfannengriff. Aus alten Laken macht sie Küchentücher. Aus den Küchentüchern macht sie später Lappen, die man in der Garage verwenden kann. Wenn sie wirklich unbrauchbar geworden sind, versucht sie die Fetzen Buttita anzudrehen. Er mustert den öligen, formlosen Klumpen, den Nina ihm hinhält, brummt: na gut, und nimmt ihn mit heim, um damit irgendein altes Leck in irgendeinem alten Gewächshaus zu verschließen. Nina trennt Pullover auf, die wir nicht mehr tragen, und recycelt die Wolle. Synthetikfaser benutzt sie für Kissen. Marmeladegläser packt sie während des Abkochens in alte Zeitungen. Aus dem Gesicht des amtierenden Ministerpräsidenten kommen wie Tauben aus dem Zylinder eingemachte Pfirsiche zum Vorschein. Ist sie mit dem Kompott fertig, breitet sie die benutzten Zeitungen auf einem Gestell zum Trocknen aus, das sie sich aus einem angeknacksten Wäscheständer und einem kaputten Fliegengitter zusammengebastelt hat. Anschließend benutzt sie sie erneut zum Auslegen der Schubladen (Mama hat auf ihr kostbares Dekorpapier verzichten müssen) oder stopft sie in die Schuhspitzen. Und wenn sie wirklich nicht mehr weiß, wie sie sie noch verwenden könnte, macht sie zwei auf einen Zentimeter große, superhübsche, gepresste Würfel daraus, echte Designobjekte, die in einem Korb neben der Feuerzange liegen und zum Anzünden des Kamins besser sind als Diavolina. Ließe sie sich das Zeug patentieren, würde Nina Millionärin.

Eines Tages fiel ihr Blick auf einen Artikel zum Kompostieren. Sie studierte ihn eingehend, mit Wörterbuch bei der Hand und Zusatzkurs in Fachvokabular durch meine Wenigkeit. Am Ende gelang es ihr, Mama (und Buttita) zu überreden, in einer Ecke des Gartens neben dem Geräteschuppen eine Tonne aufzustellen und sie gemäß der Anleitung aus dem Artikel selbst zu durchlöchern, abzusägen und mit Netz und Deckel zu versehen. Da hinein wirft sie nun unsere wenigen Essensabfälle, solche, die man wirklich nicht mehr in einem Hackbraten, einer Frittata oder einer Suppe unterbringen kann.

Jetzt begreift ihr wohl, warum so jemand angesichts des neuesten iPhone-Modells in Panik gerät. Wie willst du ein Handy weiterverwerten? Selbstverständlich steht sie im regen Austausch mit Rumänien, und die Pakete voller rumänischer Kleinigkeiten kehren voller italienischer Kleinigkeiten, die sie knapp vor der Müllhalde gerettet hat, nach Hause zurück. Aber alles hat seine Grenzen, und das komplette Recycling der Abfälle der Familie De Giorgi hat Nina noch nicht geschafft. Das wäre schön, hm? Die erste superkonsumistische Familie mit null Umweltbelastung.

Für jemand, der alles haben könnte, was er sich wünscht, ist Ninas bekümmerter Blick ein Fluch. Letztes Jahr bin ich vor einem brandneuen iPod mit 64 GB (dem dritten) Ninas Augen begegnet, habe auf die Lasergravur *Auguri Paoletta* hinuntergeschaut und so was wie eine Halluzination gehabt: der verweste iPod in der Kompostiertonne. Ein bisschen wird also auch sie mit dran schuld sein, dass ich diese Geschichte mit den Geschenken nicht genießen kann.

»Was möchtest du denn zum Geburtstag, Paoletta? Eine neue Handtasche?« Was ich möchte? Ich möchte das Gefühl, das ich als Kind am Weihnachtsmorgen hatte.

»Ein Armband? Vielleicht eins von denen, wo man die *charms* auswechseln kann? Silber, Gold und Email, Murano, Swarovski.«

Ich würde mir nur zu gern etwas wünschen können. Auch irgendwas Kleines. Aber wirklich *wünschen*. (Und ich hasse Armbänder, das müsste sie wissen.) Wünschen sich nur die etwas, die nichts haben können? Die anderen kaufen einfach?

»So eine Sonnenbrille, wie wir sie im Zentrum gesehen haben? Ein bisschen Retro, das würde dir total gut stehen.«

Vielleicht habe ich deshalb nie an Dingen gehangen. Habe nie eine Lieblingspuppe gehabt, zum Beispiel. Und von den 64 GB habe ich nach einem Jahr knapp sechs gefüllt. Ich benutze die Dinge nicht. Wünsche ich sie mir deshalb nicht? Ich könnte Mama den Helm vorschlagen, den es für Tankstellen-Punkte gibt. Wenn du Punkte sammeln musst, um etwas zu bekommen, freust du dich vielleicht mehr. Antonio wirkte sehr erfreut.

»Ein Abonnement für das Sun Center, wo Marta hingeht? Oder lieber eine Überraschung?«

»Ja, Mama, eine Überraschung.«

Schön wär's. Möglichst irgendwas, was mich freut.

Ein Päckchen von meiner imaginären Freundin Carmen, überbracht von einem Uhu (sie würde bestimmt erraten, was ich mir wirklich wünsche).

Eine Nachricht von Antonio.

Irgendeine Antwort.

Antonio, ja, der wird bei mir großgeschrieben. Vorgeschichte. Mit sieben Jahren besteht er seiner Mutter gegenüber darauf, weiter mit dem stinkigen, verlausten Klassenkameraden in einer Bank zu sitzen, den alle anderen meiden. Was er davon hat, sind NEUN Entlausungen, NEUN in ZWEI Jahren (wenn Marta das wüsste, wäre sie entsetzt über diese Zahlen). Zum Glück wechselte der Typ in der dritten Klasse die Schule, sonst wäre Antonio heute kahlköpfig.

Mit vierzehn, das Zeugnis für den Übertritt zum Gymnasium mit lauter Einsern in der Tasche, beschließt der junge Antonio Ferrari, nicht etwa seine Sommerferien zu genießen, sondern Reifen zu wechseln in einer Werkstatt, wo sie ein Auge zudrücken. Er macht keinen einzigen Tag frei außer an den Sonntagen, verkauft sogar sein Fahrrad und schafft es, sich rechtzeitig zum ersten Tag im Gymnasium ein gebrauchtes Moped zu kaufen, ohne daheim um Geld bitten zu müssen.

Vier Jahre später, als er volljährig wird, tut Antonio Ferrari *Das Einzig Richtige,* er rettet Prinzessin Paola vor den Bösewichtern, die sie auf Facebook verarschen.

Bevor mir der Verdacht kam, dass er der erbarmungslose Aragorn sein könnte, gefiel mir diese Geschichte voller Großtaten. Im *Kurzen Heroischen Leben des Antonio Ferrari* fühlte ich mich wohl wie in einer Hose, die weder zu eng noch zu weit ist und alle kritischen Stellen kaschiert. Ich musste es mir Stück für Stück zusammenreimen, denn wie alle wahren Helden ist Antonio keiner, der viele Worte macht. Er redet nicht, er tut. Und *Das Richtige tun* hängt stark mit meiner fixen Idee von der Wahrheit zusammen. In dem Sinn, dass du der Realität ins Auge *siehst, verstehst,* was die Wahrheit ist, und *handelst,* indem du das Richtige tust. Genau das. Keine Kompromisse, kein So-lala, keine halben Sachen, kein Sich-Arrangieren, kein Das-Beste-draus-Machen.

Was das *Handeln* betrifft, fühle ich mich etwas verunsichert. Heute, zum Beispiel, wie hätte ich mich da verhalten sollen? Mama und Papa sind am frühen Nachmittag zurückgekommen (inzwischen stolpert man zu Hause andauernd über sie). Sie haben sich sofort im Arbeitszimmer eingeschlossen. Richi, auf der Schwelle, schaut erst Nina und dann mich an. »Ja, wirklich«, antworte ich ihm, deute auf den Stoß Bücher, der mich erwartet, und versinke noch tiefer zwischen den Sofakissen.

Beim Geräusch der sich schließenden Fenstertür müssen

sie im Arbeitszimmer gedacht haben, wir seien alle draußen. Mama reißt die Tür auf und tritt in den Salon, Papa
folgt ihr. Hinter der Sofalehne können sie mich nicht sehen.
Was sollte ich tun? Aufspringen und sagen: »Weißt du was?
Ich wohne hier!« Nein, das geht nicht, also habe ich weiter
das getan, was ich gerade *nicht* tat: *nicht* gelernt, *keine*
Nachrichten geschrieben.

»Wir haben keine Alternative«, sagt er.

»Wo ist der Aschenbecher? Es gibt immer eine Alternative, auch letztes Mal gab es eine.«

Gewöhnlich steht der Aschenbecher auf der Kommode.
Jetzt steht er auf dem niedrigen Kristalltischchen vor meiner Nase. Daher könnte ich auch sagen: »Ma, hier ist er.«

Ich sollte. Bedingungsform. Die Bedingungen sind aber
nicht gegeben. Seit einiger Zeit behauptet Mama, dass sie zu
rauchen aufgehört habe. Also halte ich den Mund, und wir
sind quitt.

»Hast du nicht aufgehört?«, sagt mein Vater prompt.
»Hör zu, es ist jetzt beschlossene Sache.«

»Nur eine ab und zu. Nina wird ihn weggeräumt haben.
Du hättest ablehnen müssen.«

An dieser Stelle stürmen sie in die Küche, aber man hört
trotzdem alles.

»Es ist jetzt beschlossene Sache.«

»Und Renzi weiß Bescheid.«

»Hm.«

»Warum er und ich nicht?«

»Du hättest nicht eingewilligt.«

»Allerdings nicht.«

Klappern von Schranktüren. Rauchgeruch zieht herüber,

ich vermute, Mama benutzt ein Obsttellerchen. Nie würde sie die Asche ins Spülbecken schnippen.

»An diesem Punkt ist es sinnlos, noch weiter zu diskutieren.«

»Aber warum dort?«

»Monica, wir haben keine andere Wahl.«

»Wieder dort.«

»Beim ersten Mal ist alles gutgegangen.«

»Renzi wird reden.«

»*Das* weiß er nicht.«

»Er wird den Rest ausplaudern.«

»Ich glaube kaum. Er hat auch davon profitiert.«

Dann werden die Stimmen leiser, Papa sagt etwas, wieder klappert eine Schranktür.

»Du hättest es mir nicht sagen dürfen«, brummt sie, während sie erneut in den Salon kommt. Sie hat den Ton gewechselt, ich habe das Gefühl, sie spricht mit sich selbst.

»Was?!«, fragt er.

»Wann willst du es denn machen?«, fährt Mama mit lauterer Stimme fort. Ich höre, dass sie sich dem Sofa nähert.

»Übermorgen Nacht. Man muss die Sache zu Ende bringen. Es geht nicht mehr scheibchenweise. Die Baustelle.«

»PAOLA! Seit wann bist du hier?«

Mama ist ganz blass.

»Hm. Fünfzehn Jahre, elf Monate und achtundzwanzig Tage.«

»Sehr witzig«, fährt Papa dazwischen. Mama schaut mich bestürzt an. Und das macht mich rasend, ich schwöre es.

»Keine Sorge«, sage ich zu ihr, »ich habe sowieso nichts verstanden. Deine Geheimnisse sind sicher.«

Ich räume nicht einmal die Bücher weg, ziehe so ab, wie ich bin, Flipflops, Sommerkleidchen und Handy. Ich höre, wie Papa sagt: »Was hat sie bloß?!« Zuerst will ich mich in einen der Liegestühle fallen lassen, doch dann kommt mir alles so abstoßend vor, eine Pfütze neben den Rosen, ein Insekt, das auf der Wasseroberfläche schwimmt, die stehende Luft, Buttita über ein Beet gebeugt, das Weiß des Steinbruchs, der in der prallen Sonne leuchtet wie ein Scheinwerfer, das Geräusch einer Betonmischmaschine in der Ferne. Alles so unwirtlich. Daher schlage ich den Weg zum Tor ein, und als Oma mir entgegenkommt, tue ich so, als hörte ich jemandem am Handy zu, und formuliere mit den Lippen: »Geh nur, geh, geh, Pietrangelo ist schon da.« Am Tor angekommen, überquere ich die Straße, gehe an der kleinen Bar an der Tankstelle vorbei, ich habe ja sowieso kein Portemonnaie dabei und erinnere mich auch nicht, dass ich hier in letzter Zeit irgendwelches Junkfood gekauft hätte, das hat mit Antonio zu tun, aber über Antonio will ich nicht reden.

Auf der Straße ist die Sonne nervtötend, erstickend. Ein Lastwagen der Costa Costruzioni überholt mich, hüllt mich in eine Wolke aus Staub und Erde und biegt in die Unterführung zur Margeriten-Siedlung ein. Ich stelle mir vor, wie er erst am Parco Di Vittorio und dann die Schotterstraße zum Biosolar entlangfährt. Ich würde ihm gern bis zur Parkbank folgen, über Antonio will ich nicht reden und bleibe stehen, schaue auf mein Handy. Zum hunderttausendsten Mal, seit es passiert ist, denke ich: »Von Antonio nichts.«

Was soll ich hier.

Ich hätte auf dem Porphyr-Trottoir weitergehen sollen bis ins Herz der Oase des Friedens und dann zum Golfclub.

Ich hätte einen Ananassaft trinken können. Ohne Zucker. Ohne Portemonnaie.

»Aber selbstverständlich, Signorina, fühlen Sie sich wie zu Hause.«

Was soll ich hier. Ein Auto hupt, ich stehe mitten auf der Straße. Ich nähere mich dem Rand, bemerke den Wegweiser *Campora Pietro & Sohn Eisenbau* und denke: *Das ist der richtige Ort.* Ich wandere durchs Industriegebiet, erreiche die Werkhalle, setze mich unweit vom Eingang, kontrolliere den Eisenzaun. Mir fällt auf, dass ich die Bewässerungsdüsen direkt im Rücken habe, auf mich gerichtet wie Gewehrläufe. Ich blicke zu den Feldern hinüber, Richtung Margeriten, aber die Felder sind nicht mehr da und auch die Margeriten-Siedlung nicht. Nur ein Lattenzaun. Ein langer, hoher Lattenzaun aus alten, wiederverwerteten Brettern, an dem hier und da dunkelgrüne Nylonfetzen unbewegt in der stehenden Luft hängen. Ich höre wieder eine Betonmischmaschine, einen Motor, den ich nicht erkenne, Gehämmer. »Della Vedova«, denke ich.

Es ist seine Schuld, denke ich, wenn Campora Pietro & Sohn nun nicht mehr die letzte Halle vor dem Nichts ist, die äußerste Grenze der Welt, die andere Möglichkeit. Der Gitterzaun ist glühend heiß, verbrennt mir die Schultern. Die Rolle der Prinzessin ist so unbequem wie dieser Platz. Ich will weder gerettet noch verarscht werden. Ich will nur wissen, was los ist. Ich will die Wahrheit.

O ja, ich fürchte, ich bin eine, für die Wahrheit und Ehrlichkeit großgeschrieben werden. Und so eine dürfte nicht lauschen, keine miesen Tricks anwenden. Sobald die beiden den Salon betreten, müsste sie aufspringen und sagen: »Tataaa, Paola De Giorgi ist da! Und jetzt erklärt mir bitte, was hier vorgeht.«

Sie mit dem Rücken zur Wand festnageln. Eine Erklärung verlangen. Wie man es unter Erwachsenen machen sollte. Denn wenn du Tricks anwendest, befindest du dich plötzlich auf der falschen Seite, am Schluss bist du die, die noch ein Kind ist, zu klein, um ihr die Dinge zu erklären, das wäre nur Zeitverschwendung. Und alles wird schief, kommt durcheinander, ist richtig und falsch gleichzeitig, alles unrettbar kleingeschrieben, ein Kompromiss, eine halbe Sache, ein So-lala. Dir bleibt nichts anderes übrig, als dich davonzumachen. Wer kann in diesem Zustand, mit diesem Chaos im Kopf wissen, was Das Richtige ist.

Ich werfe einen Blick aufs Handy.

Nichts.

Ich nehme allen Mut zusammen. Zum ersten Mal, seit ich mit Antonio gestritten habe, schalte ich es aus. Um Punkt 16 Uhr denke ich, jetzt werde ich heulen, solange ich Lust habe.

Dann kommt es vor, dass sich das Leben an dich erinnert und dir zum Geburtstag ein wunderschönes Geschenk macht. Alles beginnt damit, dass Papa sehr spät heimkommt, wir setzen uns nach neun Uhr zu Tisch, er mit Drei-Tage-Bart. Mama sagt: »Rasiere dich doch wenigstens, Carlo«, er antwortet: »Reich mir die Flasche.« Nina hat weder paniertes Schnitzel noch Pommes frites gemacht. »Ich hatte verstanden, nichts Frittiertes, Signora.« Es gibt Zucchiniauflauf, geröstete Peperoni und eine wahnsinnig gute Quiche Lorraine. Hundert Prozent Sahne. In der Tat ist das gerade mein Lieblingsgericht, denn seit Mama ihr nahegelegt hat, keine Würstchen mit Sauerkraut mehr zu servieren, hat Nina auf ihre unnachahmliche Art reagiert – mit französischer Küche.

Oma erscheint ohne Geschenk und ohne Torte. »Die Konditorei Santi ist wegen Umbau geschlossen«, sagt sie, und auf dem Tisch gibt es nicht die geringste Spur von Süßigkeiten, auch keine Platte mit Eclairs, kein Eis, nicht mal eins aus dem Supermarkt. Sie macht immer noch das Gesicht der untröstlichen Witwe, das sie gestern Nachmittag aufgesetzt hat, als der Gärtner sie zum Teufel schickte, den Rechen zwischen die neuen Petunien warf und davonlief, ohne sich noch mal umzudrehen. Den ganzen Tag hat Buttita sich nicht blicken lassen, und der Rechen liegt immer noch quer über der Einfassung des Beets.

In den knapp zwanzig Minuten, die wir bis zum Obstsalat brauchen, sagen sich Mama und Papa der Reihe nach: »Hol dir selber Wasser«, »Ich muss kurz telefonieren«, »Lass es doch einfach«, »Wir haben schon darüber gesprochen«. Als sich Papa dann ins Arbeitszimmer zurückzieht, überreicht mir Mama eine Schachtel, in der Mitte der silberne Apfel auf weißem Feld.

»Auch von deinem Vater und von Richi«, sagt sie. Absolut verkrampftes Lächeln.

»Ein iPad, so eine Überraschung«, antworte ich.

»Damit kann man auch auf Facebook«, schiebt sie nach.

»Phantastisch, genau das, was ich brauche.«

Details: kein Geschenkpapier, kein farblich passendes Kärtchen. Auch keines in der falschen Farbe.

Oma macht immer noch dasselbe Gesicht. Ich studiere es eingehend, denn das Witwengesicht, wird mir klar, habe ich noch nie an ihr gesehen. Mit Tränen in den Augen blickt Nina auf das iPad. Etwas sagt mir, dass wir morgen panierte Auberginen essen werden. *Ich hatte nicht verstanden, keine Auberginen, Signora.* Ach, beinahe hätte ich es vergessen: keine Torte, keine Kerzen, kein *löschen wir das Licht,* kein Geburtstagslied und vor allem kein *wünsch dir was, Paoletta.* Kurz, ein phantastisches Nicht-Geburtstags-Fest. Ein unvergesslicher Augenblick, eine halbe Stunde Wahrheit, in diesem Haus eine Seltenheit. Danke, Leben. Um neun Uhr achtundzwanzig – vor sieben Stunden – zeigte das in der Küche aufgehängte Thermometer 31 Grad outdoor, der Geburtstag war vorbei, noch bevor er angefangen hatte, und ich war bester Laune.

»Das *global warming*«, bemerke ich fröhlich, während ich das iPad anschalte. Mama eilt zum Thermostat und stellt die Klimaanlage noch zwei Grad kälter. Nina schluckt. Morgen Lasagne al forno mit drei Schichten Béchamelsauce, vermute ich. Indoor bricht unterdessen die sibirische Kälte aus. Das wahrste Klima. Von meinem Standpunkt aus das wünschenswerteste, einmal abgesehen von vor drei Jahren, als ich im letzten Moment Fieber bekam und das Fest komplett ins Wasser fiel.

Oma und Buttita haben wegen dem Belvedere gestritten. Ihr wisst schon, dem Ort, wo ich so gern mit Antonio hingefahren wäre. Soweit ich es verstanden habe, musste das für die beiden wirklich der *Inspiration Point* sein. Und was denkt sich Oma aus? Als ob nicht ein halbes Jahrhundert vergangen wäre, kommt sie frisch wie eine Rose in ihrem enganliegenden, türkisgrünen Shantungkleid daher und ruft: Weißt du noch, Pietrangelo, wie gut uns das Belvedere gefiel? Weißt du noch, dass du dort deine Gärtnerei eröffnen wolltest? Dann halt dich fest! Die Kaution ist schon hinterlegt: für den Hof etc., renovierungsbedürftig. Mit ein paar Umbauten würde es großartig, wenn du willst, helfe ich dir, ich kann es kaufen und dir verpachten. Oder ich überschreibe dir alles, oder noch besser, wir kaufen es zusammen. *Vivaio Il Belvedere*. Also, was meinst du?

Was sollte er schon meinen, der Buttita? Das türkisgrüne Kleid ist ein Hingucker, macht in einem Reißverschlussratsch zehn Jahre jünger, aber Wunder wirkt es nicht. Er hat die Ruhe bewahrt. Hat aufgehört zu rechen, hat ihr in die Augen gesehen und sie gefragt: »Welches Spiel spielen wir?«

Und sie war beleidigt! Hat ihm den Rücken zugewandt und so was geantwortet wie: Mit dir kann man nicht reden, du bist immer derselbe, ich gehe ins Haus. Worauf Buttita den Rechen zwischen seine poetischen Petunien gefeuert und sie zum Henker gewünscht hat.

Oma ist ganz fahl in die Küche gekommen, hat sich ärgerlich die Augen abgetupft, als fände sie Tränen unsäglich. Ich glaube, sie hasst Weinen genauso wie ich. Unsere verblüfften Blicke, von mir, Richi und Nina, hat sie mit einem Achselzucken abgetan. Aber man merkte, dass sie schier platzte und das dringende Bedürfnis hatte, alles loszuwerden. Sobald wir den Blick wieder gesenkt haben, ich auf mein Buch von Fabio Volo (ich mache gerade eine selbstzerstörerische Phase durch), Richi auf das Schachbrett und Nina auf ein Häufchen Erbsen, hat sie uns den ganzen Streit erzählt und am Ende gesagt: »Ist das nicht Wahnsinn? Ich biete ihm auf dem Silbertablett die Möglichkeit an, den Traum seines Lebens zu verwirklichen, und was macht er? Der spinnt doch, oder?«

Nein, Oma. Das ist nicht Wahnsinn. Das ist normal. Wie kann es sein, dass Oma das nicht begreift. Sie *will* nicht begreifen. Sie *tut so,* als würde sie nicht begreifen. Und da mich die Leute nerven, die sich die Welt nach ihren Vorstellungen ausmalen, Realität hin oder her, habe ich Fabio Volo mit einem trockenen Knall zugeschlagen.

»Aber wolltet ihr da nicht zusammen wohnen, am Belvedere?«

Sie presst die Lippen aufeinander.

»Woher willst du das wissen?«

»Ich habe einfach mal geraten.«

»Blödsinn.«

»Für ihn vielleicht nicht.«

»Soll ich einen Kaffee machen?«, fragt Nina begütigend. Oma klammert sich daran wie an ein Rettungsboot. Schweigend warten wir auf das Gurgeln der Espressokanne.

»Na ja«, sage ich versöhnlich.

»Hm«, macht Oma nachgiebig.

Es kann ja nicht so enden.

»Es hat halt nicht gestimmt«, fängt sie wieder an. »Er hatte keinen Heller. Mein Vater hätte so einen Hungerleider von *terrone* nie akzeptiert und auch mich krepieren lassen.«

Jetzt hat Nina den Blick von den Erbsen gehoben und die Augen zusammengekniffen, wie sie es macht, wenn sie ein Wort nicht versteht.

»*Terrone*, Nina?«, frage ich.

Italienisch für Fortgeschrittene: letzter Schliff.

»Das heißt, ein bisschen so wie du«, bemerkt Richi lachend.

»Dummerchen«, greift Oma ein.

»Also, Nina, *terrone* benutzt man, um einen Süditaliener zu bezeichnen«, sage ich zu ihr.

»Ist es eine Beleidigung?«

»Ein bisschen schon.«

»Und was hatte dein Urgroßvater gegen die *terroni*?«

»Er war da nicht der Einzige. Damals kamen einfach so viele, im Süden gab es keine Arbeit.«

»Aha!«, macht Nina und sieht Richi an, »so wie wir. Kapiert. Und Buttita kommt aus Süditalien?«

»Ja.«

»Und wie merkt man das?«

»Hm, keine Ahnung, am Nachnamen, am Akzent.«

»Ist es eine Beleidigung wie *extracomunitario*?«

»Genau«, sagt Richi.

»Moment mal: *extracomunitario* bedeutet, jemand aus einem Land, das nicht der Europäischen Union angehört«, erklärt Lisa Simpson, bevor ich sie daran hindern kann.

»Ja, aber es ist auch eine Beleidigung, stimmt's?«

»Tja.«

»So wie Schlitzauge, Neger, *uè africa*?«

Italienisch für Fortgeschrittene: Workshop zum Repertoire von Schimpfwörtern für Zugewanderte.

»Genau, genau«, lacht mein Bruder. Wir lachen alle, bis auf Oma.

»Genug jetzt, Riccardo«, sagt sie. Irgendwie fühlt sie sich ausgeschlossen, wir können es nicht ändern. Allerdings hören wir auf zu gackern, denn sie macht wirklich ein untröstliches Gesicht.

»Alles an ihm war verkehrt. Er verschwand wochenlang. Dann tauchte er plötzlich wieder auf und hatte nicht einmal das Hemd gewechselt. Es war mir peinlich, auch vor meinen Freundinnen. Erst später habe ich herausgefunden, dass er noch eine andere Arbeit hatte. Er arbeitete wie besessen, hat mir aber nie etwas davon gesagt. Nie. Und ich war verzweifelt, wusste nicht, wo er war, heulte den ganzen Sonntag, weil ich gern mit ihm zusammen gewesen wäre, um etwas zu unternehmen, was weiß ich, Eis essen oder tanzen gehen. Pietrangelo war anstrengend.«

»Und der Dottore nicht.«

»Der Dottore war perfekt. Er schickte große Rosensträuße, kam nie mit leeren Händen, immer mit kleinen Geschenken, kaum sagte man: *Gefällt mir,* schon hatte er es gekauft. Er brachte mir Fläschchen mit teuren Parfüms mit, stellte sie auf den Tisch, eine kleine Aufmerksamkeit, sagte er. Meine Mutter sah kaum hin, tat so, als sei das nichts Besonderes, aber bei uns auf dem Hof hatte es solche Sachen vorher nie gegeben. Freitags kam er von der Universität zurück, schaute kurz bei ihr herein und brachte ihr immer ein Päckchen mit rosa Baisers mit. Er war sehr zuvorkommend.«

»Und er hatte einen Haufen Geld.«

»Musst du einem alles vermiesen?«

»Ach komm, Pietrangelo war ein Hungerleider, und der andere war steinreich.«

»Du übertreibst. Richtig viel Geld hat der Dottore erst danach gemacht. Und außerdem war das nicht der Grund. Pietrangelo war kompliziert. Zu anspruchsvoll.«

»Und da hast du das bequeme Leben vorgezogen.«

Ich weiß: Es passiert mir immer wieder, dass ich den Finger zielsicher auf die Wunde des anderen lege. Ich tue es nicht absichtlich, ich will niemandem weh tun. Aber warum macht das bei mir niemand? Warum sagt mir niemand klipp und klar, was an mir falsch ist? Zum Beispiel sagt niemand: Paola, du bist hässlich. Echt hässlich. Warum sagt mir niemand, ob meine Überlegungen Hand und Fuß haben? Was ist da, das *ich* nicht sehen will? Verstehen die Leute nicht, dass es ein Liebesdienst wäre? Liebt denn keiner Paoletta?

Oma hält meinem Blick stand. Auch Richi schaut vom Schachbrett auf.

»Mit Pietrangelo ging es mir immer schlecht. Meine Mutter konnte ihn nicht ausstehen. Mein Vater wollte ihn umbringen. Ich weinte nur, immerzu, deswegen habe ich mich für den Dottore entschieden. Mit ihm war alles leicht, er war so, wie man es erwartete.«

Die Träne läuft jetzt in die Höhlung der Wange. Ich denke an ein Leben, in dem es genügt zu sagen: *Gefällt mir,* und schon kommen die pastellfarbenen Baisers, das Abendessen bei Kerzenschein, der Walzer, der Brillantring. Ein Facebook-Leben.

»Aber?«

In ihrem schönen Seidenkleid steht sie am Küchentisch, perfekt gepflegte Hände, die Haare blendend weiß und duftig. Der Schmerz durchdringt sie wie ein Phantom, verdichtet sich rund um ihr Gesicht.

»Kein Aber, Paoletta.«

Fasziniert sehen wir sie an. Es herrscht vollkommene Stille. Nina hülst keine Erbsen mehr aus, Richi neigt hingerissen den Kopf zur Seite. Noch nie habe ich sie schöner gesehen.

»Entschuldigung, Signora. Warum Sie ihn quälen, wenn Sie zufrieden?«

Von all dem weiß Mama nichts. Sie hat, glaube ich, nicht einmal Omas Gesicht bei meinem Nicht-Geburtstags-Fest bemerkt. Wenn ich jetzt daran denke, in der Stille dieser Nacht (Papa kommt vermutlich gar nicht nach Hause); vor mir das Licht des Displays und rundherum Dunkelheit (ich gehe sicher nicht schlafen, ich muss noch alles aufschreiben und will kein einziges Detail vergessen, die Lichter, das Motorengeräusch, Richis Füße); während Mama schläft, vom Bromazepam außer Gefecht gesetzt, und Nina von ihrem Lebensmittelladen träumt und ich Richis gleichmäßigen

Atem höre, da er endlich eingeschlafen ist; wenn ich jetzt zurückdenke, meine ich, dass Mama gar nicht richtig bei uns war. Sie war abgelenkt. Hat kaum ein Wort herausgebracht.

Gut, die Quiche. Etwas zu fett, aber gut.

Warum lädst du Filippo nicht mal nachmittags an den Pool ein?

Kannst mir ja nachher zeigen, wie dieses iPad funktioniert, wenn du magst.

Sie ist erst wieder lebhafter geworden, als Papa aus dem Arbeitszimmer kam und quer durch den Salon Richtung Garten ging. Sie hat sich zwischen ihn und die Tür geworfen. Richi und ich waren gerade dabei, auf dem iPad die Uhrzeit einzustellen, zehn Uhr zwölf p.m. Sie benahmen sich, als wären wir nicht vorhanden.

»Geh nicht, Carlo«, hat sie gesagt.

Sie schien nicht wütend zu sein. Nur traurig. Wie Oma.

»Jetzt sind sie schon unterwegs. Die ersten erwarten mich am Biosolar.«

»Sag alles ab. Bitte.«

Ein Flimmern hat das Display aufleuchten lassen, Papa hat sich zu uns umgedreht, hat durch uns hindurchgeblickt. Dann hat er Mama weggeschoben, und weg war er.

Jeder kapiert, dass etwas Sonderbares im Gang ist. Die verschobenen Zeiten, die Andeutungen, der Schredder, die Durchsuchung. Und dann die Sitzungen am Sonntagnachmittag, hinter verschlossenen Türen, und Ingenieur Della Vedova, der kalkweiß ist, als er herauskommt. Daher habe ich gedacht: Versuchen wir es.

Denn schließlich erzählt sie doch allen, sie sei meine Freundin. Antonio zufolge betrachtet sie mich sogar als eine Schwester. Und wenn ihr dringendes Bedürfnis befriedigt ist, einen mit allen Zahlen, die sie betreffen, zu überrollen, dann hört sie einem auch zu. Als ich ihr einmal von meinem Problem mit Aufzügen erzählt habe, hat sie nicht die winzigste Banalität à la *Paoletta, das musst du rational angehen* von sich gegeben. Und einmal hat sie mir von einem Problem erzählt, das sie mit den Mädchen aus ihrer Klasse hat, und es war nicht so anders als bei mir. Also denke ich: Versuchen wir's mal und fragen, was Marta dazu sagt.

Letzten Sonntag, am Pool. Es ist kein Wasser drin, der Techniker ist erst vor zwei Tagen dagewesen, deshalb sonnen wir uns auf den Liegestühlen. Wenn uns heiß wird, halten wir Füße und Handgelenke unter die Dusche. Ich klappe mein Buch zu. Lasse sie drauflosplappern.

Flipflops von D&G für FÜNFUNDNEUNZIG Euro.

Handtasche von Louis Vuitton, limitierte Auflage, nur EINTAUSENDZWEIHUNDERT Exemplare, nur DREITAUSENDFÜNFHUNDERT Euro.

Zum Abitur wird sie mit einem Durchschnitt von EINS Komma ACHT antreten, vielleicht auch mit EINS Komma NEUN. In Englisch hat sie eine glatte EINS, doch ihrer Meinung nach müsste sie eine EINS MIT STERN bekommen in Anbetracht der FÜNF Lern-Ferien, die sie schon in London verbracht hat.

Als sie Atem holt, werfe ich ein: »Weißt du eigentlich, was da läuft?«

»Wie, was läuft?«

»Findest du das alles normal? Diese Besprechungen am Sonntag.«

Sie hat verstanden und setzt sich auf. Wird vorsichtig. Sie ändert ihr ganzes Verhalten.

Gewöhnlich wirkt Marta immer etwas zerstreut, wie eine, die beim Schaufensterbummel gleichzeitig am Handy plaudert. Jetzt dagegen fixiert sie mich. Die Augen sind nicht mehr auf die Schaufensterpuppe mit der *Must-have*-Jacke für EINTAUSENDSIEBENHUNDERT Euro gerichtet. Sie hält sogar das imaginäre Handy vom Ohr weg. Aus ihren Augen spricht die reine Angst, und ich fühle mich wie ein Irrer auf dem Moped, der geradewegs auf sie zurast.

»Keine Ahnung. Das geht uns doch nichts an. Oder? ODER?« Das zweite ist ein helles, gespielt unbeschwertes *Oder*. Marta begleitet es mit einer flatternden Handbewegung, sie will sich einreden, dass der Mopedfahrer abgebogen und die *Must-have*-Jacke immer noch da ist. Sie legt sich wieder hin.

»Ich kapier's nicht, Marta. Die Durchsuchung. Mama hat gesagt, sie waren auch bei euch. Weißt du, was sie gesucht haben?«

Meine Fragen sind ihr lästig. Ich sehe es daran, wie sie die Lippen kräuselt. Es ist genau wie mit Oma. Auf welche Wunde lege ich den Finger diesmal?

»Ich mag nicht darüber reden«, sagt sie.

»Aber dein Vater, ich meine, hat dein Vater dir was erklärt?« Ich sage *dein Vater*, weil die Signora Della Vedova nicht in Betracht kommt. Ich sage *dein Vater*, und noch während ich es sage, wird mir klar, dass es sich um eine echte Begabung von mir handeln muss. Für die Wunden der anderen habe ich eine Spürnase wie ein Setter. Ein Sonar wie ein Walfisch – für Eiter, für ein eingewachsenes Härchen, einen Furunkel, den man noch nicht sieht, der aber bald aufbricht. Unter der bronzefarbenen Bräune von FÜNF, ja, FÜNF Sonnenduschen wird Marta blass.

»Mein Vater weiß, was er tut«, knurrt sie.

»Das bestreitet ja niemand. Ich will's nur verstehen. Aber wenn du auch nichts weißt …«

»Das sind Fragen, die uns nichts angehen. Ich halte es nicht für angebracht, darüber zu sprechen.«

Sie redet wie gedruckt. *In den ersten drei Monaten des Jahres 1789 stieg der Brotpreis unaufhaltsam. Das Quadrat über der Hypotenuse ist gleich der Summe. Ich halte es nicht für angebracht.*

»Warum hältst du es denn *nicht für angebracht*?«

»Das habe ich doch schon gesagt. Mein Vater weiß, was er tut.«

»Marta.«

»Hm.«

»Will er nicht, dass du mit mir darüber sprichst?«

»Er will nicht, dass man unnötiges Gerede um eine Unannehmlichkeit macht, die bald überwunden sein wird und keine Nachwirkungen zeitigt.«

Das gemeine Volk von Paris ging auf die Straße. Der Quadrate über den Katheten. Eine Unannehmlichkeit, die keine Nachwirkungen zeitigt.

»Will er nicht, dass du *mit mir* darüber sprichst?«

»Mir ist heiß. Gehen wir ein Eis essen?«

Jetzt sitzt sie wieder. Nebenbei bemerkt, die Eisesserin bin ich. Sie nimmt höchstens Cola Light.

»Marta. Antworte mir.«

»Es geht um die Arbeit. Wie gesagt, diese Fragen gehen uns nichts an.« Sie legt sich hin. Dann setzt sie sich wieder. Steht auf und geht zwei Schritte. Ohne Flipflops. Sie sieht sie nicht einmal, ihre Flipflops. Dann setzt sich erneut. »Papa hat nichts Schlimmes getan«, fügt sie schrill hinzu.

Wisst ihr, was eine »Überreaktion« ist?

»Nichts, absolut NICHTS SCHLIMMES!«

Ich sehe sie noch vor mir: Marta, kreidebleich, mit zitternden Lippen.

»Paola, was UNTERSTELLST du ihm?«

Übertrieben und außer sich: Sie wartet nicht mal eine Antwort ab, sondern ballert los wie ein Maschinengewehr. Steht auf und setzt sich wieder. Ringt die Hände.

»WEHE, DU WAGST ES!«

»Hey! Heeey! Ich habe ja nicht behauptet, dein Vater habe was verbrochen!«

Selbst wenn ich es gedacht hätte, hätte ich es bestimmt nicht so dramatisch formuliert, *Papa hat nichts Schlimmes getan,* mit erstickter Stimme. Also bitte. Wie ein kleines Mädchen, ich schwöre es. Gleich steht sie auf und geht und sagt, das Spiel sei aus, sie werde den Ball nicht mehr mitbringen.

»Es hat aber so geklungen«, quengelt sie.

Die Henne, die das Ei gelegt hat, gackert als Erste, würde Oma sagen. Arme Marta, weiß sie nicht, was passiert, wenn man übertreibt, ganz fürchterlich übertreibt? Ein riesiger roter Pfeil leuchtet über deinem Kopf auf und blinkt, beep beep, beep beep, *es ist Marta,* beep beep, *Marta zweifelt an ihrem Goldpapa,* beep beep.

Was garantiert ein ausgewachsenes existentielles Drama ist. Sie ist zwar nicht so wie ihre Mutter, sie lebt nicht nur vom Widerschein seines Glanzes. Aber. Papa hier, Papa da, mein Vater sagt, mein Vater will. Bricht er zusammen, bricht sie zusammen.

Vielleicht bricht dann auch das ganze hübsche Theater zusammen, das Marta jedes Mal aufführt, wenn sie einen mit ihrer überbordenden Präsenz überschüttet. Zahlen. Ergebnisse. Gegenstände. Möglichkeiten. Perspektiven. Alles schleudert sie dir ins Gesicht. Im Grund genommen, denke ich, ist das auch nur eine Art, um vor dem großen Mann zu bestehen. Mit so einem Supervater musst du mindestens superperfekt sein. Weißt du, wie toll es ist, einen Supervater zu haben, der stolz auf dich ist? *Mein Vater hat gesagt, wenn ich diese Noten auch im Abitur habe, schickt er mich* SECHS WOCHEN *in die States. Er hat ja dort studiert, habe ich dir das schon erzählt? Master am* MIT. *Es ist so schön, sein Augenstern zu sein, weißt du? Mein Vater hat gesagt, ich fahre schon* AUSGEZEICHNET, *und sobald ich den Führerschein kriege, leiht er mir sogar den X5.* Es ist so herrlich, sich geliebt zu fühlen, weißt du?

Mir würde ein Vater genügen, für den ich ein kleines Problem bin. Dann sehe ich sie an, wie sie blass, stocksteif, leidend vor mir steht. Ich glaube, ich habe ins Schwarze getroffen, ihr sind wirklich Zweifel an ihrem Goldpapa gekommen. Und da kommt auch mir ein Verdacht: Und wenn die ganze Show für ihn wäre? Ich meine, und wenn dieses ganze Getue, dieses Federnspreizen, nicht für mich bestimmt wäre, ihre unfreiwillige Zuhörerin, sondern für den Ingenieur? Immer unter den Besten, hervorragend in allem, um ihn zu beeindrucken. *Hey, Papa ... siehst du mich? Ich bin die mit der Eins Komma acht, Papi. Die, die besser Englisch spricht als die Queen. Hey, hier bin ich ... hörst du mich?*

Aber Papi sieht sie nicht. Falls das stimmt, haben wir genau dasselbe Problem, Marta, und dasselbe Problem zu haben hilft dabei, Freundinnen zu sein, weißt du? Man versteht sich intuitiv, ich möchte sie fast umarmen, wir müssen darüber reden, Marta, darüber lachen, womöglich gründen wir einen Verein *Rettet die unsichtbaren Töchter,* ein Komitee *Abwesende Väter – nein danke!,* aber ich hüte mich, diese Dinge auszusprechen. Bei dem Gesicht, das sie macht, fände sie das bestimmt nicht lustig.

»Also, weißt du, ich würde für meinen Vater nicht die Hand ins Feuer legen«, werfe ich lächelnd hin. Ich will sie ermutigen. Nach dem Motto: Marta, du kannst ruhig denken, dein Vater ist ein Scheißkerl, und trotzdem glücklich leben. Einfach leben.

»Ich schon«, sagt sie traurig.

Na dann willst du es nicht anders, denke ich. Dann, meine Liebe, willst du eben um jeden Preis mit dem Kopf durch die Wand.

»Aber hör mal«, ich schaffe es nicht, den Mund zu halten, ich kann sie nicht in dieser elenden Brühe zappeln lassen. Wenn ich ihr ein wenig zurede, könnte sie ihr entsteigen wie neugeboren. »Aber hör mal, Marta, sie sagen keinen Ton zu dir, die Carabinieri kommen, und sie geben dir keine Erklärung, wie kannst du dir da so sicher sein?«

»Paola, geh mir nicht auf die Nerven. Ich habe keine Lust, darüber zu reden, okay?«

Und sie steht auf. *Endgültig.* Schlüpft in die Flipflops für fünfundneunzig Euro und geht zur Umkleidekabine. Offenbar ist das Spiel jetzt wirklich aus, und den Ball bringt sie nicht mehr mit.

Doch vielleicht irre ich mich, denn bevor sie die Tür hinter sich zumacht, sagt sie, ohne sich umzudrehen: »Ich hole mir ein Eis. Warum kaufst du dir nicht auch so ein Paar Flipflops? Sie sind SUPERBEQUEM.«

Ist das ihre schräge Art, so zu tun, als sei nichts gewesen?

Wir werden ja sehen.

Mir wird klar, dass Marta Della Vedova alles getan hat, um sich rauszuhalten. Aber nach heute Abend werden sich die Dinge sowieso ändern. Ich gebe zu, dass ich versucht bin, hinüberzugehen und Mama zu wecken. In Kürze wird das Telefon sie wecken, fürchte ich. Was geschehen muss, wird geschehen. Dreißig Tropfen Bromazepam. Doppelt so viel wie sonst, Mama.

Du Bromazepam, ich Biosolar.

Etwas sagt mir, dass du auch alles getan hast, um dich rauszuhalten, nicht wahr, Mami?

Ich habe nicht gemerkt, dass die Schule zu Ende ist, bis ich am ersten Morgen ohne Wecker in ungewohnter Stille die Augen geöffnet habe, aufgestanden bin, mir die Zähne geputzt und begriffen habe, dass ich Antonio nicht wiedersehen würde.

Nächstes Jahr wird er an der Uni sein. Unter meinem Klassenzimmer wird kein Scooter mehr parken. Ich werde nicht mehr nach dem Läuten noch herumtrödeln und so tun, als würde ich etwas ins Tagebuch schreiben, meinen

Rucksack packen, meine Schnürsenkel binden, ich werde nicht mehr ans Fenster treten, wenn endlich alle draußen sind, rechtzeitig, um ihn wegfahren zu sehen. Ich werde nicht mehr diesen Druck in der Magengegend spüren, wenn ich merke, dass Antonio sich nicht nach mir umgeschaut hat. Ich werde nicht mehr seinen Rücken erkennen in der Gruppe, die sich freitags zwischen der zweiten und der dritten Stunde in den Zeichensaal begibt, während meine Klasse ins Labor zieht. Ich werde nicht mehr unter der dritten Bank links seine Schuhe erkennen, wenn die Tür der 5a zufällig offen steht, während ich auf die Toilette gehe. Und ich werde mittwochs und donnerstags nicht mehr ganze halbe Stunden vor unserem Tor warten, wenn ich nach der vierten Stunde aushabe und er nach der fünften: Ich werde nicht mehr mit dem ausgeschalteten Handy am Ohr in der prallen Sonne stehen, in der Hoffnung, ihn auf dem Weg in die Margeriten-Siedlung vorbeifahren zu sehen. Was immer zwischen uns zu Ende gehen konnte, ist mit der Schule zu Ende gegangen, genauer gesagt, vor den Aushängen mit den Noten.

»Warst du schon dort, Marta?«, frage ich sie, bevor der Nachmittag vorbei ist. Ein neutrales Thema, genau das Richtige nach einem Nervenzusammenbruch und der Zufuhr von Kohlehydraten und Lebensmittelfarben in der Eisdiele im Zentrum. Sie schaut mich verblüfft an.

»Wozu soll ich denn hingehen? Bestanden habe ich sowieso.«

Tja. Wie konnte ich das nur vergessen. Miss EINSKOMMA-ACHT. Das Schicksal der anderen betrifft sie nicht. Ich dagegen bin hingegangen, aber bevor ich staunend feststellte, dass aus meiner Zwei Komma fünf eine glatte Zwei geworden war, suchte ich nach ihm, nach seinem Namen, meine ich. 5a: Alloisio, Bertero, Bigatto, Caneva, Carosio, Della Vedova, Ferrari. Bestanden. Nicht, dass ich es nicht schon wüsste. Ich will es aber schwarz auf weiß sehen. Im Geist buchstabiere ich, lasse mir jede Silbe auf der Zunge zergehen. *Ferrariantonio.* Schluss, aus, denke ich. Mit Mühe begebe ich mich zum Aushang meiner Klasse. Ich bin durcheinander, kann nur noch meine Noten lesen, oder vielleicht bin ich wie Marta, und das Schicksal der anderen interessiert mich nicht.

Als ich mich umdrehe, um nach Hause zu gehen, stehen die *andern* vor mir. Eine kompakte Gruppe, zwei Mädchen aus meiner Klasse und drei Jungen aus Antonios Klasse. Die Jungs mit Sonnenbrille, enganliegenden T-Shirts, abgeschnittenen Jeans, tiefem Schritt. Die Mädchen hüpfen plappernd herum, vorlaut, alle gleich, leuchtende Augen, Minishorts, bloße Schultern, dünne, gebräunte Arme, unterschiedlich sind nur ihre Tops, zitronengelb und seegrün, tief ausgeschnitten. Es sind Selene und Carlotta, auf der Klassenfahrt nach Paris habe ich das Zimmer in der Pension mit ihnen geteilt, und jetzt, da wir uns hier über den Weg laufen, benehmen sie sich so schrecklich: Sie hören nicht auf zu lachen, zu tuscheln, sich zu schubsen. Sie sehen durch mich hindurch. Buchstäblich. Es ist, als sei ich gar nicht da, als würden wir uns nicht entgegenkommen, als wäre die, die beiseite tritt, um sie vorbeizulassen, nichts weiter als der Schatten einer Platane auf dem Asphalt. Ein Windstoß, weniger als ein Atemhauch. Nichts. Ich fühle mich wie ein Nichts.

Aber ich bin nicht nichts. Ich drehe mich um und sehe, wie sie vor den Noten kichern. Paoletta ist da, und wie sie da ist, denke ich, denn die beiden benötigen ein Publikum, und sei es auch nur die klägliche Huldigung einer Loserin, die gerade die zweite Klasse beendet hat – weißt du noch, die Dicke mit dem Pferdegesicht –, ein Publikum braucht man, die Mädchen müssen bewundert werden, wenn sie in der Lotterie gewinnen und mit denen aus der letzten Klasse zusammen sind. *Überlege, Paoletta, warum sind sie hier?* Die Aushänge mit den Noten sind schon mindestens zwei Tage draußen. *Sie sind wegen uns hier, Paoletta, wegen uns!* Es macht keinen Spaß, in der Lotterie zu gewinnen, wenn du es niemandem sagen kannst.

Aber nein, Gelbhemdchen und Grünhemdchen glauben nicht an die Lotterie. Dann hätten sie ja einfach Glück gehabt, und mit Glück hat das hier nichts zu tun. Wenn sie hier auf der Bühne tanzen und nicht du, du Loserin, ist es ein Zeichen dafür, dass sie aufgeweckter, hübscher, weiter sind. Du verdienst das nicht. Und die Jungs, nun ja, die haben mich wirklich gar nicht gesehen, da sie so damit beschäftigt sind, sich mit Lässigkeit meinen schmachtenden Altersgenossinnen zu widmen.

Ich kehre ihnen den Rücken und gehe, gehe *endgültig,* angeekelt, wütend, und plötzlich sehe ich ihn. Neben seinem Scooter, den Helm in der Hand. Zehn Schritte, nicht mehr. Ich erstarre. Ich begreife, dass er mich schon eine Weile beobachtet, vielleicht hat er sogar gesehen, wie gemein sie mich ignoriert haben. Ich fühle, dass ich erröte. Er hört nicht auf, mich zu fixieren, schaut nicht die anderen an, nur mich. Weniger als zehn Schritte, sieben könnten es auch sein, vielleicht acht. Noch immer schaut er mich an, er ist ein wenig blass, wie er da so steht, ist es, als wartete er auf mich, das bilde ich mir ein, ich weiß, aber es kommt mir wirklich so vor: Antonio ist mich *abholen* gekommen. Ich würde gern auf ihn zugehen, rühre mich aber nicht vom Fleck.

Die anderen sind Aragorn. Wenn auch vielleicht nicht genau die hier, so doch Leute wie sie. Nicht Antonio. Wie konnte ich nur. Juni könnte nicht grausamer sein, denke ich und rühre mich nicht, gehe seinem Blick nicht entgegen, sondern schlage die Augen nieder. Was macht er da? Die Frage explodiert in mir, ich kann es nicht sagen, ich möchte ihn wirklich fragen, Mama würde es tun, Oma würde es auch tun, fünf, vielleicht sechs Schritte würden genügen, *Ta-taa, was machst du denn da, Antonio?* Stattdessen starre ich weiter auf meine Schuhspitzen und höre, wie er den Helm aufsetzt und aufsteigt und wegfährt. Grausam, als Abschied.

Natürlich wäre ich lieber nicht allein gewesen, als ich die Entscheidung getroffen habe. Die Idee wie ein Blitz in der Nacht, unter dem Laken klopft das Herz bis zum Hals. Eine SMS: »Begleitest du mich?« Weniger als zwei Sekunden auf die Antwort warten. Das Vibrieren. Den Ton mit der Hand ersticken. Die Nachricht öffnen, noch bevor das Drin-drin verklungen ist: »Gib mir zehn Minuten. Ich warte am Tor.« Oder noch besser: »Gib mir zehn Minuten. Ich warte am Tor. Ich liebe dich.« Aber das ist Kitsch, nicht etwa das Leben. Im Leben habe ich das Biosolar vergessen, bis ich sah, wie Mama die Bromazepam-Tropfen zählte.

»Ich muss mich ausruhen, Paoletta.«

Erst in dem Augenblick kam mir alles hoch, die Angst, das Rätsel, die Rechnung, die nicht aufgeht. Das ganze Chaos der letzten Wochen. Das Nicht-Geburtstags-Fest. Es war wie eine Welle. Ich bekam echt keine Luft mehr, ein scheußliches Gefühl, so wie damals bei Richi mit dem Zigulì, oder als ich einmal in der Turnstunde mit dem Rücken auf den Boden geknallt bin und ein paar Sekunden lang nicht mehr atmen konnte. Doch diesmal hat niemand etwas verschluckt, niemand hat mich geschubst, stattdessen fühlte ich die Übelkeit aufsteigen und rannte, während Mama, Richi und Nina ins Bett gingen, ins Bad, um mich zu übergeben.

Dass wir uns recht verstehen: Ich habe nicht die Gewohnheit, mir zwei Finger in den Hals zu stecken. Wenn es so wäre, wäre ich mager. In meiner Klasse gibt es so eine. Sie heißt Eliana, Eli. Im September kam sie an und war plötzlich klapperdürr. Das T-Shirt hängt an ihr wie an einem Kleiderbügel, die Arme wirken so zerbrechlich, dass du, wenn du sie beim Basketball streifst, Angst hast, sie kaputtzumachen. Ab und zu wird sie ohnmächtig. Furchterregend. Es ist seltsam, denn ansonsten war sie wie immer: Sie lernt, lacht, redet mit allen, hat beste Noten, ist intelligent. Teilweise gewöhnst du dich dran, dennoch bist du immer verlegen, am liebsten möchtest du zu ihr sagen, los, Eli, jetzt iss doch, aber dann hältst du dich zurück, weil sie dich anschaut wie immer, mit dir redet wie immer, in ihrem Gesicht kannst du nichts Ungewöhnliches lesen, ich meine, du stellst dir wer weiß welche innere Tragödie vor, aber nichts dergleichen. Alles *normal*. Doch es ist nicht normal, es ist, als würde einer mit zwei Löchern anstelle der Nase zur Schule kommen und nicht sagen: »Schaut nur, was mir heute früh passiert ist, ich bin so aufgewacht, ist das nicht komisch?«

Denn wenn er das nicht sagt, fällt es dir nicht so leicht, ihm direkt in die Augen zu sehen und zu sagen: »Weißt du, dass du mich heute Morgen stark an Voldemort erinnerst?« Genauso ist es mit Eli, du schaffst es einfach nicht, es ihr zu sagen, die Worte bleiben dir im Hals stecken, sie tut dir leid und Schluss.

Die Geschichte von Eli, die sich in jemand anderen verwandelt, ist nur eine Abschweifung, wo ich doch eigentlich alles ausführlich schildern möchte. Also, Mama zählte die Tropfen, fünfzehn, sechzehn, beim zwanzigsten hat sich mein Magen zusammengekrampft. Ich habe sie angeschaut, sie hat gesagt »Ich muss mich ausruhen, Paoletta«, hat weitergezählt, und mein Magen hat einen Satz gemacht. Als sie sich im Schlafzimmer eingeschlossen hat, hat mich der Brechreiz überwältigt. Ich bin ins Bad gerannt und habe den Kopf in die Schüssel gesteckt.

Und erst nachdem ich alles ausgekotzt hatte, aber wirklich alles, den Obstsalat, die Peperoni, die Quiche, den Auflauf, und ich glaube, auch die Pasta von heute Mittag und das Hörnchen von heute Morgen und vielleicht die Suppe von gestern Abend und das Schnitzel mit Pommes vom Tag davor und alles, einfach alles, was ich gegessen habe; und auch das, was ich nicht gegessen habe, aber gern gegessen hätte; und das, was ich gar nicht essen wollte, das ist das meiste, scheußliches Zeug jeder Art, das mir total zuwider war; und erst, nachdem ich beim Kotzen auch alle Tränen geweint hatte, die von heute Abend, die von gestern und vorgestern und von vor einem Jahr und vor zehn Jahren; und die Tränen, die ich nicht geweint habe, weil Antonio sich nicht bei mir meldet; die Tränen, die ich zurückgehalten habe, als wir in Mailand beim Arzt herauskamen und Mama zu mir sagte: Du versprichst mir, dass du ab morgen wieder anfängst, mit deinen Schulkameraden zu *interagieren;* und erst, nachdem alle, aber wirklich alle Tränen ins Klo getropft waren, habe ich mich aufgerichtet, mein Gesicht gewaschen, mich im Spiegel betrachtet und gemerkt, dass ich gar nicht schlecht aussehe. Ein bisschen mitgenommen, aber leer und sauber, wirklich gar nicht übel. An dem Punkt habe ich verstanden, was für mich Das Richtige ist.

Du Bromazepam, ich Biosolar.

Komme, was wolle.

Also gehe ich wieder in mein Zimmer, hole aus dem obersten Schrankfach einen kleinen Rucksack, den ich in der Mittelstufe benutzte, stopfe ein T-Shirt und die Taschenlampe hinein, die ich brauche, wenn der Strom ausfällt. Dann ziehe ich mich aus, lege mich ins Bett und mache das Licht aus. Ich höre, wie sich die Tür von Ninas Zimmer schließt. Ich überprüfe die Uhrzeit auf dem Display des Radioweckers: 23.40. Ich warte bis 00.35, knipse die Nachttischlampe wieder an, ziehe dieselben Sachen an wie beim Abendessen, nehme den Rucksack in die eine Hand, die Schuhe in die andere, öffne die Tür meines Zimmers. Ich lausche. Kein Geräusch. Da ich noch einen bitteren Geschmack im Mund habe, biege ich ab in die Küche und trinke einen Schluck Limonade. Leise öffne ich die Kühlschranktür. Kein Geräusch. Ich schließe sie wieder, immer noch kein Geräusch. Ich wasche das Glas aus und stelle es auf die Ablage am Spülbecken. Als ich weiter zur Fenstertür im Salon gehe, wartet dort Richi.

»Ich komme mit«, sagt er.

Er sitzt im Rollstuhl, ist barfuß und hat sich die Jeansjacke über den Pyjama geworfen. Es sieht aus wie eine zu kurze Decke.

So haben wir uns auf den Weg gemacht. Ich habe ihm die Taschenlampe in die Hand gedrückt, auf dem Gartenweg beleuchtete er die Büsche, der Lichtkegel tanzte auf und ab, denn die Räder holperten auf dem Kies, und mir kam Ciccio Kopflos in den Sinn. Das ist eine lustige Geschichte von ekligen Monstern. Lustig, wenn du sechs, höchstens sieben Jahre alt bist. Ich erzählte sie ihm immer mit dem Kopf unter der Decke und brennender Taschenlampe.

Es war einmal Ciccio Kopflos, der es eines Tages satthat, dass Blut aus seinem Hals quillt, und sich auf die Suche nach einem Kopf macht. Er begegnet Ciccio Dreibein, der zu ihm sagt: »Schau, ich kann dir höchstens ein Bein geben, ich habe eins zu viel.« Ciccio Kopflos denkt: »Besser als nichts.«

Er wandert ohne Kopf weiter, aber mit einem zusätzlichen Bein, das er mit einem Draht befestigt hat, und so trifft er Ciccio Zahnzuviel, der zu ihm sagt: »Lieber Ciccio, meinen Kopf halte ich gut fest, aber wenn du willst, kann ich dir ein paar Zähne abgeben, und wenn du dann einen Kopf findest, tust du sie hinein.« Und er spuckt aus seinem Riesenmund eine Handvoll Zähne aus, die Ciccio

Kopflos mit Klebeband an seinem Hals befestigt, damit alle sehen können, dass sein Kopf anfängt, Gestalt anzunehmen.

Daraufhin trifft er Ciccio Edward Scherenhände, der gerade seinen Friseurladen saubermacht. »Du kommst zur rechten Zeit«, sagt er und schenkt ihm eine Tüte voll Frauenhaar, Mädchenschwänzchen, verknoteten Locken und kurzem Soldatenhaar. Ciccio Kopflos pappt sich alles nacheinander mit Kokosleim an den Hals, löst die Schwänzchen, flicht sich ein paar afrikanische Zöpfchen und häkelt sich zwei Dreadlocks, aber bald sind die Haare nass von dem Blut, das aus seinem Hals tropft.

So zugerichtet begegnet er Ciccio Pinocchio, der ihm ein Stück Nase schenkt, und gleich darauf Ciccio Dumbo, der ihm zwei Scheiben Ohren gibt, so groß wie T-Bone-Steaks. Da Ciccio Kopflos nicht weiß, wo er sie hintun soll, näht er sie unter seinen Achseln fest, die bald von Ohrenschmalz starren.

An einer Straßenecke trifft er dann Ciccio Einstein. Der ihm nach einigem Nachdenken ein winziges Stück Gehirn abgibt.

»Ich habe zu viel davon!«, sagt er.

Mit dem Stückchen Gehirn dieses großen Wissenschaftlers begreift Ciccio Kopflos, dass er nun nur noch zwei Augen braucht. Und er fragt überall herum: »Würdest du mir bitte deine Augen geben? Eins würde mir auch reichen!« Aber es scheint, als habe niemand Augen übrig.

Ciccio Kopflos wird immer trauriger, und er kann nicht einmal weinen, der Ärmste, weil er ja keine Augen hat. Er wandert immer weiter und kommt schließlich in ein einsames Dörfchen, wo es heißt, in einer Höhle in den Bergen lebe ein alter weiser Mann, Ciccio Dreiaugen.

»Das ist der Mann, den ich suche!«, denkt Ciccio Kopflos mit seinem Mini-Spatzenhirn.

Die Höhle ist gespenstisch. Fledermäuse flattern umher, sonderbare Gestalten starren den armen Ciccio Kopflos an, wie er auf seinen drei Beinen daherhinkt. Ganz hinten am Ende des Tunnels thront Ciccio Dreiaugen im Schneidersitz auf einer Matte wie ein indischer Guru.

»Gibst du mir ein Auge ab?«, fragt Ciccio Kopflos.

»Lieber nicht.«

»Aber du brauchst doch keine drei Augen. Mir genügt eines.«

»Lieber nicht, glaub mir.«

»Ich bin so weit gelaufen! Gib mir eins von deinen Augen!«

»Lieber nicht, hör auf mich.«

»Leihe mir eins, nur eine Minute. Ich habe einen Spiegel gefunden. Ich will meinen neuen Kopf sehen.«

»Das habe ich geahnt. Tu's lieber nicht, vertrau mir.«

»Warum nicht? Ich gebe es dir zurück, Ehrenwort.«

»Was du im Spiegel sehen würdest, würde dir nicht gefallen.«

»Ich will aber meinen neuen Kopf sehen!«

Sie streiten noch eine ganze Weile, aber Ciccio Kopflos will die Worte von Ciccio Dreiaugen einfach nicht verstehen. Auch weil Ciccio Einstein, der den Nobelpreis gewinnen wollte, ihm eine Handvoll minderwertige Gehirnzellen untergeschoben hat. Zuletzt wird Ciccio Kopflos ernstlich böse, mit dem Bein von Ciccio Dreibein versetzt er ihm einen wütenden Tritt, mit den Zähnen von Ciccio Zahnzuviel beißt er ihn in die Hand, so dass Ciccio Dreiaugen brüllt, sich auf seiner Matte krümmt vor Schmerz und Ciccio Kopflos es schafft, ihm ein Auge zu klauen und es sich an der einzigen, noch freien Stelle einzusetzen: am Bauchnabel. Und da der weise Alte immer weiter krächzt, »Tu's nicht! Pass auf! Es ist gefährlich! Du weißt nicht, was dich erwartet!«, packt Ciccio Kopflos ihn und schleudert ihn in den Abgrund.

Endlich ist er ganz allein in der Höhle. Er macht es sich auf der Matte von Ciccio Dreiaugen bequem, flicht seine drei Beine zu einem einzigen, grässlichen Zopf und hält sich den Spiegel vor den Bauchnabel, um sich lang und breit zu betrachten.

Als er aber sieht, was für ein ekliges, nach Ohrenschmalz stinkendes, monströses Monster aus ihm geworden ist, trifft ihn der Schlag, und er stirbt.

Wir haben das Tor erreicht.

»Hast du die Geschichte von Ciccio Kopflos eigentlich je verstanden?«, frage ich.

Richi knipst die Taschenlampe aus. Er späht nach rechts und dann nach links. Die Finger umklammern die Armlehnen. Er ist todernst. James Bond im Dienst Seiner Majestät. Die Tankstelle ist dunkel, keine Straßenlampen weit und breit. In der Oase des Friedens gibt es schon welche, Laternen im Stil der Diagon Alley, Schmiedeeisen und gelbe Scheiben, wie im Comic. Aber das hier ist kein Comic: Alles ist pechschwarz und fürchterlich.

»Heiß«, sagt er. Ich nehme die Jeansjacke und stopfe sie in die Tasche am Rollstuhl.

»Lautet die Moral der Geschichte: *Ohne Kopf kommt man nicht weit* oder *Halt dich von Spiegeln fern,* was meinst du?«

»Wir müssen weg hier, Paola. Hier sieht uns jeder.«

»Oder einfach: *Trau keinem, der sich großzügig gibt?* Letztlich haben sie dem armen Ciccio Kopflos alle nur den Ausschuss angedreht.«

Ein Sattelschlepper kommt angerast, die Scheinwerfer erfassen uns, der Fahrer hupt. Mit seinem hellen Pyjama und seinen nackten Füßen leuchtet Richi wie eine Neonröhre. Ich hole die Jacke heraus.

»Da, zieh sie wieder an.«

Die Straße, die zum Biosolar führt, ist zu ausgesetzt, jedem, der dort vorbeifährt, müssen wir unweigerlich auffallen, ich, der Rollstuhl und der Opf im Pyjama. Am Ende hält noch einer an und fragt: »Braucht ihr Hilfe?« Oder ruft die Carabinieri: »Hier sind zwei Jugendliche, einer sitzt im Rollstuhl, schickt doch mal einen Streifenwagen vorbei.«

»Wir gehen quer durchs Industriegebiet, am Eisenbau vorbei, nehmen die Abkürzung über die neue Baustelle, und hinter den Margeriten klettern wir den Erdwall hinauf bis zum Biosolar«, sagt Daniel Craig im Pyjama. Er ähnelt ihm nicht, aber der Tonfall stimmt genau. Als er das Wort *Margeriten* ausspricht, seufze ich unwillkürlich. Er ist so gütig, es nicht zu kommentieren. Auch dann nicht, als ich anfange, *Wish you were here* zu trällern.

»Della Vedova hat bestimmt eine Alarmanlage eingebaut«, fällt mir plötzlich ein.

»Sie schalten sie immer ab, weil rundherum alles voller Wildschweine ist. Nachts gibt es sonst ständig Fehlalarm.«

»Ach du Scheiße!«

»Bleib nur dicht bei mir, Baby. Wir sind zu zweit, wir sind groß und stark und stinkwütend«, sagt Richi und schlägt mit den flachen Händen auf die Armlehnen.

Ich muss lachen, aber dafür ist keine Zeit. So schnell wir können, überqueren wir die Straße, ich schiebe den Rollstuhl mit aller Kraft, und als wir ein Stück hinter der Tankstelle in die Via dell'Artigianato einbiegen, bin ich außer Atem. Niemand hat uns gesehen, wir können eins runterschrauben, hinter uns hört man einen Lastwagen, dann noch einen und noch einen, zum Glück fahren sie geradeaus, vielleicht in Richtung Biosolar, sie könnten von der Costa Costruzioni sein, wer weiß. Wieder umgibt uns tiefe Stille. Vor dem Eisenbau ist es stockdunkel, kein Mond, keine Beleuchtung, nur das Metallschild schimmert.

»Los, mach die Taschenlampe an«, sage ich, und der Lichtstrahl erfasst den Lattenzaun der Baustelle. Ich erkenne eine Öffnung, schiebe weiter, der Kegel erhellt einen Brettersteg und das Skelett eines Gebäudes.

»Welche Richtung?«, fragt Richi.

»Woher soll ich das wissen?«

Wir schlüpfen hinein, da sind Pfähle, über unseren Köpfen die Decke des ersten Stocks, wir gehen auf dem Zementboden weiter, gleich darauf sind wir draußen, der Rollstuhl holpert auf der Erde, wir erreichen noch einen Holzsteg und ein zweites Betongerippe und gehen vier oder fünf Mal raus und rein. Ich begreife nicht, wo wir sind, rundherum überall Pfeiler, Verschalungen, Rundeisen, Balken, Gerüstteile. Die Taschenlampe beleuchtet nur ein paar Meter.

»Versuchen wir mal abzubiegen«, sage ich.

Also biegen wir rechts ab in ein anderes Skelett, am Ausgang wieder rechts und noch einmal rechts, durch ein Skelett nach dem anderen halten wir uns immer rechts. Ich muss irgendwas gelesen haben. In einem Rätselheft vielleicht? Die Regel, sich rechts zu halten, um aus einem Labyrinth herauszufinden. Oder war es links? Auf einmal huscht etwas durch den Lichtkegel, wir hören ein Rascheln und ein Kratzen auf den Brettern.

»Grrr«, brüllt Richi.

»Opf! Spinnst du?«

»Ich hab sie verscheucht«, antwortet er.

Wenn Adson von Melk dank seiner klassischen Bildung seinen Meister Wilhelm von Baskerville aus dem Labyrinth der Bibliothek rettet, dann rettet uns die Konsumelektronik. Nach der letzten Biegung sehen wir die Leuchtschrift YNORT blinken, in etwa fünfzehn Meter Höhe, ein paar Kilometer Luftlinie entfernt.

Ynort ist Trony, die äußerste Grenze vom Biosolar, das letzte Bollwerk der Zivilisation. In krummer Linie: Oase des Friedens – Industriegebiet – Campora Pietro & Sohn Eisenbau – neue Baustelle Della Vedova – Margeriten-Siedlung – Biosolar – Trony.

Wir halten auf das Schild zu und kommen nach einigen Minuten in den Margeriten heraus. Richi knipst die Taschenlampe aus, auf dem Gehweg umrunden wir eines der Wohnhäuser. Jetzt laufen wir schnell, die Räder blockieren nicht mehr, wir halten uns von den Straßenlampen fern, kommen am Parco Di Vittorio vorbei. Die bohnenförmige Rollschuhbahn leuchtet in der Nacht, im letzten Stock des

Hauses, in dem Antonio wohnt, geht in einem Fenster das Licht an.

»Komm«, sagt Richi. Noch hundert Meter, und wir sind wieder im Dunkeln, auf der Schotterstraße, die zum Biosolar führt. Jetzt wird es schwierig, denn wenn jemand von der Costa dorthin unterwegs ist, könnte er hier vorbeikommen. Die Schotterstraße ist schmal, gerade breit genug für einen Lastwagen, auf der einen Seite ist ein ungefähr achtzig Zentimeter tiefer Graben, auf der anderen Sträucher, Stücke von einem Zaun, kleine Bäume.

»Der Rollstuhl«, sagt Richi.

»Was ist damit?«

»Lassen wir ihn hier.«

»Du bist barfuß!«

»Ich schaffe es schon.«

»Du bist ja verrückt.«

»Siehst du eine andere Möglichkeit?«

Er ist zu schwer, um ihn auf den Arm zu nehmen, und er hasst es, huckepack getragen zu werden, weil er dann keine Kontrolle über die Lage hat. Oder jedenfalls weniger als gewöhnlich.

»Ich gehe, und du wartest hier«, sage ich.

»Vergiss es.«

Es gibt keine andere Möglichkeit. Am Rand der Schotterstraße entlanggehen und uns, falls ein Lastwagen kommt, zwischen den Sträuchern oder im Graben verstecken.

»Das ist zu schwierig für dich, Richi.«

»Du bist doch die, die Angst hat. Ihr habt alle immer Angst. Pass hier auf, pass da auf. Ich habe keine Angst. Ich mach einfach. Willst du wissen, was die Moral von der Geschichte ist? Am schlimmsten geht sie für Ciccio Dreiaugen aus. Er hätte ihm nur sein verdammtes Auge zu leihen brauchen, Ciccio Kopflos hätte einen Blick auf sich geworfen, hätte es ihm zurückgegeben und fertig. Und was hat er stattdessen getan? Er hat Ciccio Kopflos vollgelabert, wie er leben soll, was er tun soll, das ja, das nein, pass hier auf, pass da auf, bis Ciccio Kopflos gemacht hat, was ihm sein Spatzenhirn eingeflüstert hat. Die Moral lautet: Nie ungefragt Ratschläge geben.«

Während seiner ganzen Predigt krallt Richi sich an die Armlehnen des Rollstuhls. Dann stützt er sich fest ab, holt tief Atem und stemmt sich hoch.

»Und als Ciccio Kopflos sich im Spiegel gesehen hat, ist er nicht vor Schreck gestorben. Er wusste schon, wie er ist. Ich weiß, wie ich bin, du weißt, wie du bist, alle wissen es. Er wollte eine Bestätigung und sehen, wie ihn die anderen sehen. Wahrscheinlich hat er sich totgelacht.«

Er lässt los und stößt den Rollstuhl weg.

»Ich gehe. Du mach, was du willst. Und mach den Mund zu, sonst fliegen dir die Mücken rein.«

Er dreht sich um und geht auf der Schotterstraße los. Er strauchelt, fängt sich aber wieder. Ich will ihn stützen, aber er zischt: »Lass das!«

Er strauchelt erneut, findet eine Art Rhythmus, geht weiter.

Die Geschichte mit den Mücken hat er von einer Therapeutin, damals war er fünf. Die Aussicht, ein Insekt zu verschlucken, hat Richi schlagartig dazu gebracht, seinen Unterkiefer zu kontrollieren. Schlagartig heißt drei Monate Übung mit einer an einem Faden befestigten Gummimücke, die sie vor seinem Mund baumeln ließ. Kreativ, die junge Frau. Ich beobachte, wie er sich jetzt entfernt. Einen Schritt nach dem anderen. Vorsichtig setzt er die nackten Fußsohlen auf. Den rechten Fuß zieht er etwas nach. Das muss wahnsinnig weh tun.

»Warte, Opf.«

Ich stoße den Rollstuhl in den Graben. Das Zigulì fällt mir wieder ein, wie er es geschafft hat, das Bonbon aus der Packung zu fummeln und in den Mund zu stecken, ohne dass wir es bemerkt haben. Die Motivation ist alles, ich glaube, das ist die Moral von der Geschichte.

Zum Glück mussten wir uns nicht ins Gebüsch werfen. Als nacheinander vier Lastwagen ankommen, haben wir schon die Trafostation erreicht, die über der Baustelle thront. Wir sitzen im Dunkeln auf dem Betonboden, mit dem Rücken zur Wand, das Biosolar unter uns. Die Lastwagen fahren an uns vorbei. Die Fahrer können uns nicht sehen. Aus den Ritzen hinten an der Ladefläche rieseln Steinchen und Erde. Sie sind von der Costa. Ab und zu hört man zzz zzz. Es kann nicht gesund sein, hier drunter zu sitzen, denke ich. Der Strom, der von wer weiß welchem Kohlekraftwerk oder gar Atomkraftwerk hierhergesaust kommt, Tausende und Abertausende von Megawatt, die aus einer schönen Anlage jenseits der Grenze stammen, zzz zzz, die Alpen überqueren, sich in dieser stinkenden, kleinen Kabine ballen und von hier mit niedriger Spannung wieder rausgeschossen werden, zzz zzz, bis rauf in das Zimmer im letzten Stock des Hauses, in dem Antonio wohnt, wo der schlaflose Typ wahrscheinlich auch pinkelte, so wie hier, nach dem Gestank zu urteilen, sämtliche Hunde der Margeriten-Siedlung. Zzz zzz. So toll ist das Leben eines 007 auch nicht, das Trafohäuschen ist ein sehr trauriger Ort, sehr, sehr traurig und stinkend.

»Weißt du, dass in so einer Trafostation mal ein Mann gefunden wurde, der einen Stromschlag bekommen hatte? Es hieß, er klaue die Kupferkabel. Da muss man schon schwerwiegende Gründe haben, um an so einem Ort zu stehlen«, sage ich zum Opf. Die Laster fahren gerade das kurze, abschüssige Stück zum Biosolar hinunter.

Armer Richi, seine Füße sind ganz zerkratzt, zehn Minuten Todeskampf auf dem Schotter, keine Chance, ihn zu überreden, sich huckepack tragen zu lassen, sie dauern mich, seine Füße, aber nun sind wir hier, und die Scheinwerfer der Lastwagen erleuchten das Areal des Biosolar.

Es ist ein riesiger Komplex, Tausende von Kubikmetern reinster Biobeton, verputzt mit Biomörtel und gestrichen mit Biofarbe. Wenn du ins Biosolar ziehst, so steht es auf der Webseite der Stadt und der Costa Costruzioni, wirst du all deine Allergien los, du kannst das Asthmagerät vergessen, ebenso die Heizungsrechnung. Auf dem Dach und an den Wänden der vier im Bau befindlichen Blocks werden Solarzellen angebracht. Daher brauchst du nicht einen Euro für Heizungskosten und verdienst sogar noch etwas, wenn du den überschüssigen Strom ans Elektrizitätswerk verkaufst, zzz zzz, ein Super-Geschäft, zzz zzz, wunderbare Wohnhäuser, erbsengrün, zitronengelb und rosa wie die Baisers des Dottore, und rundherum alles begrünt, und auch das »Begegnungszentrum« und die bohnenförmige Rollschuhbahn dürfen natürlich nicht fehlen.

Im Augenblick sieht man nur den Aushub für die Fundamente, vier tiefe Gruben, ich habe schon viele Baustellen gesehen, aber diese kommen mir riesig vor, vielleicht liegt es an der Dunkelheit, oder an den Lampen, die wenig Licht geben im Vergleich zu der ganzen Schwärze.

»Hattest du es dir so groß vorgestellt, Opf?«

»Pst. Schau nur!«

Vier Scheinwerfer flammen auf. Die Kabine hinter uns zischt etwas lauter, scheint mir.

»Hörst du das, Opf?«

»Kannst du mal den Mund halten?«

Die Scheinwerfer beleuchten das Innere der Grube, auf die die Lastwagen zufahren. Wie Spielzeugautos sehen sie aus, und hinter dem Licht der Scheinwerfer zeichnen sich die gelb-schwarzen Umrisse eines Krans ab, der aus Lego-Steinen sein könnte.

Der erste Lastwagen hält kurz vor der Grube. Der Fahrer steigt aus, die Tür eines geparkten Autos öffnet sich, Papa steigt aus. Ja, ganz sicher, es ist Papa. Wie er gestikuliert. Die Manschetten des Hemds aufgeknöpft. Sie sprechen miteinander. Dann geht der Fahrer los, sagt etwas zu dem Mann im folgenden Lastwagen, geht weiter zum nächsten und zum übernächsten, wedelt mit den Armen, steigt wieder in seine Führerkabine und beginnt zu rangieren. Die Lastwagen nehmen an den vier Seiten der Grube Aufstellung, die Rückseite hinten, die Schnauze vorn. Ein Lastwagen steht genau unter einem der Scheinwerfer, er hebt als Erster die Kippbrücke.

Es sind diese Kipplaster, die mit Erde und Schotter beladen werden und gewöhnlich beim Straßenbau für den Materialtransport dienen. Als Kind hatte Richi einen in Gelb mit der blauen Aufschrift SOCIETÀ AUTOSTRADE SPA. Mit den Händen füllte er ihn mit Sand (mit dem Schäufelchen war es zu kompliziert), dann leerte er ihn, indem er mit einem vorn angebrachten kleinen Hebel die Ladefläche kippte, was er auch mit einem Geräusch begleitete, MEEEE, MEEEE. Aus dem Sand machte er ein Häufchen und klopfte es mit den Händen fest.

»TUM, TUM, TUM.«

»Sehr heilsam«, sagte Mama, »fest klopfen, Richi, fest.« Und Richi klopfte und machte auch TUM TUM TUM mit dem Mund. Wir lachten, Richi haute kräftig zu, das war heilsam, heilsam für alle, glaube ich, und auch jetzt spuckt der Kipplaster Erde aus, Erde und Schotter, Erde und Sand, scheint mir, wie beim Straßenbau. Doch zusammen mit der Erde, dem Schotter und dem Sand spuckt der Laster auch Metallzylinder aus. Wie Ciccio Zahnzuviel, denke ich. Vielleicht sind die Dinger auch aus Plastik, farbig, schwer zu sagen, welche Farbe genau, das Scheinwerferlicht verfälscht alles, grün?, gelb?, blau?, man sieht, wie sie zusammen mit der Erde in die Grube donnern, unter dem Laster bildet sich ein kegelförmiger Haufen, in der Grube gehen zwei Lichter an, ein kleiner Bagger fährt auf den Haufen zu, nimmt eine Schaufelvoll und deponiert sie etwas weiter hinten. Dann verlässt er den Lichtkegel, fährt auf einen schwarzen Hügel zu, den man vorher in der Dunkelheit nicht sehen konnte, holt davon eine Schaufelvoll, fährt wieder an die Stelle, wo er das Gemisch aus Schotter und Tonnen zurückgelassen hat und bedeckt alles mit Erde, dann klettert er obendrauf und fährt ein paarmal hin und her.

»TUM TUM TUM«, macht Richi.

Auch ohne Wikipedia begreift man unschwer, was hier abgeht. Das Scheinwerferlicht beleuchtet die Tonnen, auf manchen sehen wir ein R, auf anderen ein Dreieck, einen Totenkopf. Man braucht kein Wikipedia, dennoch habe ich zu Hause kurz nachgeschaut. Was da drin ist, weiß niemand, weder Google noch Facebook, noch YouTube. Festklopfen, festklopfen. Tum tum tum. Nichts Heilsames jedenfalls. Abfall. Jauche. Chemisches Zeug. Vielleicht sogar was Radioaktives. Vielleicht weiß selbst Papa nicht, was zum Teufel in den Tonnen drin ist, die er gerade unter dem Biosolar vergräbt.

In wenigen Minuten haben die vier Laster ihren gesamten Inhalt in die Grube gekippt. Der Minibagger fährt weiter hin und her, tanzt auf den Erdhügeln. Der Mann aus dem ersten Lastwagen steigt aus, spricht noch einmal mit Papa, macht den anderen ein Zeichen und steigt wieder ein. Er lässt die Kippbrücke herunter, gibt Gas und rangiert, um vom Rand wegzukommen. Die anderen ebenso, dann bilden sie eine Kolonne. Wenn sie jetzt wieder rauffahren, erfassen ihre Scheinwerfer uns voll.

»Gehen wir«, sagt Richi. Ich helfe ihm beim Aufstehen, doch kaum haben wir uns hinter der Trafostation in Deckung gebracht, hören wir einen wahnsinnigen Lärm, Sirenen, kreischende Bremsen, Geschrei, ein Megaphon. Wir schleichen uns wieder vor. Autos mit Blaulicht halten neben den Lastwagen, Männer in Uniform lassen die Fahrer aussteigen. Sie sind von der Hauptstraße des Biosolar gekommen, weitere folgen, wir sehen die Scheinwerfer. Zwei Autos kommen aus der Margeriten-Siedlung, die Reifen schlittern laut über die Schotterstraße, die der Opf und ich gegangen sind, sie sehen uns nicht und rasen Richtung Biosolar. Unten gehen auf der ganzen Baustelle die Scheinwerfer an. Jetzt surrt die Kabine tatsächlich, es ist keine Einbildung. Mir fällt auf, dass die Grube, in die sie die Tonnen geworfen haben, die tiefste ist, in den anderen ist keine Erde, sie sind mit Biobeton ausgegossen, unschädliche Schwimmbecken, Grabnischen, riesige Gräber. Überall rennen schreiende Männer herum, Signalwesten leuchten über den Jacken, und Blaulichter kreisen. Zwei Typen verschwinden in der Dunkelheit, ein Auto verfolgt sie, stoppt sie, die Uniformierten steigen aus und schubsen sie.

»Super. Fehlt nur noch der Hubschrauber.«

Mir kommt es auch vor wie im Kino.

Von den Margeriten her tauchen noch zwei Autos auf und fahren hinunter. Es ist kein Film, denke ich, wenn es ein Film wäre, würden wir abwarten, wie es endet, aber jetzt müssen wir unbedingt hier weg. Wir sind der Film.

»Ich trage dich huckepack, Opf. Keine Widerrede.«

»Ooooooooooookei«, brummt er.

Ein dunkles Auto hält neben dem Auto von Papa.

Das bisschen, das ich geschlafen habe, befand ich mich in einem beängstigenden Traum, so ähnlich wie diese Filme, die uns die Geschichtslehrerin zeigt, mit Krieg und Trümmern und Flüchtlingen. Ich stehe an der Schotterstraße, die zum Biosolar hinunterführt. Wenig Licht, Staub überall. Eine Prozession von Wagen und alten Autos zieht vorbei, hoch beladen mit Waren, Koffern und aufs Dach gebundenen Matratzen, daneben Leute zu Fuß. Auch Antonio mit seiner Familie. Alle haben es eilig, niemand bleibt stehen, um mit mir zu sprechen.

Ein Geräusch weckt mich. Es ist sehr früh, ich stehe auf, um nachzusehen, was los ist, und schaue aus dem Fenster: Papas Auto ist nicht da. Ich gehe rüber in den Salon und treffe auf Mama mit der Hand am Türknauf. Sie hört mich, hält inne, dreht sich um. Ich sehe ihr direkt in die Augen.

Ich hatte Tränen, Szenen, Fragen, Carabinieri im Haus erwartet. Bestimmt nicht, Mama beim Weggehen zu überraschen. Ohne ein Wort. Aber ich kann ihr keine Vorwürfe machen, im Grund sage ich ja auch nichts, ich erzähle ihr nicht, was wir gesehen haben, ich hab sie vor wenigen Stunden auch nicht geweckt, um ihr mitzuteilen, dass Papa vielleicht verhaftet worden ist. Ich stehe hier und schaue sie an.

Ich sehe die dunklen Ringe um die Augen, die strahlenförmigen Fältchen, die ungeschminkten Lider, die zuckenden Wimpern. Offen. Gewollt offen.

Auch ich halte stand, tauche in ihren Blick ein, Iris, Pupillen, es fällt mir wahnsinnig schwer so früh am Morgen, während ich noch das eisige Gefühl habe, fortgehen zu müssen, ich weiß nicht, wohin.

Alle glücklichen Familien ähneln einander, jede unglückliche Familie ist auf ihre Art unglücklich, und unsere Art ist das Schweigen. Über die auf Giftmüll gebauten Wohnblocks, über Richis Krankheit, darüber, warum Mama nicht mehr die Chefin ist, obwohl doch sie es ist, die den Namen Costa trägt. Über die Margeriten-Siedlung. Darüber, wo sie heute Morgen hingeht. Das Schweigen klebt an dir, ist wie Leim, eine Angewohnheit wie das Rauchen, du möchtest aufhören, kannst es aber nicht. Deswegen stehe ich da und sehe sie an und bleibe stumm, und sie genauso. Es fällt schwer, aber ich halte stand. Ich weiß nicht, ob ihr so was je probiert habt, aber es kann auch ein bisschen Angst machen. Ich zum Beispiel kriege Schluckauf, von außen könnte man es für ein kleines Lachen halten, aber es sind die Nerven. Dennoch gebe ich nicht nach und sie auch nicht, bis ich in ihren Pupillen einen Schleier sehe und in dem Schleier einen Spiegel, und erst an diesem Punkt – es sind hundert Jahre vergangen – begreife ich, dass sie es war.

»Bleibt im Haus. Ich habe das Telefon abgestellt. Kein Facebook. Ich rufe dich auf dem Handy an.«

Sie hat ihn angezeigt.

»Ich komme so bald wie möglich zurück, Paoletta. Vertraust du mir?«

Sie war es, ich hatte es nicht kapiert, und jetzt fehlen mir die Worte.

Papa kommt am späten Nachmittag. Richi und ich sind

mit Nina am Pool. Er verschwindet grußlos im Haus, die längsten zehn Minuten meines Lebens, das Gefühl, dass ich etwas tun muss, dass ich aber nicht mal die nötige Energie aufbringe, um zu sagen »hör mal, Papa«. Irgendwas wird er uns schon sagen, hoffe ich, oder vielmehr, hoffentlich nicht, er soll wieder gehen, ohne hier vorbeizukommen, ich möchte abhauen, es ist ein physisches Bedürfnis, ich zwinge mich, ruhig zu bleiben, ich darf nicht weglaufen, komme, was wolle.

Er erscheint mit dem Rollkoffer, den er benutzt, wenn er etwas länger verreisen muss. Einen Schritt vor dem Liegestuhl bleibt er stehen. Richi ist mit Nina im Wasser. Ich bin in Panik.

Ich will nicht mit ihm allein sein.

»Heute Nacht bin ich festgehalten worden. Etwas Berufliches«, sagt er.

Ich will nicht. Allein. Mit ihm. Reden. Das Schweigen ist eine Mauer, eine graue, glatte Wand.

»Ich werde einige Tage weg sein.«

»Richi!«, sage ich. Fast ein Schrei. Innerlich schreie ich.

»Gibt's ein Problem?« Meine Stimme ist ein Flüstern.

»Hat deine Mutter euch nichts erklärt?«

»Sie ist vor sieben aus dem Haus gegangen.«

Er erwidert nichts.

Ich warte.

Er lässt den Rollkoffer nicht los, setzt sich nicht auf den Rand des Liegestuhls, sagt nicht »hör zu, Paoletta«, während er seine Hände betrachtet und dann nachdenklich vor sich hin schaut, als wären wir in einer Soap.

Nichts von alledem.

»Ich dachte, sie wäre bei dir«, fange ich wieder an. Meine Stimme ist kaum ein Hauch. Als ich mich höre, empfinde ich unsäglichen Schmerz. Ich bin so müde, als hätte ich ihm ein dickes, nasses, unglaublich schweres Tau zugeworfen. Ich schaue nicht, ob er es auffängt, ich weiß nicht, was für ein Gesicht er macht, ob er Augenringe hat, unrasiert ist. Ich kann den Blick nicht von seinen Schuhen abwenden.

»Na gut, das muss sie euch erklären. Eindeutig. Wenn es nach mir gegangen wäre, gäbe es nichts zu erklären.«

Er hebt das Tau nicht auf, denke ich. Und: Vielleicht hat er es gar nicht gesehen.

»Wann kommst du wieder?«, fragt Richi.

»Keine Ahnung.«

Sonst nichts, sein Handy hat zu läuten begonnen, und er ist gegangen. Vor einer Woche. Wenn ich daran denke, kommt es mir vor wie jetzt. Jetzt, aber in einem anderen Leben.

Alles hätte ich mir vorstellen können, während mein Vater ins Auto steigt und wegfährt und Richi sagt: »Ooooookey, Nina, wir müssen dir erklären, wie es passiert ist, dass ich mir die Füße wundgelaufen habe«; während Nina blass und rot und wieder blass wird und es auch ihr die Sprache verschlägt; während sie uns umarmt und küsst und auf Rumänisch so etwas wie »nachts abhauen, ihr gewissenlosen Dinger!« sagt; während Richi sich losmacht und brummt »jetzt hör schon auf«, aber auch ihm die Tränen herunterlaufen; alles hätte ich mir vorstellen können, nur nicht, dass ich sieben Tage später das tun würde, was ich gerade tue: ein neues Kleid anprobieren.

Das Leben ist doch wirklich seltsam. Du denkst, wenn dir das und das zustößt, geht es dir so und so. Nehmt Ron Weasley. Der Dunkle Lord hat schon wieder die Macht in der Welt der Zauberer übernommen, als Ron die Gelegenheit bekommt, eine historische Tat zu vollbringen: seinem Freund Harry Potter (dem Erwählten im Kampf gegen das Böse) das Leben zu retten und es ganz allein mit einem Horkrux aufzunehmen, das heißt, mit einem magischen Objekt, das ein Stückchen von Voldemorts hässlicher schwarzer Seele enthält.

Die Zerstörung des Horkrux ist eine wesentliche Bedingung, damit das Gute siegen kann, aber sehr gefährlich. Und Ron besitzt nur seinen Mut und sein Zauberschwert. Um ihn einzuschüchtern, gaukelt Voldemort ihm die schlimmsten Albträume vor: die Mutter, die ihm die Geschwister vorzieht, Harry und Hermine, die sich zusammengetan haben, die Demütigung, immer im Schatten des Erwählten zu stehen. Ein sehr hartes Gefecht. Beinahe unterliegt Ron, doch schließlich schafft er es, und Harry Potter, der dem Kampf beigewohnt hat, sagt zu ihm: »Großartig! Du hast mir das Leben gerettet!«

Daraufhin denkt Ron an alle Kämpfe, die Harry Potter gegen den Dunklen Lord ausgefochten hat. Unsterblicher Ruhm ist ihm sicher. Im Grund genommen ist seine eigene Tat nicht weniger bedeutend. Doch statt stolz auf sich zu sein, fühlt er sich beschissen.

»Ich dachte, es wäre cooler«, antwortet er.

Tja. Du stellst dir was vor: Wenn dies und jenes geschieht, werde ich mich so und so fühlen. Aber. Du. Irrst. Dich. Ich, zum Beispiel, glaubte, ich würde da nicht lebend rauskommen. Ehrlich. Denn dass es so ausgehen würde, habe ich mir schon ein bisschen gedacht, ich merkte, wie die Tragödie immer größer und größer wurde. Und jetzt? Jetzt ist das Schlimmste eingetroffen, und mir geht es gar nicht schlecht (entschieden besser als Ron). Es geht mir ganz ordentlich. Beinahe gut.

Auch wenn es eine höllische Woche war. Die Journalisten haben einen Riesenrummel gemacht (vor der Tankstelle steht immer noch ein Lieferwagen mit Parabolantenne). Oma kam hereingestürmt, außer sich und ganz fahl im Gesicht. »Ich zeige sie an, diese Verbrecher, wehe, sie wagen es, sich den Kindern zu nähern!« Die Carabinieri sind wieder und wieder zurückgekehrt, und es ist einfach alles passiert, was bei einer Razzia passieren kann, über die auf allen Kanälen berichtet wird: Die Sicherstellung der Biosolar-Baustelle und der Cava degli Eremiti, Papa, der in einem Motel wohnt, als wären wir wirklich in einem amerikanischen Film, die Rechtsanwälte im Haus, die von Papa, von Mama und vom Ingenieur Della Vedova, der seinerseits einen Strafverteidiger von der Sorte gewählt hat, die im Fernsehen auftreten. »Jeder für sich und Gott für alle, Monica«, hat er zu Mama gesagt.

»Amen«, hat sie geantwortet.

Und dann Marta, die ihr Handy ausgeschaltet hat. Und die anonymen Briefe, die tote Katze, die jemand über den Zaun geworfen hat, die Drohungen auf Facebook. Im Netz sind grässliche Leute unterwegs, da ist das Video vom Kaffeeautomaten nichts dagegen, es ist wie eine vorübergehende Grippe im Vergleich zur Beulenpest.

Nun, nach diesem ganzen Zirkus stellt man sich vor, man

sei durcheinander und niedergeschlagen oder deprimiert, eben unglücklich. Doch stattdessen.

Das Kleid ist weder kurz noch lang: Es bedeckt die Knie und sitzt *wie angegossen*. So die Verkäuferin in der Boutique gestern Nachmittag. Oma hat begeistert genickt. Für die, die so reden wie sie – *wie angegossen, gute Figur, Wespentaille, Mannequin* –, ist es Liebe auf den ersten Blick. Es sollte ihr Geburtstagsgeschenk sein. Nachdem wir schon mal da waren, hat sie sich eine kirschrote Handtasche mit Bambusgriff gekauft, »denn Shopping, Paoletta, ist die einzige Medizin«. Sie lehrt mich ihre Art, mit der Welt fertig zu werden. *Mastercard addicted.*

Das Kleid ist aus einem fließenden Stoff, Blumenmuster auf violettem Grund. Die gleiche Farbe wie das T-Shirt. Deswegen habe ich es ausgesucht. Ich betrachte mich im Schlafzimmer im Spiegel, mit Flipflops und leicht gebräunt. Seit der Nacht am Biosolar habe ich unzählige Stunden am Pool mit *Anna Karenina* verbracht, weil die Englischlehrerin so auf die Russen steht und auch, glaub mir, Oma, weil Romane die beste Medizin sind. Es fällt gut, die Wirkung ist ganz passabel, denke ich. Ich könnte es schaffen. Alles in allem könnte ich es auch mit den gewohnten Jeans schaffen. Ja, weißt du, was? Ich gehe so wie immer. Das ist ein neues Leben. Und ein neues Gesicht. Wenn es so weitergeht, *ciao, ciao Deisy*.

Es fällt auch den anderen auf. Mama, zum Beispiel, heute Morgen beim Frühstück: »Hast du eine Gesichtsmaske gemacht, Paoletta? Du siehst blendend aus!«

»Eine Maske fände ich gut, für mich als Zombie. Für die Totengräber, hi hi«, hat Richi ihr geantwortet.

Totengräber sind die Journalisten (Oma).

»Das genaue Wort wäre Bestatter, Nina, aber man kann auch *Totengräber* sagen.« Sie übersetzt es sich ins Rumänische, dann verzieht sie den Mund. Statt *gropar* wäre besser *lipitoare,* das bedeutet Blutsauger. Oder *păduche,* das heißt Laus, oder vielleicht Floh, im Sinn von Leuten, die sich am Unglück der anderen laben. Mama sagt: »Sie tun nur ihre Arbeit.«

Oder: »Die Leute sollen es ruhig erfahren.«

Oder auch: »Denkt daran, dass nicht wir die Opfer sind.«

Hm. Meiner Ansicht nach fürchtete sie die ersten beiden Tage, sie könnte direkt in der Fernsehsendung *Porta a porta* landen, in der Rolle als Barbie, Scharfrichterin der Nacht. Und außerdem nervt es mich auch, wenn die Leute Sachen über meine Familie erfahren, die ich selber nicht weiß. Und auch Zeug, das gar nichts mit der Sache zu tun hat. Nein. Alles Klatsch und Tratsch. Wie viele Liebhaber Mama gehabt hat. Wie oft sie ins Fitness-Studio geht. Sogar Francesco haben sie interviewt (den von der Super-Waage). »Sie sind doch ihr *Personal Trainer,* könnten Sie dem Publikum daheim erzählen, wer Monica Costa wirklich ist? Welchen Snack isst sie denn am liebsten? Mag sie Männer-Sportarten?« Wirklich unglaublich.

Der Opf amüsiert sich. Sobald er Reporter sieht, lässt er sich was einfallen. Ein paar Tage nach den Ereignissen hat er vor einem Schwarm von Fernsehkameras – so lästig wie die Hornissen, die Buttita voriges Jahr mit einer brennenden Papprolle ausgeräuchert hat – einen epileptischen Anfall simuliert, wie er im Neurologie-Handbuch steht, mit Augen-Verdrehen und Zunge-Raushängen-Lassen. Ergebnis? Alle weg. So Zeug kann man ja nicht senden. Oder doch?

Am nächsten Tag im Auto, mit aufgerissenen Augen wie Jack Nicholson auf dem Plakat von *Einer flog übers Kuckucksnest,* hat er den Kopf gegen die Scheibe gerammt. Sieben Stunden hatten sie drauf gewartet, dass wir herauskommen, und dann Aufnahmen zum Ins-Klo-Schmeißen.

Er wirkt wie ein dreizehn Jahre altes Kondensat von Superstars, wie Dustin Hoffman in *Rain Man,* Robert De Niro in *Zeit des Erwachens,* Daniel Day-Lewis in *Mein linker Fuß.* Ohne einen Behinderten im Curriculum bist du in Hollywood ein Niemand, glaube ich. Mama mag es nicht, aber wenn einer dieser Filme im Fernsehen kommt, lassen Richi und ich ihn uns nicht entgehen. Und sie sind gut, kein Zweifel. Doch mit meinem Bruder in der Rolle seiner selbst können sie nicht mithalten. Er hat viel mehr Klasse. Von seiner feinen Ironie können sie nur träumen: Es ist nicht das Gleiche, ob man den Unterkiefer herunterfallen lässt und dabei auf den Millimeter genau berechnet, wie viel Kraft man auf die Gesichtsmuskeln ausüben muss, um einen bestimmten Deformierungswinkel zu erzielen, oder ob man *wirklich* behindert ist und beschließt, das Bild in Szene zu setzen, das die anderen von der Behinderung haben und von dir erwarten. Denn wenn sie dich sehen, also sehen, dass du behindert bist, schauen sie dich ja gar nicht richtig an. Sie schauen weg und *stellen sich etwas vor.* Sogar die, die dich anstarren (verflucht sollen sie sein). In Wirklichkeit schauen auch die nicht hin. Schlimmer noch. Sie stellen sich nicht nur etwas vor. Sie *haben Angst.* Und das, wovor sie Angst haben, schleudert Richi ihnen ins Gesicht. Im ersten

Fall, dem der Superstars aus Hollywood, handelt es sich um Imitation, Reproduktion, Technik, guten Willen, gute Umsetzung. Im zweiten aber, mit Verlaub, um Kunst.

In *Focus* habe ich von einer serbischen Künstlerin gelesen, die einen Berg blutiger Tierknochen aufgehäuft hat, um den Balkan-Krieg darzustellen. Oberschenkelhalsknochen, Kieferknochen, Gelenkknochen. Dann ist sie hinaufgestiegen und hat da oben drei Tage lang Litaneien gemurmelt. Wenn du das Foto anschaust, meinst du, den Gestank zu riechen. Das Bild zieht dich an, während es dich abstößt, du kannst die Augen nicht abwenden, es ist die Darstellung eines Albtraums, eines Fleisch und Blut gewordenen Albtraums. Wenn Richi mit dem Kopf gegen die Scheibe knallt, was für ihn eine schwierige Sache ist, hat es eine ähnliche Wirkung. Du schaust hin und möchtest nicht mehr hinschauen, und je mehr du wegschauen willst, umso mehr schaust du hin. Terror. Faszination. Kurz, ein Talent. Damit hat er uns in diesen Tagen beschützt, mit seinen gespielten Anfällen und unkontrollierbaren spastischen Zuckungen (mit dem guten Arm). Beim ersten, auf Mamas Kehle gerichteten Mikrophon macht er Geräusche, wie sie nicht einmal eine rollige Katze hervorbringt. Er macht es so super, dass sie sagt: »Ich habe nichts zu sagen«, und dann loslacht. Die Journalisten stehen mit offenem Mund da, und während wir uns entfernen und die *păduchi* ihn nicht hören können, miaut Richi: »Mund zu, sonst fliegen dir die Mücken rein.«

Drei Tage hat die Belagerung gedauert. Kein Schritt außer Haus, ohne dass sie über uns herfielen. Dann hat der Druck schlagartig nachgelassen. »Nach drei Tagen stinkt der Fisch«, hat Oma verkündet. Das heißt, dass es nach zweiundsiebzig Stunden kein gottverdammtes Aas mehr interessiert, wie viele unschuldige Kinder wegen deiner Scheiß-Giftmülltonnen an Krebs oder Leukämie krepieren könnten.

Am ersten Abend nach dem Tag mit dem ausgesteckten Telefon und den an der Gegensprechanlage klebenden Journalisten hat Nina eine Minestrone ohne Knoblauch, ohne Kartoffeln und ohne dicke Bohnen gekocht. Danach gegrilltes Schnitzel mit Salat. Mama hat schweigend gegessen, beim Obstsalat hat sie das Schälchen gemustert, einen Löffelvoll in den Mund geschoben, hinuntergeschluckt, aufmerksam die mit viel Zitrone und fast keinem Zucker angemachten Fruchtwürfelchen betrachtet, dann Nina, die sich über Richi beugte. Und plötzlich hat sie die Hände auf die Tischdecke und das Gesicht auf die Hände gelegt und zu weinen begonnen.

»Ich habe keine andere Möglichkeit gesehen, um sie zu stoppen«, hat sie gesagt.

Am zweiten Abend hat sie erklärt, die Trennung sei unvermeidlich. Es ist fast eine Woche vergangen, und noch immer bin ich völlig ungerührt. Gibt's das? Am dritten Abend hat sie gesagt, Della Vedova habe Beweise gegen Papa gesammelt und sei dabei, sich mit den Richtern abzusprechen, um sauber aus der Sache hervorzugehen. Ich denke an Marta, bekomme Lust, sie anzurufen, dieses Bedürfnis hatte ich noch nie, am Sonntag wird sie nicht kommen, und das tut mir leid, ich kann es nicht glauben, aber so ist es, ich muss sie unbedingt anrufen, aber was soll ich ihr denn sagen? Marta. Hör zu. Ich bin dir nicht böse. Es ist mir vollkommen egal, wenn dein Vater. Wirklich. Du hast damit nichts zu tun. Scheiß drauf. Er ist ein Dreckskerl. Mach dir keine Sorgen. Aber ihr Handy ist immer noch abgestellt.

Am vierten Abend hat Mama uns erzählt, warum der Dottore sie aus der Costa Costruzioni rausgeschmissen hat. Während sie redete, machte sie gar nicht den Eindruck der stolzen Amazone aus dem Bericht in *Pomeriggio Cinque,* der gnadenlosen Monica Costa. Sieht man den Bericht, würde man meinen, echt geil, so eine wie sie zu sein. Stattdessen ist es wie bei Ron mit dem Horkrux. Es war unser längstes Abendessen, bis nach neun, dann Schluss, denn auf SKY Cinema kam *Billy Elliot,* Richis Lieblingsfilm. Der Opf sieht genau so aus wie der Protagonist. Na ja, fast. Sagen wir, die Augen und die Ohren.

Vier Abendessen – und das Schweigen ist vorbei. Wir haben darin gelebt wie in einer Seifenblase. Und jetzt ist sie geplatzt. Ein neues Leben beginnt. Wir haben keine Ahnung, was aus der Costa Costruzioni, aus dem Geld und aus der Villa werden soll. Ob Papa ins Gefängnis muss. Ich hänge das Kleid in den Schrank und schlüpfe wieder in meine Jeans. Wenn's schlecht ausgeht, muss Oma einen Entzug machen. Aus dem Shopping-Tunnel herauskommen. Ob es wohl Kliniken für Ex-Reiche gibt? Mit günstigen Suiten? Und Medikamenten vom Nationalen Gesundheitsdienst?

»Es reicht jetzt, Richi!«

Er hört den Soundtrack von *Billy Elliot.* Zum zweihundertmillionsten Mal in drei Tagen. In diesem Augenblick *Town called malice* von den Jam. Mein Bruder kennt die

Szene auswendig, in der Billy Elliot auf dem Esstisch vor seiner Tanzlehrerin steht (die übrigens die Mutter von Ron Weasley ist, ist euch das schon aufgefallen?). Von oben schaut Billy die Lehrerin an, sein Vater und sein Bruder streiten sich mit ihr: Darf Billy tanzen oder nicht, nein, ja, nein, ja, und während sie herumbrüllen, fängt Billy mit diesem wahnwitzigen Tanz an, tanzt durch die düstere Kleinstadt, in der er lebt, das britische Pendant der Margeriten-Siedlung, wie sie einmal sein wird, wenn der Putz ganz abgebröckelt ist und der Rost die Geländer zerfressen hat. Sie brüllen, und er hämmert mit Händen und Füßen gegen eine alte Backsteinmauer. Sie brüllen und kreischen, und er tanzt in einem dieser Klos im Hinterhof, sie schreien, aber die Jam übertönen alles mit ihrer Musik, mit einem Fußtritt stößt Billy die Klotür auf und tanzt auf einer Betontreppe weiter, schlägt mit flachen Händen auf das Geländer, vor und zurück, vor und zurück, und an diesem Punkt flippt Richi völlig aus: Er hämmert auf die Armlehnen, auf die Schreibtischplatte, gegen die Seitenwand des Schranks, auf die Matratze, im Rhythmus, wunderbarerweise im Rhythmus, Billys Füße legen einen Stepptanz hin, und Richis Füße tappen auf der Fußstütze, wie sein Held zieht er sich das T-Shirt übers Gesicht (sagen wir, er probiert es), und unterdessen wird der Rhythmus immer schneller, Billy stürmt durch die Gassen, klettert tanzend den Hang hinauf (eine schöne Überraschung, zu entdecken, dass man von diesem grauen Ort aus das Meer und ein kleines, weißes Segelboot sieht), dann verstummt die Musik, und man hört nur das Tipp Tapp der Stiefel auf dem Asphalt.

»Unmöglich, Paola! Stiefel! Keine Ballettschuhe!«

Alles findet in Billys Kopf statt, versteht ihr? Der Stepptanz, die Musik, die Raserei, Billy hört die Jam und klappert mit imaginären Metallsohlen auf dem Asphalt, dreht sich auf der Ferse, als hätte er Absätze, dreht sich, dreht sich, dreht sich immer schneller und knallt schließlich gegen eine hohe, rostige Wellblechwand. Ende, Stopp, aus, blockiert. Scheiße. Scheiße, Scheiße, Scheiße. Er tritt gegen die Wand, rammt sie mit den Ellbogen, aber nichts zu machen.

Und während wir zuschauen, wie er sich erschöpft zu Boden fallen lässt und Richi mit seinen halben Pirouetten im Rollstuhl aufhört, auch er blockiert, rot und keuchend, haben wir das Gefühl, dass er es schaffen wird. Billy Elliot, aber auch Richi. Im Grund genommen ist die schlimmste Woche unseres Lebens vorbei, und dem Opf geht es sehr gut, mir *wunderbar,* Nina weint nicht mehr, Oma ist mit Buttita zum Abendessen gegangen – Abendessen im Sinn von Verabredung –, und Mama, nun, Mama ist da. In Tragödien sind wir einfach super.

Gestern Nachmittag kam Marta. Sie hat geklingelt, hat gewartet, bis ich ihr das Tor aufgemacht habe (wir gehen runter, zur Kontrolle), ist hereingeschlüpft und hat gesagt: »Endlich ein bisschen Farbe, Paoletta. Hast du dich im Sun Center eingeschrieben?«

Als wäre nichts gewesen. Unfassbar.

»Nur noch NEUNUNDDREISSIG Stunden und FÜNFUND-VIERZIG Minuten, Paoletta. Ich habe beschlossen, mindestens ZWEI Stunden und FÜNFUNDVIERZIG Minuten Pause zu machen, auch DREI Stunden. Weißt du, wie viele Seiten das sind, nur die Literatur? DREIHUNDERTZWEIUNDZWAN-

ZIG der erste Band und FÜNFHUNDERTSIEBENUNDACHTZIG der zweite. Ich habe ACHTZEHN Gedichte und FÜNFUND- SIEBZIG Verse aus dem Paradies auswendig gelernt. Dante wird wohl kaum das Thema sein, aber man weiß ja nie.«

Im ersten Augenblick bin ich verwirrt. Wovon redet sie bloß? Neununddreißig Stunden bis …?

»Die schriftliche Italienisch-Prüfung!«, sage ich. Marta straft mich mit einem vernichtenden Blick à la Signorina-ich-habe-dich-satt (Oma). Das ist nämlich Martas andere Grundhaltung neben Ich-schau-mir-mit-dem-Handy-am-Ohr-die-Schaufenster-an.

Wer weiß, wie es Antonio geht?, denke ich.

»Ich habe mit Antonio telefoniert, er hält es auch nicht mehr aus.«

Ich merke, dass ich erröte, deshalb drehe ich mich um und gehe langsam den Weg zum Haus hinauf.

»Paola wird wie immer daheim sitzen und lesen, habe ich mir gedacht. Aber man muss mal raus! Lass uns ins Zentrum gehen oder zum Golfclub oder eine Runde schwimmen, ihr habt doch den Pool eingelassen, oder? Ich habe einen neuen zweifarbigen Bikini, zweifarbig ist grade mega im Trend, nur VIERHUNDERT Euro, mit Rabatt DREIHUN- DERTACHTZIG, wenn du willst, können wir dir einen kaufen gehen, ich begleite dich, ich habe einen in Sandfarben gesehen, der würde dir göttlich stehen, auch wenn du mit dieser Bräune sogar ein Orange wagen könntest, ein leuchtendes Pfirsichrosa, ein changierendes Mandarine. Orange gab es für VIERHUNDERTZWANZIG, aber mit Hemdchen dazu, ZWANZIG Euro Rabatt. Wiiirklich günstig. Ich glaube, es hat FÜNFHUNDERT Grad, Paola, wir müssen was tun, sollen wir weggehen oder hierbleiben, mir ist es gleich, wenn wir nur irgendwas tun. Entschuldige, aber die Prüfung macht mich wahnsinnig.«

Die Prüfung, dass ich nicht lache. Wir sind auf halbem Weg, sie redet, macht zwei Schritte, bleibt stehen, redet, zwei Schritte, redet, redet, redet.

»Carducci. Ich habe eine MILLION Webseiten konsultiert. Carducci. Carducci wird kommen, zehn zu eins. Kannst du dir das vorstellen? Was soll ich da schreiben? Ein Gedicht habe ich auswendig gelernt: *L'albero a cui tendevi la pargoletta mano*. Ein Albtraum. Wenn du dann mal dran bist, wirst du sicherlich das literarische Thema wählen, aber ich bin mehr der Typ für was Ernsteres, den Essay oder den Zeitungsartikel, ich habe mich auf Klimawandel vorbereitet, das ist grade sehr in, FÜNFZEHN Artikel aus der Zeitung *Sole 24 Ore* habe ich aufgehoben und ACHT aus dem *Corriere della Sera,* und außerdem noch ZWEIUNDVIERZIG Seiten aus dem Internet heruntergeladen, *nachhaltige Entwicklung, CO_2, ökologischer Fußabdruck* und so Zeug, ich habe eine MILLIARDE Daten gelernt, und da es ein naturwissenschaftliches Gymnasium ist, könnte ich damit gut abschneiden, oder? Ich meine, mein Durchschnitt in Italienisch ist nicht schlecht, ZWEI Komma FÜNF, auch ZWEI Komma VIER, da könnte ich sogar eine glatte ZWEI schaffen und dann versuchen, mit Mathematik aufzubessern, schade, dass es in Englisch kein Schriftliches gibt, aber punktemäßig stehe ich schon gut da.«

»Marta.«

»Auch die Sache mit der Gentechnik könnte drankommen, obwohl das ja inzwischen wieder abgeflaut ist. Aber das Thema passt einfach zu gut zum naturwissenschaftlichen Gymnasium, die Lehrerin hat uns bis zur Übelkeit damit traktiert, also habe ich SECHSUNDDREISSIG Seiten runtergeladen und die Einführungen zu VIER Abhandlungen gelesen. Dann gäbe es auch noch China, aber –«

»Marta.« Ob ich es schaffe, sie zu unterbrechen? Mittlerweile sind wir im Patio angekommen, im Schatten. Ich setze mich, Marta stellt ihre Tasche auf den Boden. Sie setzt sich und springt sofort wieder auf, fuchtelt unentwegt mit den Händen.

»Aber meiner Ansicht nach ist das eine ziemlich problematische Angelegenheit, wie überhaupt das ganze politische Zeug, ich weiß nicht, Palästina, Terrorismus, Obama, solche Sachen, kannst du dir vorstellen, wie die Geschichtslehrerin darüber redet? Die mit ihren ewigen Filmen über den Zweiten Weltkrieg? Und dann, Situationen wie in Afghanistan, dazu was Brauchbares zu finden ist total schwierig, es gibt etwa eine MILLION Seiten, na, wahrscheinlich wird es doch eher ein Aufsatz über die Europäische Union, aber was soll ich schreiben, wenn das drankommt? Du liest doch so viel, hättest du dazu was, das du mir leihen könntest?«

»Über die EU?«

»Hm.«

Kennt ihr diese kleinen Pumpen, mit denen man Luftballons aufbläst? Mir haben sie eine geschenkt, als ich grade eingeschult worden war. Man muss den Hals des Luftballons über das Plastikröhrchen ziehen, es mit zwei Fingern festhalten und mit der anderen Hand pumpen. Für Richi *mission impossible*. Er war damals höchstens vier. Sein Leben ein Hindernislauf, Ziel die erste Klasse Grundschule. Wenn er nicht gerade schlief und nicht aß und nicht in einer Röhre lag, mit Ohrenschützern auf dem Kopf, um das pum pum peee peee der Magnetresonanz zu dämpfen, dann zwang ihn ein Erwachsener, etwas zu tun. Fest zudrücken. Werfen. Heben. Strampeln. Packen. Beißen. Zähne fletschen. Artikulieren. Vor allem artikulieren. Der Luftballon ist seine Kaffeepause. Fasziniert sieht er zu, wie er wächst. Pft, pft, pft. Es gefällt ihm, wenn die Plastikhaut sich bis zum Äußersten dehnt, durchsichtig wird, hellblau, wenn der Luftballon nachtblau ist, blassrosa, wenn er rubinrot ist.

»Es reicht, Paola, sonst platzt er«, sagt Mama. Oder Oma. Oder Nina. Irgendein Erwachsener. Daraufhin schaut Richi vom Luftballon zu mir, mit herausforderndem Blick.

Pft, pft, pft.

»Ich habe gesagt, es reicht, siehst du nicht, dass er ganz aufgeblasen ist?«

Richi lässt mich nicht aus den Augen und fängt zu klatschen an. Wenn ihn jemand dazu auffordert, macht er das nicht. Wenn ich mich vor den Rollstuhl setze und »bittebitte« sage und ihm zeige, wie es geht, und ihn ermuntere, »probier's mal«, und seine Hände nehme und die Handflächen aufeinanderlege, tut er es nicht. Opf. Dickkopf. Immer gewesen.

Pft.

»Paola!«

»Noma«, sagt Richi.

»Noch mal. Deutlich artikulieren, Riccardo. Noch mal.«

»NOMA!«

Pft.

»noma! Noma!«

Pft pft pft und pft. Bis es knallt. Na gut, bis knapp davor, wenn man den Luftballon von dem Röhrchen abmachen und versuchen muss, ihn zuzuknoten.

»Du hast ihn zu fest aufgeblasen!«

Bei bestimmten praktischen Kleinigkeiten irrt sich ein Erwachsener fast nie. Tatsächlich rutscht mir der Luftballon weg und saust los wie eine Rakete, trudelt auf und ab, dreht sich auf Hochtouren, manchmal trifft er Richi, und dann pluf, am Boden, schlaff, wieder nachtblau oder rubinrot. Und Richi klatscht in die Hände und schreit *gleichzeitig:* »Noma! Noma! Noma!«

Lange Rede, kurzer Sinn: Gestern Nachmittag glich Marta dem Luftballon.

»Hm«, wiederholt sie gedehnt, und auf einmal ist die Luft raus. Sie wendet mir den Rücken zu, die Finger reglos zwischen den sprießenden Jasminblättern.

»Wenn du etwas über Europa hättest«, haucht sie tonlos.

Sie reißt ein Blatt ab, rollt es zu einem Kügelchen.

»Nicht dass ich wüsste. Aber man weiß nie«, sage ich verlegen. Ich habe nicht den blassesten Schimmer, was ich ihr da geben könnte. Wer hat denn je ein Buch über die EU gelesen. Vermutlich kleben ihre Fingerkuppen jetzt vom Zerreiben des Blattes. Mir ist, als sei rund um uns tiefe Stille eingetreten, ich höre keine Nina mehr, kein Radio, keinen Verkehr. Ich bekomme wahnsinnige Lust, aufzustehen und auch ein Blatt abzureißen.

»Wenn die Europäische Union drankommt, ist es –«

Ein *Problem*? Eine *Katastrophe*? Ein *Drama*? Die Stimme ist weg.

»Marta?«

Schweigen.

»Marta, darf ich dich etwas fragen?«

Nichts.

»Marta, wie geht es dir?«

Sie dreht sich zu mir um, sieht mich flüchtig an, dann wandern ihre Augen wieder zu den Blättern.

»Wie schon gesagt: Ich bin aufgeregt«, flüstert sie.

Und hier eröffnen sich Paola De Giorgi zwei Möglichkeiten. Erstens: so tun, als sei nichts. So etwas sagen wie *Na gut, auch egal, na gut, gehen wir ein Eis essen, na gut, welche Farbe hat der runtergesetzte Bikini gleich noch mal?* Oder zweitens: den Horkrux frontal angehen und der schwarzen Seele der Realität direkt ins Gesicht sehen.

»Ich meine nicht das Abi«, sage ich. »Sondern den Rest.«

Hart. Knallhart. Demi Moore in *Die Akte Jane*. Denn ich habe es ja schon einmal bei ihr probiert, und es hat nichts gebracht, aber ich lasse nicht locker und versuche es noch mal. Ich will nicht aufgeben. Es ist wichtig. Kein seichtes Gespräch. Keine seichten Gespräche diese Woche, keine *Konversation.* Aufhören mit dem Geplapper, das ist die einzige Chance, das Schweigen zu durchbrechen, glaube ich.

Marta macht zwei Schritte bis zum Abflussgitter, lässt das Blatt fallen, schiebt es mit der Fußspitze hinunter.

»Also?«, drängle ich. Als hinge alles, was danach kommt – der Nachmittag, das Eis und ob es für uns beide noch weitere gemeinsame Nachmittage mit Eisessen geben wird –, von dem ab, was Marta nun zu tun entscheidet. Warum dreht sie sich nicht um?, denke ich. Wird sie (wieder) sagen: »Paola, geh mir nicht auf die Nerven«? Wird sie so tun, als verstünde sie nicht? Oder wird auch sie, o Wunder, ihren Mut zusammennehmen, ihr Zauberschwert schwingen und die Herausforderung der Realität annehmen?

Die Leute machen ja das unglaublichste Zeug, um der Realität nicht ins Auge zu sehen. In der Mittelstufe hatten wir in Italienisch eine Lehrerin namens Stregatti Mariagrazia, die uns nie die Grammatik erklärte. Mit Sachen wie Verben und Satzanalyse war es nach der Grundschule vorbei bis zur ersten Oberstufe (da war es dafür wie im Trainingslager bei den Marines, vier gaben im Januar auf, drei fielen im Juni durch, und neun mussten im September zur Nachprüfung antreten). In ihren Unterrichtsstunden ging die Stregatti mit uns in den Vorführsaal, um *Gladiator* oder *300* oder auch diesen grauenhaften Film über die präkolumbischen Massaker anzuschauen. Wenn sie nicht mit dem DVD-Player zurechtkam, sagte sie: »Ich bin nicht sehr *geschlagen* in technischen Dingen«, und auch: »Ihr dürft nicht in *Schubfächern* denken.« Außerdem behauptete sie, die Handys seien daran schuld, dass wir Fehler beim Konjunktiv machten. Ich fürchte, so eine lebt in einer Parallelwelt. Sie betrachtet sich im Spiegel und sieht Kobolde.

Noch ein Beispiel? Die Mutter meines Schulkameraden Jonathan, Weltbester in Nullbock, Olympiasieger in bescheuerten Ausreden. »Ich schwöre, dass ich es gemacht / gelernt habe, Prof, aber ich habe es vergessen / verloren / es ist mir geklaut worden«, »gestern bin ich vom Moped gefallen / auf der Treppe gestolpert / auf dem Parkett ausgerutscht, habe mir den Kopf angeschlagen und leide an einer momentanen Amnesie / Aphasie / Allergie«, »mir ist nicht gut, ich muss dringend auf die Toilette / nach Hause / an die frische Luft«, »ich muss leider sofort weg, habe gerade erfahren, dass mein Vater / mein Bruder / mein Onkel einen Unfall / eine Nierenkolik / einen Asthmaanfall / einen Magendurchbruch etc. gehabt hat.« Nun, Jonathans Mutter behauptet, an den schlechten Noten von Mr. Nullbock sei der Lehrer / Direktor / Hausmeister / Banknachbar schuld. Signora Jonathan lebt eindeutig in einer anderen Dimension, spielt Karten mit Dr. Spock, trinkt nachmittags Tee mit der Weißen Hexe von Narnia.

Und falls diese Beispiele nicht genügen, nehmt den Dottore, Gott hab ihn selig. Nie hat er die konkrete Möglichkeit ins Auge gefasst, dass Riccardo in *seiner* Realität tatsächlich existiert, nie hat er es rein hypothetisch in Betracht gezogen, das Wort an ihn zu richten oder ihn beim Namen zu nennen.

»Sag dem Kind, es soll den Kopf hochhalten.«

»Ruf ihn zur Ordnung, bitte.«

Ich erinnere mich gut an ihn, er ist ja erst vor drei Jahren gestorben, nicht vor hundert. Einer, dem das Leben alles geschenkt hat, sogar Journalisten zur Beerdigung. Alles, bloß nicht die Realität. Begreift ihr, warum ich besorgt bin? Jetzt, im Kritischen Moment, Von Dem Alles Abhängt, was wird Marta sich jetzt ausdenken?

Nach einer qualvollen Ewigkeit wirft sie noch ein Blatt in den Abfluss. Und dreht sich endlich um.

»Ich hatte es mir schlimmer vorgestellt«, sagt sie.

Keine Spur von dem leeren Schaufensterblick noch von dem Schmollmund à la Signorina-ich-habe-dich-satt. Ihr Gesicht ist ganz entspannt, auf die Gegenwart eingestellt, hier und jetzt.

Ich staune.

»Viel schlimmer, Paoletta.«

Das Gesicht von einer, die eine lange Reise hinter sich hat, und als das Auto endlich anhält, die Tür aufgeht und sie den Blick hebt, sieht sie den Gartenweg und die Geranien am Balkon und die Gardinen am Fenster, und da begreift sie, dass sie wirklich angekommen ist. Marta Della Vedova ist erleichtert. Ein kleines Lächeln umspielt ihre Augen und Mundwinkel.

»Und du?«, fragt sie mich.

Dieses Lächeln habe ich noch nie an ihr gesehen, denke ich. Es macht, dass ich mich wohlfühle, nein, halt, dass ich mich verstanden fühle. Es ist, als hätten wir uns jahre-, jahrzehntelang nicht gesehen, und plötzlich, an einer Straßenecke, peng!, *Bist du's, Paoletta? Paola De Giorgi? Marta?* Wir sind anders, wie verwandelt, neugeboren. Aber Komplizinnen. Uralt und zugleich wie kleine Kinder. Und ich liebe, jawohl, ich liebe ihr schönes Lächeln, das mir sagt: »*Du weißt, wie das ist,* Paoletta. Du bist die Einzige auf der Welt, die mich verstehen kann.«

Wo hatte sie es versteckt? Ich ziehe die Mundwinkel hoch, nicht, weil ich sie nachahmen will, ich spiegle einfach spontan ihren Ausdruck, wer weiß, woher der stammt.

»Ich hatte es mir auch schlimmer vorgestellt«, antworte ich.

»Seltsam, oder?«

»Eigentlich nicht, denk an Ron Weasley, der den Horkrux zerstört.«

»Nein! Also echt!«

Sie macht ein Gesicht, aber so ein Gesicht!

»Warte, wenn du nur den Film gesehen hast, da kann man es nicht so gut verstehen, ich erklär's dir.«

»Verschone mich!«

»Na gut, vielleicht übertreibe ich ein bisschen mit den Büchern.«

»Ein bisschen, Paola? Ein bisschen?«

Sie verdreht die Augen zum Himmel, und ich muss lachen. Ein scheues kleines Lachen, aber je länger ich ihr zuschaue bei ihrer herrlichen Darstellung der sympathischen Variante von Signorina-ich-habe-dich-satt (nochmals Augen zum Himmel, Schnaufen, Augen geschlossen in gespieltem Ohnmachtsanfall, entmutigtes Seufzen), umso mehr fühle ich das Lachen aufsteigen, es macht sich immer breiter, quillt aus dem Mund. Und auch Marta muss spüren, wie es hochkommt, dieses schallende Etwas, dieses Beben, *die schlimmste Woche unseres Lebens, Marta, ha ha, ich dachte, ich würde nie mehr aus dem Haus gehen können, Paoletta, hi hi,* alles bringt uns zum Lachen, einfach alles. Facebook. *(Spinnst du? Sogar der Fernseher ist tabu.)* Omas Gesicht, während sie sich durch das Dickicht der Journalisten kämpft und mit ihrem Absatz nach bloßen Zehen sucht, die aus Sandalen hervorlugen. Das Gesicht, das der Kommissionsvorsitzende machen wird, wenn er Della Vedova Marta aufruft und ratlos die Kollegen ansieht, da er sich fragt, ob es sich zufällig um einen Spross von *ebenjenem* Della Vedova handelt.

Kurz, wir amüsieren uns prächtig. Wie schon ewig nicht mehr. Habe ich überhaupt je so gelacht, mit Marta?

»Vielleicht realisieren wir es erst später«, werfe ich hin, als ich spüre, wie die Welle verebbt.

»Hmm«, erwidert sie und trocknet sich die Tränen. Hmm im Sinn von *weder ja noch nein,* genau das, was ich auch denke. Wie werden wir uns in einem Monat, einem Jahr, zehn Jahren fühlen? Werden die Dinge, die dir heute passieren, morgen weh tun?

Das wäre schrecklich. Wie wenn man einen Schlag auf den Kopf kriegt und Jahre später mit heftigen Schmerzen aufwacht, da hilft es nichts, sich an den Schlag von damals zu erinnern. Wo willst du sie denn dann noch hinreiben, die Salbe?

Ich stelle mir vor, dass Mama Millionen von schlimmen Wochen angesammelt hat. Als Richi sechs Monate alt war und die Kopfbewegungen noch nicht beherrschte, zum Beispiel. Oder als der Dottore sie rausgesetzt hat. Da ging es um die Margeriten-Siedlung, genauer gesagt darum, was er darunter verschwinden lassen wollte und sie nicht. Das hat Mama am dritten Abend erzählt, sie hat gesagt, die nächtlichen Transporte seien Opas Idee gewesen. Er benutzte den Steinbruch zur Zwischenlagerung des Mülls, vermietete die Fläche als Parkplatz an die Leute, die ihn anderswo vergraben sollten. Dann ist ein Notfall eingetreten, eine Kontrolle der Finanzwache im Steinbruch, und der Dottore hat die Sache blitzschnell geregelt. Indem er alles unter der Margeriten-Siedlung deponiert hat.

»Eines seiner Wunder«, sage ich.

Von dem illegalen Müllhandel wusste Mama überhaupt nichts. Sie war zu der Zeit mit Richi schwanger.

»Ich vertraute dem Präsidenten. Ich war die ideale Vorstandsvorsitzende. Nur zufällig bin ich dahintergekommen.

Es war eine Katastrophe. Es gab jeden Tag Streit. Genau das, was man im sechsten Monat braucht.«

Bei Mamas Schwierigkeiten in der Schwangerschaft zuckt der Opf nicht mit der Wimper, doch sobald er das Wort Lastwagen hört, leuchtet er auf wie ein Flipperkasten.

»Wir haben sie gesehen, Mama.«

Wenn er dir plötzlich alles erzählen will, kannst du ihn nicht einmal mit der Pistole davon abhalten. Es ist, als wäre er immer noch acht Jahre alt, das macht mich wahnsinnig, vielleicht spuckt er in den Augenblicken all die Wörter aus, die er früher nicht sagen konnte, ich weiß nicht, jedenfalls will er ihr jetzt unbedingt erzählen, wie sich die Laster im Scheinwerferlicht rund um die Grube positioniert haben, wie die Tonnen runtergerollt sind und der Minibagger alles planiert hat.

»Tum, tum, tum«, sagt er und schlägt mit der flachen Hand auf den Tisch, »wie Società Autostrade spielen, Ma.«

Und sie? Sie wirkt gar nicht überrascht (vermutlich hat Nina ihr alles erzählt). Sie sieht ihn belustigt an. Monica Costa Wonderwoman, Amazone, Walküre. Und als sie beschließt, ihr Lächeln auf mich auszudehnen, immer breiter, so als wollte sie sagen, *er spinnt ein bisschen, dein Bruder,* da merke ich, wie sie hochsteigen. Ich hasse Tränen, Weinen ist schlimmer als Kotzen, ich versuche, sie herunterzuschlucken, durchzuatmen, aber umsonst. Es ist ein Orkan, ein beispielloser Sturm, die Sintflut, die Apokalypse.

»Beruhige dich, Paola, es ist alles vorbei«, sagt sie und streichelt mir über den Kopf.

Nein. Nein, Ma. Nichts ist vorbei, es liegt alles noch da drunter, ich sehe die Lastwagen vor mir, Dutzende von

Lastwagen, denn die Margeriten-Siedlung ist sieben-, achtmal so groß wie das Biosolar. Vermutlich haben sie nächtelang gebraucht, um die Fundamente auszufüllen, Mama streichelt meinen Kopf, »shhh, shhh«, und ich verstehe selbst nicht, warum ich bei der Vorstellung der Lastwagen losheule wie ein Schlosshund, aber es überkommt mich, die nächtliche Prozession, die von der Ladepritsche rollenden Steine, »was für eine Verschwendung, was für eine Verschwendung«, sage ich, aber sie versteht mich nicht. Es ist ein auswegloser Schmerz. Dieses ganze *Leben,* Mama, die Arbeitstage, die Planungsteams, die 3D-Visualisierungen für die Margeriten-Siedlung, das *Wunder* des Dottore, Antonios Eltern, die erst die Standard-Kacheln und die Holzart für die Türen aussuchen, dann vor dem Bankangestellten sitzen. So viel Leben, Mama, und *gleichzeitig* der Plan für die Überführung der Tonnen, die Berechnungen des Bauleiters, die Einschätzung, was für den Transport, das Abladen, das Zerkleinern, das Vermischen mit Sand, Kies und Wasser gebraucht wird. Tonnenweise Wasser. Die genauen Abwägungen, wie viele Betonschichten nötig sind, um das Grab zu designen, auf dem all das lebendige Zeug über Jahrhunderte stehen soll. Zuerst die Pfeiler, dann der Boden der Kammern und die Decke, dann die ebene Fläche mit der Rollschuhbahn, auf der sich Pfützen bilden, und die festgeschraubten Bänke. Und rundherum der gesamte Komplex. Tausende Kubikmeter von Dielen mit Kochnische, Kinderzimmer 3 × 3.50, Elternschlafzimmer 4 × 4, elegante Glasbausteine extra, Bäder mit Toilette, Vorräume, Gänge, und ich sehe den mit falschem Marmor gekachelten Eingang vor mir, das Treppenhaus, wo Antonio über meine

Atemlosigkeit gelächelt hat, den Schacht des Albtraum-Lifts, den Treppenabsatz, wo er mir über den nassen Kopf gestreichelt hat, den Abstreifer, auf dem steht HOME SWEET HOME, das Zimmer mit dem Vasco-Poster, das Regalbrett mit der Postkartencollage, das Stockbett und den Schreibtisch von Ikea, wo Richi dreimal die Woche seinen Freund herausfordert.

»Dieses ganze Leben ist da drüber!«, schluchze ich.

Sie streichelt mich weiter. Dann fällt ihr Blick in den Salon. Um diese Zeit, bei Sonnenuntergang, stolpert das schräge Licht über das Sofa, zeichnet ein Rechteck mit irisierendem Rand auf das Parkett und explodiert wie ein Schrei in Richis metallisch aufblitzendem Rad.

»Und damit nicht genug«, antwortet sie.

Offenbar hast du nicht die Eier für diesen Beruf, meinte der Dottore, direkt bevor er ihr mitteilte, dass sie nicht mehr die Vorstandsvorsitzende war. Oder: *Es ist Zeit, dass du dich dem Unglückswurm widmest, den du auf die Welt gebracht hast,* ebenfalls der Dottore, nachdem er ihr den Namen des neuen Vorstandsvorsitzenden mitgeteilt hat.

Eier und *Unglückswurm,* das hat Mama gesagt, als nur noch ich und Nina am Tisch saßen (während Richi fasziniert Billy Elliots Pirouetten zusah). Nina ist aufgestanden, um abzuräumen, Mama hat sie gestoppt.

Sie glaubte, nach dem Tod ihres Vaters werde sich das Klima ändern, und hoffte, in der Geschäftsleitung mitwirken zu können. Aber da irrte sie sich, mein Vater blieb Opas Linie treu. Und noch eine schlimme Woche muss die gewesen sein, in der sie die Entscheidung getroffen hat. Es ist ja nicht leicht, alles hinzuwerfen und von vorne anzufangen, ich habe nicht mal den Mut, mit Papa darüber zu reden, geschweige denn, ihn anzuzeigen. Auch wenn es *das Richtige* wäre.

»Es ist nicht nötig, alles zu erzählen, Signora«, sagt Nina.

»Paola muss es erfahren«, antwortet sie. Ich nicke zustimmend.

»Aber Paola weiß es schon, stimmt's, Paola?«, erwidert Nina und nagelt mich mit ihrem Blick fest. Wie wenn du dein Geburtstagsgeschenk auspackst: Du kannst nicht so tun, als hättest du nicht verstanden, was sie meint. Jetzt zum Beispiel denkt sie: Paola begreift vollkommen, was ihre Mutter durchgemacht hat, es ist nicht nötig, dass ihre Mutter diese hässlichen Momente noch einmal durchlebt.

Wie immer bei Nina duldet die Sache keinen Widerspruch. Also nicke ich wieder überzeugt mit dem Kopf. Ich nicke und schniefe – blöder geht's nicht.

»Paola will es aus meinem Mund hören«, antwortet Mama. In dem Moment bin ich fassungslos, will schon fast den Kopf wieder auf und ab bewegen, halte aber inne. Ich schniefe noch mal, sehe Mama an, sehe Nina an, und mein Ausdruck muss sehr komisch wirken, denn auch Nina macht ein spaßiges Gesicht und sagt zu Mama: »Also Limongello?«

Es war einmal der Rechtsanwalt Pietro Laugello, Omas x-ter Verehrer. Einige Monate nach dem Tod des Dottore, nach ein paar Sinfoniekonzerten, einem Theaterabend und einem Abendessen in einem fast Zwei-Sterne-Restaurant hatte er ihr, um sie zu bewegen, seine Einladung zu einer Segeltour an der Amalfi-Küste anzunehmen, einen Korb mit prachtvollen Orchideen und Zitronen aus Sorrent geschickt. Das Begleitkärtchen spielte auf etwas wunderbar Süßes unter der runzligen Schale an, und dieses Adjektiv war gar nicht nach Marina Fornaros Geschmack. Sie erschien mit dem großen Korb in unserer Küche, riss wütend die Orchideenzweige heraus, kippte die knubbeligen Früchte auf den Tisch und sagte zu Nina: »Von mir aus kann das Zeug von diesem Flegel direkt in den Müll.« Und so wurde in jenem Sommer der Limoncello von Laugello geboren: der Limongello.

»On the rocks?«, drängt Nina.

»Eiswürfel, nicht Felsen, du blöde Comicfigur!«, schreit Richi aus dem Nebenzimmer (wie Eddie in unserem geliebten *Roger Rabbit*).

»Hör auf, uns zu belauschen, und kümmere dich um deinen Tänzer«, erwidert Mama. Dann musterte sie uns beide, Nina mit der stämmigen Figur einer Kugelstoßerin, mich auf dem Stuhl zusammengekauert mit meinen Augenringen, und sagt: »Ooooookey, Nina«, in perfektem Opfer-Slang. Wenn ich Richi nachäffe, macht sie mir Vorwürfe, aber sie muss gerade eingesehen haben, dass es *Das Richtige* ist, darüber zu lachen und uns ein kleines bisschen zu besaufen.

Das ist sicher nicht ganz normal, ich weiß. Vorher hätte ich gesagt, sich mit der Mutter zu besäuseln, das ist echt was für Loser. Und ich hätte mich geirrt, denn es war wundervoll und gar nicht melancholisch. Am Ende seines Films hat Richi uns alle drei mit den Köpfen über dem iPad angetroffen, wie wir fröhlich beschwipst eine Webseite mit total fettreichen Video-Rezepten voller Butter und Dreifach-Rahm studierten. Schade, dass Oma nicht auch dabei war, gute Gründe, um sich zu betrinken, hat sie ja genug. Sie liebt Ninas Limongello, obwohl er sie an jenen Flegel erinnert und an die phantastische Gelegenheit, die sie damals hat sausenlassen. Auch sie muss etliche grauenvolle Wochen erlebt haben. Wenn ihrem Vater zu Ohren kam, dass sie sich mit Buttita getroffen hatte, verprügelte er sie nach Strich und Faden. Einmal hat er ihr mit einem gezielten Schlag drei Finger gebrochen – er war ein Bauer mit Händen wie Mühlsteinen. In den Fingern hielt Oma ein Foto von Pietrangelo, und sie hat es nicht etwa losgelassen, sondern umklammerte es auch dann noch, als ihre Mutter sie in die Notaufnahme brachte, wo sie behaupteten, Oma sei ausgerutscht und die Treppe hinuntergefallen, und auch während der Röntgenaufnahmen gab sie es nicht her. Die Krankenschwester war eine Nachbarin. Sie hat das Foto gesehen, hat Oma angeschaut und ist am Ende der Schicht direkt zu den Carabinieri gegangen, denn Treppen hat es im Hause Fornaro nie gegeben. Dann ist nichts geschehen, weil es sich ja nur um drei Finger handelte und weil mein Urgroßvater mit dem Maresciallo befreundet war.

Ein andermal – schon gegen Ende, denn mittlerweile tauchte hinter Sturmwolken der Dottore am Horizont auf –, ein andermal sperrte ihr Vater sie mit einer Flasche Wasser, zwei Brötchen und dem Nachttopf drei Tage lang ein. Damit sie sich den *terrone* ein für alle Mal aus dem Kopf schlug. Zweiundsiebzig Stunden in einem fensterlosen Raum, in dem es schon nach vierundzwanzig Stunden erbärmlich nach Scheiße, Pisse und Kotze stank. Buttita erschien nicht, um sie zu befreien, aber der Dottore kam mit einem Päckchen mürber Butterkekse und einem Strauß Rosen, von denen er die Dornen hatte entfernen lassen. Das hat Oma mir erzählt, als wir von der Boutique nach Hause gingen. Wie schon gesagt, das Schweigen ist vorbei. Ein Hoch auf das Biosolar, den Müll, die Carabinieri! Ach, und außerdem hat sie erzählt, dass der Dottore sie mit allen Sekretärinnen betrog, die im Rhythmus von einem, zwei oder höchstens drei Jahren aufeinanderfolgten, insgesamt, hat sie grob überschlagen, mindestens fünfzehn junge Frauen: schwarzhaarige, rothaarige, blonde, große, kleine, Besenstiel-dünne und Krapfen-runde, denn außer der Menge schätzte der Dottore auch die Vielfalt. Nachdem sie ihn kurz nach der Heirat mit der barbusigen Signorina Belfiore auf den Knien angetroffen hatte, »sie hatte winzige Brüste, wie eine Zwölfjährige, Paoletta«, hat Marina Fornaro zur Vorsicht immer Bescheid gesagt, bevor sie im Büro vorbeiging.

Wie viele solche Wochen kann man in einem Leben ertragen? Werden Marta und ich uns mit vierzig auch mit Bromazepam betäuben? Oder mit der Mastercard? Und werden wir dann sagen, Papa sei an allem schuld?

Nina nimmt die zum Trocknen aufgehängte Wäsche ab, ich beobachte sie am offenen Fenster, sie hat den breiten Nacken einer Frau um die sechzig. Siebzehn Stunden und fünfundvierzig Minuten bis zur schriftlichen Italienisch-Prüfung, die Zeit rast. Sie lädt sich unsere gebündelte Wäsche auf die Schulter und sammelt die Wäscheklammern in einen Korb, den sie mit ins Haus nimmt. Sie lässt sie nicht an der Leine. Wenn du sie abnimmst, sagt sie, halten sie länger. Ihre schlimmsten Wochen kann ich mir gar nicht vorstellen. Teils, weil Nina nichts erzählt, teils, weil ich nichts frage. Es fällt ja nicht leicht, so von einem Tag auf den anderen seine Gewohnheiten zu ändern. Dann eben Wikipedia.

Rumänien ist ein Mitgliedsstaat der Europäischen Union im Grenzraum zwischen Mittel- und Südosteuropa. Das Land liegt am Schwarzen Meer und erstreckt sich über den Karpatenbogen bis zur Pannonischen Tiefebene.

Daneben ist zum Glück eine Karte. Ein unregelmäßiges Viereck, noch Europa, aber schon fast Asien.

Nach der Niederlage im Zweiten Weltkrieg wurde Rumänien ein kommunistischer Staat im Verbund des Warschauer Pakts. 1965 begann das diktatorische Regime unter Präsident Nicolae Ceauşescu, dem 1989 ein Volksaufstand ein Ende setzte. Seitdem ist Rumänien ein demokratisches Land, dessen Verfassung an westlichen Vorbildern orientiert ist.

Auf Wikipedia läuft immer alles glatt. Weltkrieg, Niederlage, Regime, Diktatur, Aufstand, Demokratie. Sechs Zeilen: rasch, schmerzlos, und wenn sie nicht gestorben sind, dann leben sie noch heute glücklich und zufrieden. So versteht man nichts, Wikipedia darf nicht abschweifen, es sind aber die Abschweifungen, durch die man etwas versteht. Durch Abschweifungen und Einzelheiten. Das Aufblitzen der Tonnen, die im Kies versinken. Der Geruch nach Dieselöl. Papas Ton, sauer wie unreife Trauben, als er sagte: »Wenn es nach mir gegangen wäre, gäbe es nichts zu erklären.« Buttita, der die Magnolie streift, ihre Zweiglein streichelt, als hielte er Kinderfinger in den Händen. Der Kartoffel-Gâteau, wie Nina ihn zubereitet, auf neapolitanisch-rumänische Art, mit einem Hauch Paprika. Das, was man unter einem diktatorischen Regime isst. Die Diele mit Kochnische. Die Tischdecke mit Sonnenblumenmuster, die uns nie ins Haus käme. Ninas Wohnung in Bukarest. Die Schule, die sie besucht hat. Das Schlauchkleid aus Shantungseide, das Oma trug, als Buttita sie fragte: »Welches Spiel spielen wir?« Musste Nina einen Schulkittel tragen? Oder eine Uniform? Bügelte sie sie selbst? Was für ein Gesicht hatte ihre Lehrerin? Was für ein Gesicht hat ein *Diktator*?

Das ist leicht: Google Bilder, Ceauşescu, Suche. Pausbäckig, lächelnd, im Hintergrund Hammer und Sichel. Leicht gewelltes Haar, erinnert an Rainier von Monaco vor dem Altar. Vielleicht waren Wellen damals bei den Mächtigen in Mode. Auf einem anderen Bild drückt er einem fetten Chinesen die Hand, mit quadratischer Brille, gekleidet in ein graues, bis zum Hals zugeknöpftes Hemd. In einer steifen Geste strecken sie die Hände nach oben. Tanzen sie? Noch ein Foto mit dem Chinesen. Er ist kein Chinese, er heißt Kim Il Sung, Nordkorea. Altes Zeug, auf dem iPad betrachtet, wirkt es wirklich out, so ähnlich wie eine Briefmarkensammlung. Auf einem anderen Foto sackt der Diktator zusammen. Neben ihm eine alte Frau, die Wand hinter ihnen ist von Schüssen durchlöchert, reglose Staubwolken verhüllen für immer die sechseckigen, rötlichen Quadersteine. Der Reporter zeigt bei der Hinrichtung nicht Gewehre, Pistolen und Uniformen: den Mittelpunkt der Szene bildet dieses In-die-Knie-Gehen, die Schärfe gilt ganz den Details.

Das blaue Seidentuch mit Blümchen. Der Kamelhaarmantel mit Pelzkragen. Der gleichfarbige Rock. Die hellen Pumps. Winzigkeiten, die alles erzählen. Du erfasst den Stil, Carmen, du erfasst die Eleganz. Der dunkle Mantel mit Astrachanbesatz und der Schal aus grauer Wolle. Du erfasst den Geschmack, die Qualität der Kleidung, das Geld. Der schwarze Hut, der davonfliegt, unbeweglich eingefroren auf dem Schnappschuss.

»Was willst du werden, wenn du groß bist, Paoletta?«

»Fotografin, Carmen.«

»Und seit wann willst du Fotografin werden?«

»Seit eben, seit ich dieses Foto gesehen habe.«

Mit einem Foto kann man sehr weit *abschweifen,* wenn ihr wisst, was ich meine. Schaut den grauen Wollschal an. Er berührt gleich die Schuhspitze. *Fast* berührt er sie. Ein *fast,* das sich nicht mehr ändern lässt: Das ist das Leben in dem Augenblick, in dem es vergeht, die Stecknadel, die in den Schmetterlingsleib eindringt. Der Tod, während er *geschieht.*

Bei irgendwelchen Völkern auf irgendeiner Insel herrscht der Glaube, dass der, der dich fotografiert, dir die Seele stiehlt. Und ohne Seele bist du nichts, du kannst nicht einmal sterben. Wenn es so ist, wird dieser Kerl, dem man die Seele geraubt hat, nicht sterben. Nicht ganz jedenfalls, für immer erstarrt in einem Sturz ohne Ende. Auch wenn er, scrollt man durch die Google-Bilderflut, erneut jung ist, auf dem Titelblatt der »Time«, und dann auch daliegt, das Gesicht in dem Astrachan-Kragen, unbestreitbar tot. Nina muss damals ungefähr dreißig gewesen sein. Ist der Diktator für Nina tot? *Absolut* tot? Oder fällt er immer noch?

Und ist Rumänien seither *ein demokratisches Land*? Leben nun alle glücklich und zufrieden?

Mit dreißig war Mama mit Richi schwanger. Oma war dreißig, als der Dottore sich mit der zweiten oder dritten Signorina vergnügte – Oma sagt *sich vergnügen, sich ergötzen, sich verlustieren* – und sie sich zwang, nicht alle, die etwas darüber hätten wissen können, zu fragen, in welchem gottverlassenen Winkel der Welt Pietrangelo Buttita gelandet war. Diese Dinge sind ja nicht tot und begraben. In gewissem Sinn wird Richi jeden Tag wieder geboren, und Oma ist immer noch jung, schön und hoffnungslos unglücklich, während der Dottore gierig an dem unscheinbaren, kleinen Busen von Signorina Belfiore hängt. Musste Nina für Brot anstehen? Laut Wikipedia kann man davon ausgehen. Was hat sie mit ihrem Staatsexamen gemacht? Musste sie ihre Bücher verkaufen? Hat sie je einen Pelzkragen besessen? Beneidete sie Ceauşescus Frau darum? Dass man keine Lebensmittel wegschmeißt: Kommt das von der Schlange vor der Bäckerei? Was ist aus den Reagenzgläsern, den Kohlenstoffatomen, dem Bunsenbrenner aus ihrem Studium geworden? Sind diese Sachen *tot*? Sind sie in ihrem Kopf *weiter vorhanden*?

Eine von Richis Socken fällt ihr herunter. Sie bückt sich, um sie aufzuheben, achtet darauf, dass ihr der Wäschestoß nicht von der Schulter rutscht, richtet sich wieder auf, macht rasch weiter, beschäftigt mit irgendeinem Gedanken, das sieht man an ihrem Gesicht. *Es ist nicht nötig, alles zu erzählen, Signora.*

Gibt es Fälle, in denen Schweigen die einzige Medizin ist?

Vielleicht hat Nina recht. Sie würde ich von allen am liebsten fragen, ob die Schläge, die du heute erleidest, dich morgen schmerzen.

»Wir werden es herausfinden, Marta. Früher oder später.« Das Lachen war verebbt, über den Patio hatte sich eine ruhige, entspannte Fröhlichkeit gesenkt. Eine schöne Stimmung war das, für Marta und mich.

»Hör mal«, habe ich sie gefragt, »warum bist du eigentlich gekommen?«

»Aber Paoletta. Was heißt hier, warum?«

»Warum wiederholst du alle meine Fragen?«

»Weil ich sie nicht verstehe. Damit wir ein bisschen zusammen sein können, oder?«

»Ich habe versucht, dich anzurufen. Dein Telefon war immer abgestellt.«

»Das ging doch nicht anders.« Sie dreht sich wieder um, spielt mit einem anderen Blatt. Dann hält sie ihre Finger an die Nase und riecht dran.

»Ist doch schöner, sich persönlich zu sehen, oder? Auf die Weise sind wir ein bisschen zusammen, oder? Sonst sitzt du hier ganz allein herum.«

Halt. Sprich Klartext. Bist du gekommen, weil du dachtest, ich säße hier *ganz allein*? Um mir zu helfen, willst du das sagen? Mir scheint, du bist die, die Hilfe braucht. Irre ich mich?

Das denke ich, frage sie aber nicht.

Ich habe TAUSENDMAL versucht, dich zu erreichen. Das möchte ich ihr sagen, bin aber irgendwie verlegen. Carmen gegenüber wäre ich nicht verlegen. Carmen, würde ich sagen, danke, dass du da bist, dass du beschlossen hast, mich zu besuchen, auch wenn in NEUNUNDDREISSIG Stunden und FÜNFUNDVIERZIG Minuten die schriftliche Prüfung stattfindet. Auch wenn *dieses* und wenn *jenes*. Aber Carmen ist nicht am Tor erschienen. Sie hat nicht gute zehn Minuten draußen gewartet und die *păduchi* in Schach gehalten, sie hat nicht Papa und Mama herausgefordert. Carmen gibt es nicht.

»Danke«, sage ich.

»Keine Ursache.«

Sie blickt besser durch als ich, denke ich. Zum ersten Mal. Es ist kein schlechtes Gefühl, im Gegenteil, eine Freude, auch wenn sie wieder mit ihren Zahlen anfängt. Heute ist sie *zahlreicher* denn je. Es nervt mich nicht, ihr zuzuhören. Blumenduft weht herüber. Irgendwann in den nächsten Tagen, denke ich, werden wir uns – zwischen einer Zahl und der anderen – darüber austauschen, wie es sich anfühlt, wenn man erkennt, dass das, was man hat, was man ist oder zu sein glaubte, auf einer Lüge beruht. Es duftet nach Jasmin. Wir haben ja schon angefangen, es ist nur eine Frage der Zeit. Wir zwei, Marta und ich, *müssen das besprechen,* Nina. Und während ich warte, dass dieser Augenblick kommt, höre ich ihr zu. Es nervt mich nicht. Das ist neu. Weil sie es für mich tut, denke ich. Und ich lächle. Ich tue es für sie, denke ich. Ist das Freundschaft?

Wenn aber aus Zufall, aus einem unerwarteten, außerordentlich glücklichen Zufall das hier wirklich Freundschaft wäre, dann muss man ehrlich sein. Hätte nicht ich zu ihr gehen müssen? Während ich darüber nachdenke, lausche ich mit halbem Ohr den Tiraden gegen das Ministerium, den sonderbaren Hypothesen über Abschreiben, Themenroulette, Pascoli so ein Scheiß, D'Annunzio vergiss es, Gozzano völlig abseitig, Ungaretti schon eher, etliche auswendig gelernte Gedichte, sind ja alle sehr kurz, würde einen guten Eindruck machen, sie zu zitieren. Kurzum, sie ist hergekommen. Ja, sie, und sie ist doch wirklich allein, ich habe wenigstens noch Richi und Nina und Oma und, so wie es jetzt aussieht, auch Mama. Aber sie? Sie pfeift auf die Journalisten. Sie ist an der Gegensprechanlage erschienen, hat geklingelt, gewartet. Ich bin im Liegestuhl liegen geblieben. Ich und Anna Karenina, aber mit Anna Karenina ist es so ähnlich wie mit Carmen: Es ist leicht, sich mit ihr zu verstehen.

Und wenn Marta nicht gekommen wäre?

Wenn sie nicht *das Richtige* getan hätte.

Hätte ja sein können.

Ich bin nicht zu ihr nach Hause gegangen. Telefon abgestellt? Ein-, zwei-, zehnmal probiert? Und aufgegeben. Na toll, Paoletta. Der Teilnehmer ist nicht erreichbar. Zu viel Aufwand, die Anruftaste noch mal zu drücken.

Wie wäre es ausgegangen, wenn sie nicht die Initiative ergriffen hätte?

Noch sechzehn Stunden fünfzig Minuten.

Da ist mir die Idee gekommen.

Bis vor drei Monaten, als diese hässliche Geschichte begann, war die größte Überwindung meines Lebens gewesen, am ersten Tag des Schwimmkurses die Sprossen der Metallleiter in die warme Chlorbrühe des kommunalen Schwimmbads hinabzusteigen. Einige Monate davor war ich neun Jahre alt geworden und weigerte mich, in der Umkleide den Bademantel abzulegen, so sehr genierte ich mich, im Badeanzug dazustehen. Mama versuchte alles: ins Ohr geflüsterte Bitten; Aufmunterungen, als die anderen Mädchen wie Schmetterlinge eins ums andere zum Fußwaschbecken flatterten; Aug in Auge, feste Stimme, als wir endlich allein waren. Je mehr sie sich anstrengte, umso mehr zog ich den Kopf ein und knotete den Gürtel fester zu. Daraufhin setzte sie sich auf eine Bank, streifte erst ihre Mokassins ab, indem sie mit der Spitze des einen Fußes an der Ferse des anderen nachhalf, dann die Strümpfe, dann erhob sie sich und griff nach dem Gürtel des Bademantels, tastete sich die beiden Bändel entlang bis zu meinen Fingern, bog sie nacheinander auf und zog ihn mir wortlos aus. In meinem am selben Nachmittag gekauften weiß-blauen *Speedo* zerrte sie mich zum Beckenrand. »Paoletta ist ein bisschen angespannt«, sagte sie zu dem Schwimmlehrer.

Die Bademütze drückte, der Gummi der Schwimmbrille schnitt in die Haut, die Wangen explodierten, von der feuchten Hitze wurde mir übel. Die anderen Mädchen waren bereits im Wasser, ihre Köpfe drehten sich alle gleichzeitig um, und ich sah, was sie sahen: vierzig Kilo Baby-speck, rote Augen hinter den Plastikgläsern, und eine bild-schöne Frau, zu hübsch, um zu mir zu gehören, barfuß, mit nassem Jeanssaum, die mich an der Hand hielt. Heute weiß ich, dass es im Vergleich zu dem, was mich nun erwartet, ein Kinderspiel war, das Metallgeländer zu packen, zu merken, dass es nachgibt, den Fuß auf die erste Sprosse zu setzen, zu merken, dass die ebenfalls nachgibt, mich so brutal ausge-stellt zu fühlen, Speck, Bauch, Schenkel, Knöchel, so plump und verkehrt unter dem Blick dieser normalen kleinen Mädchen.

Nicht einmal die Rückkehr in die Schule, nachdem ich das Video auf Facebook entdeckt hatte, kann da mithalten, denn an dem Tag war ich außer mir vor Wut. Und mit einer Wut im Bauch forderst du die Welt heraus, hoch erhobenen Hauptes gehst du durch die Tür und senkst den Blick auch dann nicht, wenn du im Flur Leuten begegnest, die dich komisch anschauen. Du weißt, dass sie es wissen, gehst aber unbeirrbar weiter, hast den richtigen Gang, weder scheinst du davonlaufen zu wollen noch Angst zu haben, eine strah-lende Sekunde lang fühlst du dich sogar fast wie Oma, wenn sie den Journalisten entgegentritt.

Das ist die Wut, die Wut, die dich an der Hand nimmt wie Mama im Schwimmbad, dich zu deiner Bank begleitet, neben dir steht, während du deine Sachen auspackst und Platz nimmst.

Mit diesem Tier in dir grüßt du, wie du immer gegrüßt hast, es gelingt dir sogar, dem Mathematikunterricht zu folgen, beim ersten Stundenwechsel eilst du zur Toilette, schließt dich ein, die Wut ist noch voll da, bewegt sich heiß und glitschig, ist wie ein Stockschlag, ein Brüllen, auf dem Herd vergessene Milch, die hochkocht, daher kotzt du ein bisschen was aus. Dann kehrst du in die Klasse zurück, siehst die anderen tun, was sie immer tun: mit offenem Mund Kaugummi kauen, Herzchen ins Tagebuch malen, heimlich Textnachrichten schreiben. Als wäre nichts geschehen. Und du entdeckst, dass in dir noch genug Wut übrig ist, um bis zum Ende des Schuljahres durchzuhalten.

Schade, dass ich jetzt nicht wütend bin. Ich bin verschreckt. Sogar als ich letztes Mal mit Papa gesprochen habe, was sehr schwierig war, war ich nicht so ängstlich wie jetzt. Außerdem hat es nur einen Augenblick gedauert, und Nina und Richi waren bei mir. Was jetzt kommt, muss ich ganz allein machen.

In der Stille probe ich den Auftakt.

»Ciao Antonio, hast du kurz Zeit?«

Banal. Am besten wäre es, wenn er mir zufällig über den Weg liefe, doch das ist unmöglich, denn die Schule ist aus. In der Schule wäre es leichter gewesen. Nein, leicht nicht. Der Auftakt ist wichtig. *Gut begonnen ist halb gewonnen* (Oma).

»Ciao Antonio, wie geht's?«

Schlechter Anfang. Wie zum Teufel soll es schon gehen, Paoletta, mal abgesehen von der letzten Begegnung, denk mal an *alles Übrige*! Die Schlagzeilen in der Zeitung, die Untersuchungen, die Anzeige von Mama. Ich muss den richtigen Weg finden. Wenn jetzt ein anderes Leben anfängt und das Schweigen vorbei ist (und Mama das Bromazepam weggeworfen hat), muss ich mit Antonio sprechen. Ihn treffen, ihm alles erklären. Das ist Das Richtige.

»Hör mal, Antonio, wir müssen reden.«

Wir *müssen* überhaupt nichts. Ich will mit dir reden. Ich möchte.

»Ciao Antonio, ich möchte gern mit dir reden.«

Ciao Antonio, ich möchte gern mit dir reden, das könnte gehen. Die ganze Sache mit Ausdauer, Entschiedenheit und Willenskraft angehen, allen Mut zusammenkratzen und ihm die schlimmste Woche meines Lebens erzählen, ohne etwas zu verschweigen und ohne Scheu, Papa, Mama und alles. Und vor allem wir beide: Wir müssen wieder da ansetzen, wo wir aufgehört haben und alles ungeklärt geblieben ist.

Keine Unklarheiten im neuen Leben. Das ist alles.

»Ciao Antonio.«

Was ist schon dabei. Ist doch ganz leicht. Leicht *gesagt.* Doch hier, im Patio, im glühenden Schatten des grausamsten Monats, sechzehn Stunden und fünfzig Minuten vor dem Schriftlichen in Italienisch, im betäubenden Duft des Jasmins, mit Buttita im Rücken, der die verwüsteten Petunien untersucht, und Oma, die neben ihm hockt, glaub mir, Carmen: Zu überlegen, was ich zu Antonio sagen werde, ist wie der Gedanke an einen Sprung vom höchsten Sprungbrett. Es ist so schwierig, dass ich eine imaginäre Freundin brauche (nach der Prüfung werde ich mit Marta darüber sprechen). Nein, eine E-Mail geht nicht. Ein echter Brief, sagst du? Papier, Umschlag, Briefmarke? Du bist zu literarisch, Carmen, er würde meinen, ich bin nicht ganz bei Trost. Und Telefon kannst du auch vergessen. *Ihn sehen.* Keine halben Sachen, keine Tricks, kein Irgendwie. Die Wahrheit, Carmen, von Angesicht zu Angesicht.

Und es gibt keine Zeit zu verlieren, ich muss mit ihm reden, bevor es zu spät ist, bevor er mich vergisst, mich, Richi, die Bank im Parco Di Vittorio, die Regenkappe, unter der ich trocken bleibe. Denk nur, wenn er eine andere kennengelernt hat, wenn Antonio inzwischen mit einer anderen zum Belvedere gefahren ist, während ich hier las, wie sich Anna Karenina mit ihrem Leben voller ungeklärter Fragen und ungesagter Dinge und Lügen und ungelöster Angelegenheiten vor den Zug wirft. Denk nur, wenn die den Kuss gekriegt hat, dem ich vor dem Supermarkt ausgewichen bin. Eine Andere! Ich darf gar nicht dran denken. Wenn ich dran denke, stelle ich sie mir hübscher vor, einer von diesen Schmetterlingen aus dem Schwimmkurs, groß, schlank, blühend, *normal* stelle ich sie mir vor, eine, deren Familie niemandem Gift unter den Fußboden geschmuggelt hat. »Ciao Antonio, können wir mal reden?« Ich will nicht dran denken, aber ich denke dran, das Sprungbrett wird zur Steilklippe, unten das Wasser, immer weiter weg, schwarz. Antonios wundervolle Augen, tiefblau, Carmen. Der Mund. Das breite Lächeln, als er sagte: »Irgendwann erzählst du mir mal alles.« Die zusammengekniffenen Lippen, als er meinetwegen auf dem Asphalt das Gleichgewicht verlor. Was für eine Schande, Carmen. Wie blöd von mir.

»Ich hatte nichts kapiert, Antonio.«

Wenn es aber noch eine Hoffnung gibt – »Antonio, ich habe alles falsch gemacht« –, wenn es noch eine Möglichkeit gibt, einen blassen Schimmer, ein Wort, das ich sagen kann.

»Entschuldige dich«, sagte Mama, wenn einer von uns gemein zum anderen war. Damals, als Riccardo und ich beide noch klein waren, ließ es sich nicht so leicht feststellen, ob eine Gemeinheit eine echte Gemeinheit war. Es konnte zum Beispiel vorkommen, dass ich ihn etwas zu unsanft schubste und er als Antwort eine seiner Szenen hinlegte.

»Ich hab's ja nicht absichtlich getan«, quengelte ich dann.

Gab es da eine Schuld? Ist es nicht normal, dass ein sechs oder sieben Jahre altes kleines Mädchen ab und zu die Geduld verliert wegen den tausend Aufmerksamkeiten, Vorsichtsmaßnahmen, Rücksichten, Regeln und Ausnahmen, die nur für den Bruder gelten? Und ihm womöglich heimlich einen kleinen Tritt verpasst.

»Schluss mit Unartigkeiten!«, schrie Oma. Oder es kam vor, dass Richi sich auf mich warf, aber anstatt sich weich fallen zu lassen, drückte er den Ellbogen des gesunden Arms nach außen. Machte er das extra? Nervte ihn seine normal begabte Schwester gelegentlich? Vielleicht kam da eine kleine Bosheit heraus, der Rauchfaden eines ungelenken Zaubers, der ihn nicht vor dem Fluch der Benachteiligung schützen konnte, mit dem die Welt ihn belegt hat.

»Absichtlich oder nicht, du entschuldigst dich jetzt.« Das galt sowohl für mich als auch für ihn. »Vielleicht hast du es nicht extra gemacht, aber du hast ihm weh getan.«

Meistens weißt du, ob du schuld bist. Doch manchmal ist es nicht klar. Vielleicht bist du nur unerheblich schuld – oder kein bisschen, aber der Schaden bleibt, und irgendwie hast du etwas damit zu tun. Das muss auch Mama gedacht haben, bevor sie vor den Fernsehkameras die mit den Rechtsanwälten abgesprochene Erklärung verlas: »Ich bedaure, dass ich nicht schon damals eingegriffen habe, als die Costa Costruzioni in der Person meines Vaters beschloss, die Cava degli Eremiti und anschließend die im Bau befindliche Margeriten-Siedlung als wilde Giftmüll-Deponie zu benutzen. Dafür bitte ich alle um Entschuldigung.«

Und deshalb stehe ich jetzt hier wie auf einer Klippe, Carmen. Ich blicke hinunter, atme tief ein, »Antonio«, Anlauf, »Antonio, hör mal«, eins-zwei-drei, Sprung ins Leere, »Antoniobitteentschuldige«. Wie Mama. Wie Oma, als sie Buttita nicht zurückkommen sah: Sie ging mitten in der Nacht zu ihm, mit Augenringen, unfrisiert, in irgendeinem Kleid und ohne das geringste Mitbringsel in der Hand, nicht einmal eine Flasche Wein, ein Päckchen Süßigkeiten oder eine CD. Denn nach einem halben Jahrhundert weiß sie trotz aller Bemühungen noch immer nicht, was der Mann, mit dem sie gern ihr Leben verbracht hätte, lieber mag, Barolo oder Prosecco, Sahne oder Schokolade, leichte Musik, Jazz oder Opernarien.

Mir stockt der Atem, Carmen, mir scheint sogar, es riecht nach Chlor. Werde ich es schaffen?

Sengende Sonne. Es ist weder der richtige Augenblick, um auf der Straße herumzulaufen, noch der perfekte Tag, er wird nur seine Prüfungen im Sinn haben. Als ich an Buttita vorbeigehe, hebt er nicht einmal den Blick, macht, auf seine Blumen konzentriert, nur ein kurzes Zeichen mit der Schulter. Oma ist soeben im Haus verschwunden.

Um zu begreifen, was sich wirklich zwischen den beiden abgespielt hat, bräuchte man das Denkarium von Professor Albus Dumbledore. Ein Schweißtropfen von ihm, eine Träne von ihr, ein bisschen silbrig wirbelnde Flüssigkeit dazu, mit dem Gesicht eintauchen und sich hineinsaugen lassen, dahin, wo alles angefangen hat. Marina als junges Mädchen, gekleidet wie auf dem Foto auf der Kommode, zwischen dem von Mama auf dem Schulausflug nach Florenz und Padua und dem von Paoletta am Tag ihrer Erstkommunion, als sie schon entsetzlich hässlich war. Oma als junges Mädchen hingegen ist titelblattreif. Sie posiert zwischen ihren Eltern vor dem Nonnenkloster, wo sie soeben ihr Diplom als Grundschullehrerin gemacht hat. Sie trägt einen hellen Mantel, gewellte Haare, das Lacktäschchen am Unterarm. Aber man sieht, dass sie nicht reich ist. Die Details, die Details, Carmen: ein Gesichtsausdruck, der zeigt, dass sie auf der Hut ist vor dem Objektiv, Uropas enges Jackett, Uromas Schuhe, das Leder ausgebeult von den hervorstehenden Ballen. Niemand will, dass Marina wirklich Lehrerin wird. Wegziehen, womöglich mit dem Bus, womöglich auswärts übernachten, Rotznasen putzen, sich heiser reden. A wie Anton, B wie Berta, C wie Cäsar, Z wie Ziege. *Die Ziegen säßen vor dir, Marina!* A wie Anton, B wie Butter, C wie Chance. Jahre voller Entbehrung, gewendete Mäntel, zum Abendessen Würfelbrühe und ein Stückchen Omelette, und sie, was macht sie? Wirft ihre Chancen hin, um Kindern das Alphabet beizubringen? Mach keine Witze. Ein solches Juwel? Mit diesen Beinen, dieser von Natur aus leuchtend schwarzen Mähne, mit dem, was es gebraucht hat, um sie zurechtzumachen, zu glätten, jede Spur von Elend zu tilgen? Im Grund braucht man nur etwas Geduld, schau, was jeden Freitag passiert, der Dottore mit den pastellfarbenen Baisers, man muss ihm nur ein bisschen entgegenkommen und diesen Hungerleider von *terrone* abservieren. Unterrichten?

»Vergiss es, Marina.«

Einmal habe ich sie danach gefragt: »Wolltest du wirklich Lehrerin werden?«

Sie hat meine Frage nicht verstanden. Ich schwör's.

»Was soll das heißen, *wie kommst du darauf?*«

Auf dem Foto umfasst mein Uropa ihren Ellbogen, als wollte er sie zurückhalten, aber vielleicht deute ich das Bild so, weil ich es dann besser verstehe: Sie will Freiheit, und er bremst sie. Aber eine, deren Traum zerstört wurde, erwidert doch nicht »Wie kommst du darauf?«. Selbst nach einem halben Jahrhundert.

In der silbrig wirbelnden Flüssigkeit verändert sich die Szene. Der Junge erwartet das Mädchen an der Straße, auf der sie nach der Schule nach Hause geht. Sie verabschiedet sich von den Kameradinnen, läuft los, er steht unter einem Torbogen, wirft die Kippe weg, sie sieht sich um, versichert sich, dass ihr niemand folgt, dann biegt sie um die Ecke, und Pietrangelo ist da, Marina in seinen Armen. Zu viel Hollywood? (Ich weiß, was ich sage. Ihr wart nicht vor einer halben Stunde auf dem Speicher und habt aus dem Dachfenster geschaut.)

Wieder die Flüssigkeit umgerührt, wieder ein Nachmittag, Monate später. Pietrangelo steht noch dort unter dem Torbogen. Als das Mädchen erscheint, schweigt er. Ein Stück weit geht er neben ihr, berührt sie nicht. Kurz vor der Stelle, an der er umkehren muss, wenn er sie vor ihrem Vater nicht noch mehr in Schwierigkeiten bringen will, nimmt er ihre Hand und bleibt stehen. Er schaut sie nicht an, schaut geradeaus und sagt: »Heirate mich, Marina.«

Na gut, ich war nicht dabei, und man kann von seiner

Oma nicht verlangen, dass sie einem manche Dinge haargenau erzählt. Aber ich sehe einfach nicht, dass Clint Eastwood die Sachen im Verborgenen macht. Ihr auflauern, die gestohlenen Küsse, das Geheimnis, das ganze Theater. Das mag am Anfang so gewesen sein, als die Leidenschaft ausbrach, aber dann. Ich sehe ja, wie stur er sich bis heute verhält. Anstatt zu sagen: »Scheißpetunien«, hat er in einem Korb neue angeschleppt, um die zu ersetzen, die er mit dem Rechen zerfetzt hat. Pietrangelo Buttita lässt nichts ungeklärt. Könnt ihr ihn euch heimlich vorstellen, versteckt, verkrochen wie eine Ratte?

»Heirate mich, wir werden es schaffen.«

Sie weiß, dass es nicht so weitergehen kann. Er ist nicht der Mann für halbe Sachen, er ist mehr für die Auseinandersetzung am O. K. Corral. Also blickt sie vom Boden auf. Es sind nicht die groben Stiefel, die ausgefransten Manschetten seines Hemds, das vom langen Gebrauch brüchig gewordene Leder des Gürtels. Es ist nicht das *bequeme Leben*, das der Dottore ihr jeden gottgefälligen Freitag mit seinen Geschenkchen aus der Stadt verspricht. Es ist das Gesicht ihres Vaters. Er mag ja ein böser Mann sein, aber er ist doch ihr Vater, sie kann ihn nicht austauschen, und wenn sie dran denkt, fühlt Marina sich ganz, ganz klein.

Wenn sie Pietrangelo heiratet, wird sie keinen Vater mehr haben, ihre Mutter wird sich auf seine Seite stellen, so ist es immer gewesen, wann hat sie je ihre Tochter verteidigt, und Marina wird allein sein. Allein mit diesem Mann, der ihr *so*, an einer Straßenecke, einen Heiratsantrag macht. Der ihr nie eine Blume mitgebracht hat, obwohl er davon träumt, mit ihr zusammen Blumen zu züchten, und auch schon weiß, wo und welche und wie ihre Gärtnerei heißen soll.

Wenn sie ihn heiratet, wird sie einen Mann haben, der tagelang finster ist, sich womöglich über Wochen nicht meldet, einen *komplizierten* Mann, und keine Eltern mehr. Natürlich ist sie verliebt! Die Stimme, die Finger, die spöttische Art, in der er sie mit ihren Koketterien aufzieht. Aber reicht das, die Liebe?

Bei diesem ungeheuren, entscheidenden Gedanken an die großgeschriebene Liebe zieht Marina sich zurück. Sie fühlt sich noch kleiner, winzig, unbedeutend, also antwortet sie: »Das kann ich nicht«, biegt um die Ecke und läuft davon. An dem Tag hört sie auf zu lügen, weil es nichts mehr zu verbergen gibt, und Pietrangelo lässt sich nicht mehr blicken. *Er ist nicht gekommen, um mich zu holen, Paoletta.* Er ist nicht der Märchenprinz, auch wenn er, mit dem Auftreten eines Kriegers, vor dem Dottore nicht den Kopf senkt, sondern das Bergwerk wählt und zehn Jahre lang unter der Erde verschwindet.

Doch die Frage ist: Warum ist er, nachdem er ein paar Tausend Kilometer zwischen sich und die Glutaugen von Marina Fornaro geschoben hat; nachdem er begriffen hat, dass er, ohne sie neben sich zu haben, doch nicht ganz gestorben ist; nachdem ihm klargeworden ist, dass der unablässige und törichte Gedanke an die Gärtnerei nicht mit seinem Herzen zu Bruch gegangen ist; und nachdem er genug Geld zusammengekratzt hat, um diesem Überbleibsel von einem Traum ein wenig Luft zu verschaffen, warum ist er nach alldem zurückgekehrt?

Warum hat er nicht argumentiert wie Nina, *zwei Jahre*

ich gehe zurück, und begonnen, dort Oleander und Bougainvillea zu verkaufen, wo es niemandem eingefallen wäre, ihn einen *terrone* und *Hungerleider* zu nennen?

Oder war für Buttita sein *Zuhause* gar nicht dort?

Oder auch: Warum hat er sich nicht eine andere Kleinstadt voller Grünanlagen und Villenviertel und Oasen des Friedens und nicht vom Dottore hochgezogener Reihenhäuschen mit Garten ausgesucht? Warum ist er zu ihr zurückgekehrt?

Die Menschen können nie alles in ihrem Leben klären, sie lassen immer etwas ungelöst, und Buttita ist da keine Ausnahme. Fünfzig Jahre, um zusammenzufinden.

Jetzt, im neuen Leben, isst er bei Oma zu Abend, sie kocht eine biologische Dinkelsuppe und Fleischküchlein in Tomatensugo, und am nächsten Tag erzählt sie mir und Richi ganz aufgeregt, dass Buttita lieber Fleisch als Fisch isst und lieber Rotwein als Weißwein trinkt.

Jetzt, seit vierundzwanzig Stunden, gibt es die Gärtnerei *Il Belvedere* OHG, gleichberechtigte Geschäftspartner, mit Sitz auf dem Bauernhof, für den Oma die Anzahlung geleistet und er den Rest draufgelegt hat, Eröffnung in etwa drei Monaten.

Und jetzt, vor einer halben Stunde, stehe ich am Dachfenster, da kommt sie in ihrem schönen, makellosen, schimmernden Leinenkostüm daher, er lässt die Petunien stehen, richtet sich auf, sie zwitschert, gestikuliert, ihre Armreifen klingeln, der schlagsahnige Schopf tanzt in der Luft, er zieht die Arbeitshandschuhe aus, wischt seine Hände an dem Lappen ab, den er am Gürtel trägt, sieht sie nicht an, unterbricht sie nicht, sagt kein Wort, säubert sorgfältig jeden Finger einzeln, sie redet ungestüm, er reibt sich immer noch die Hände, bis sie aufhört und sich erwartungsvoll vor ihm aufbaut.

In dem Moment, erst in dem Moment sieht er sie an. Dann wirft er den Lappen weg, packt sie um die Taille und überwältigt sie mit einem Kuss, da können alle einpacken, Graf Wronskij und Anna Karenina, Humphrey Bogart und Ingrid Bergmann, Mary Jane Watson und Spider-Man in der New Yorker Unterwelt.

Der Jasmin riecht bei dieser Hitze nach Vanillepudding, nach Richis Filzstiften, nach Antonios Gel. Warum ist es so schwer, Das Richtige zu tun? Ich muss mich beeilen, die Zeit rast, sechzehn Stunden und fünfzig Minuten, warum habe ich so lange gewartet? Ich muss rennen! Die verlorene Zeit, wer gibt sie den beiden, wer gibt sie uns zurück?

Vor dem Tor weit und breit keine Menschenseele. Auch der Lieferwagen mit der Parabolantenne, der noch auf der anderen Straßenseite parkt, scheint leer zu sein. Kein Lastwagen oder Auto in Sicht. Mama wird den ganzen Nachmittag fort sein, Nina hat Richi zum Physiotherapeuten begleitet. Es kommt mir seltsam vor, die Fahrbahn ohne ihn zu überqueren, ich gehe schneller, erreiche das Gewerbegebiet, eile an dem Schild *Metallbau* vorbei, sehe die Unterführung, die zur Margeriten-Siedlung führt. Ich keuche. Das ist die Sonne, die Hast, die Angst.

Am Geländer oben hängt ein Transparent, sieht aus wie ein Laken, beschriftet mit einer Spraydose oder einem Pinsel. Ich stelle mir die Arbeit vor, wer den Stoff festhält, die Beratung über die Wortwahl, und als ich endlich nahe genug bin, um es lesen zu können, setzt mein Herzschlag kurz aus. »Schau nur, Opf«, würde ich zu ihm sagen, wenn er da wäre, und er würde antworten: »Phantastisch!«, stattdessen muss ich alles alleine machen, mir vorstellen, wer schreibt, wer überlegt, wie man es befestigen soll, die Drahtrolle, die Idee, es so zu platzieren, als wäre es das Ziel eines Rennens, der Willkommensgruß für Leute, die ins PEEP kommen, bestehend aus riesigen, zittrigen Lettern.

DIEBE

Vor drei oder vier Jahren hat sich jemand bei uns ins Haus eingeschlichen. Er hat die Alarmanlage abgestellt, wir sind alle mit heftigen Kopfschmerzen aufgewacht, vielleicht haben sie ein Spray benutzt. Es fehlten Papas Uhr, eine Handvoll Halskettchen, die im Bad lagen, eine Flasche Traminer, das Einkaufsgeld, das gewöhnlich in einer Schublade liegt. Auf dem Teppich im Salon ein Souvenir, eine Art Totem. Nina legte rasch ein paar Blatt Küchenpapier darüber, sehr zum Bedauern meines Bruders, der damals sehr empfänglich war für die komische Wirkung von Kacke.

Es ist kein gutes Gefühl. Sie waren im Haus gewesen, während wir auch da waren. Ihre fiesen Hände im Badschränkchen, zwischen den Wattepads zum Abschminken, dem Rasierapparat, den Ohrenstäbchen. Der Geruch, der nicht wegging. Ihre schmutzigen Finger in der Kommode im Eingang, im Kühlschrank, in der Speisekammer. Es folgten wochenlang schlimme Träume, mit auch nachts brennender Nachttischlampe und Nina, die *ganz ruhig, alles gut* sagt, aber mit einer Schere in der Schürzentasche durchs

Haus läuft. DIEBE. Ein grässliches Gefühl, wirklich grässlich. So sehen uns die Menschen, die in der Margeriten-Siedlung wohnen: wie Leute, die sich einschleichen, während sie essen, schlafen, Liebe machen. Wie Leute, die alles durchwühlen, auf den Boden spucken, auf den Teppich kacken.

Die Unterführung ist eine Kloake geworden. Im anderen Leben, damals, als ich Richi zu den Ferraris begleitete, war sie nicht so. Uringeruch hängt unbewegt in der Luft, auf dem Boden plattgetretene Getränkedosen, Glassplitter, Pizzakartons. In meinen Flipflops fühle ich mich nackt. Die Wände sind voller Parolen.

HÄNDE WEG VOM PEEP

IN DEN KNAST MIT EUCH

DE GIORGI DU STÜCK SCHEISSE

Ich schlucke, halte den Atem an. Ich wünschte, jemand wüsste, wo ich gerade bin. Jemand, der mich mag.

STECKT EUCH EUREN MÜLL IN DEN ARSCH

Ich wünschte, dass dieser Jemand, Richi, Mama, Oma, Nina oder Marta, ich wünschte, dass er oder sie sieht, dass ich nicht davonlaufe. Auch wenn der Gestank fürchterlich ist. Was würde ich empfinden, wenn sie unter unserem Haus etwas Gefährliches vergraben hätten?

SCHWEINE

Wenn dieses *Etwas* seine Wirkung entfalten würde, während wir unserem Alltag nachgehen.

MONICA COSTA HURE

Während Nina das Kalenderblatt abreißt. Während Richi nach Billy Elliots Filmmusik tanzt. *Dieses ganze Leben da drüber, Mama.* Während Oma am Wasserhahn in der Küche die Flecken von ihrer Jacke entfernt, die Buttitas Finger hinterlassen haben.

KEINE GNADE

Schlecht. Sehr schlecht würde ich mich fühlen. Wütend, verraten. Wir, und *sie*. Wir, die Unschuldigen, und sie mit ihren beschissenen Giftmüllfässern die Schuldigen, die Bösen. Vielleicht käme ich auch mit einer Bierdose und einem Pizzakarton hier runter, um zu schreiben:

GERECHTIGKEIT

Vielleicht würde ich mich dann besser fühlen. Ein Teil von mir hätte am liebsten jetzt sofort eine Spraydose. Nur ein Wort.

WARUM

Warum hat jemand eines schönen Tages beschlossen, mein Leben in die Luft zu sprengen? Es tut mir nicht gut, Carmen, hier unten zu sein, die Traurigkeit packt mich an der

Kehle, aber ich leiste Widerstand, ich muss alles sehen, muss es lesen, auch wenn es schwerfällt, es ist nicht nur der eklige Geruch, die Scham, die Vulgarität, die Gewalt. Ich verstehe sie, das ist es. Es ist, als wären sie hier, bei mir, im Schatten. Ich fühle ihre Gedanken. Ich weiß, warum sie uns hassen. Ich verstehe jeden, der spuckt, verstehe die Parolen, auch die grellste und gemeinste, die mich aus der Mitte der Dunkelheit anspringt wie ein Schrei.

COSTA – TOD

Das C von Costa ist eine Schlange, die sich um die anderen Buchstaben windet, in einem leuchtend grünen Knäuel umschlingt sie den Bindestrich und erstickt das D des Wortes Tod mit weichen Schleifen. Blutrote Tränen tropfen, enden in einer farbigen Lache, verlieren sich in der Dunkelheit. Und zwischen einem Tropfen und dem nächsten ein Wimmern, eine schmallippige Klage nach all dem Schreien:

DAS IST NICHT DIE WELT DIE ICH MIR WÜNSCHE

»Wir sind nicht die Opfer«, sagt Mama.

Na ja, ich schon, Ma. Ich, Marta, Richi. Nina auch ein bisschen. Denk daran, was wir nun alles erklären müssen, versetz dich in meine Lage, versuch dir vorzustellen, wie ich Antonio in die Augen sehe und zu ihm sage: »Ciao Antonio, ich möchte gern mit dir reden.« Diese Geschichte, nicht nur der Umstand, dass ich ihm nicht vertraut habe, diese ganze Geschichte, meine ich, ist ja viel mehr als eine Unhöflichkeit.

Der Geruch, Carmen, der Geruch ist unerträglich.

Das ist nicht die Welt, die du dir wünschst, Paoletta? Willkommen in der wirklichen Welt! Du wolltest wissen, woher das Geld kommt? Jetzt weißt du es. Du wolltest die Wahrheit? Sie steht auf den Mauern geschrieben, so wissen auch alle anderen Bescheid. Die anderen haben sie sogar vor dir entdeckt, denn Mama hat sie ja zuerst den Carabinieri und den Journalisten erzählt. Du wolltest einen Spiegel wie Ciccio Kopflos, wolltest wissen, wie die anderen dich sehen?

DIEBE

STÜCK SCHEISSE

HURE

TOD

Und die Frage der Fragen, die, die bei mir daheim niemand stellt, und wenn es doch jemand wagt, bekommt er keine Antwort: Du wolltest wissen, woher Richi kommt?

EUER MÜLL

Daher kommt er. Vielleicht auch der Fluch des Opfers, das Karma, das Fatum, das Schicksal, die DNA, das fehlerhafte Gen, die Vererbung, die Familiengeschichte, irgendein Wort, das es nicht gibt, weil es noch nicht entdeckt wurde, und das morgen alles erklärt, Richi aber nichts zurückgibt. Vielleicht auch Gott oder der Teufel. Doch seit ich die Wahrheit kenne, kann ich mir den Gedanken, dass diese Fässer schuld sein könnten, einfach nicht aus dem Kopf schlagen.

Genau wird Mama es nie erfahren. Bei bestimmten Krankheiten ist es schon viel, wenn du eine hypothetische Diagnose hast. Die Ursache? Es gibt eine Million Ursachen. Giftigen Substanzen ausgesetzt zu sein? Nichts ist unmöglich, Signora. Starker Stress? Das glaubt niemand, könnte aber sein. Keine Gewissheit, keine Antwort. Es gibt keine Antwort, es gibt Richi.

Mama weiß nicht einmal genau, was in den Tonnen drin war, die vor zwölf Jahren vergraben wurden. Jetzt werden Untersuchungen durchgeführt, bei den alten wird man Bohrkerne entnehmen müssen. Vielleicht versteht man dann etwas mehr. Sie weiß nur, dass sie die Tonnen gesehen und angefasst hat, dass sie während der Schwangerschaft Zeit in der Cava verbracht und mit dem Dottore gestritten hat. *Ich bedaure, dass ich nicht schon damals eingegriffen habe, als die Costa Costruzioni beschloss, die im Bau befindliche Margeriten-Siedlung als wilde Giftmüll-Deponie zu benutzen. Dafür bitte ich alle um Entschuldigung.*

Auch Richi war im Bau, *dieses ganze Leben* da in ihrem Bauch.

»Entschuldige dich, Paoletta. Und du, Richi, sei ein guter Junge, gib deiner Schwester ein Küsschen, und versöhnt euch.«

Wenn du dich entschuldigst, hoffst du, dass der andere dir verzeiht. Wie wird meine Mama es schaffen, sich selbst zu verzeihen?

Heute früh ging Nina mit einem Teller voll Apfelschalen durch den Garten zur Kompostiertonne. Sie lässt sie nicht alle auf einmal hineinfallen, sondern verteilt sie einzeln auf dem Grund. »So wird es besser«, behauptet sie. Es ist eine ihrer fixen Ideen.

Nicht alle erkennen die Nützlichkeit der Abfälle, die meisten sehen darin nur Kehricht, wohingegen Nina die Apfelschalen als wertvoll betrachtet, denn sie tun deinem Körper gut, wenn du sie isst, und wenn du sie in die Kompostiertonne entsorgst, geben sie gute Erde. Die Schalen sind *nützlich*. Einzeln genommen und an der richtigen Stelle platziert sogar noch nützlicher.

»Ich bin Schale«, fügt sie hinzu und lacht auf ihre unverwechselbare Art.

»Ich auch!«, antwortet Richi.

In der Tat ist Nina äußerst nützlich. Nicht in der Welt, die ich mir wünsche, sondern in der wirklichen Welt. Wie sollten wir ohne sie auskommen. Nicht ohne irgendeine wie sie, nein, es geht um sie, *sie einzeln* genommen, nicht zusammen. Nina ist für uns *Zuhause*, auch wenn wir für sie nicht ihr *Zuhause* sind. Das ist leicht zu verstehen.

Aber Richi? Wenn ein kleiner Junge sehr viel Pech hat, lassen sie ihn zu seinem Besten durchfallen. Womöglich wiederholt er zweimal die Erste, zweimal die Zweite und zweimal die Dritte Mittelstufe, die Zeit vergeht, die Schulpflicht ist erfüllt, er wächst heran, und alle haben genügend Zeit, um sich an den Gedanken zu gewöhnen, dass er zu nichts nütze ist. »Und so jemanden sollen wir auch noch einstellen?«, wetterte zum Beispiel der Dottore, der ganz genau wusste, worum es ging.

Richi hat zum Glück nicht ganz so viel Pech und beginnt nächstes Jahr ganz regulär die Dritte. Es kann aber sein, dass er sie zwei- oder dreimal wiederholen muss, das wird sich zeigen. Vielleicht verbessert er in dieser Zeit ein bisschen die Artikulation der Wörter und die Beweglichkeit des geschädigten Arms und schafft sogar den Sprung ins Gymnasium, aber am Ende wird der Augenblick kommen. Richi hat sich schon an die Idee gewöhnt. *Ich bin Schale*. Falls wir dann noch reich sind, bekommt der Opf einen Schreibtisch in der Firma. Er wird mehr Tage zu Hause als im Büro verbringen, also wird es bei ihm mehr um ein Gehalt als um eine Arbeit gehen. Jemand anders wird vermutlich wettern: »Warum zum Teufel müssen wir solche Leute einstellen!« Wenn wir dann arm sind, werden wir uns was einfallen lassen müssen, ich vermute, dass Mama und Papa ihn dann durchfüttern, und wenn sie nicht mehr da sind, kümmere ich mich um ihn.

Kurz und gut, Richi ist zu nichts nütze. *Schale*, und das Problem, nicht zu wissen, wohin damit. Hier aber, jetzt, gleich hinter der Unterführung, und auch gestern, zu Hause, und vorgestern, ist Richi unentbehrlich.

»Ich habe es für Riccardo getan«, hat Mama nach der vierten Runde Limongello gesagt.

Gäbe es Richi nicht, wäre Monica Costa nicht Monica Costa und hätte nicht Das Richtige getan. In der wirklichen Wirklichkeit, kapiert? Der Auslöser, der Grund, weshalb das Schweigen vorbei ist, das neue Leben begonnen hat und niemand es wagen wird, den Schlaf derer zu stören, die im Biosolar wohnen werden. Riccardo. Riccardo De Giorgi. Mamas Liebe zu Riccardo. Und ich? Ich bin, wie ich bin, weil es ihn gibt. Eine Bombe in meinem Leben, die explodierte, als ich vier war, die jeden Tag explodiert. Ich war ungefähr in der dritten Klasse Grundschule; Mama lässt ihn im Zimmer sitzen, wo er einen Zeichentrickfilm anschaut, und geht im Salon ans Telefon. In den drei Minuten, in denen sie ihn aus den Augen lässt, stiehlt sich Richi mit Rollstuhl und allem in mein Zimmer, nimmt meine geliebten Filzstifte (für ihn total verboten), öffnet die zweite Schublade der Kommode, schraubt alle Käppchen ab, wirft Käppchen und Filzstifte in die Schublade, schließt sie wieder und rollt zurück in sein Zimmer, um weiter seinen *König der Löwen* anzuschauen. Am nächsten Tag findet Mama einen regenbogenfarbigen Stoß Höschen und ein Dutzend ausgetrockneter Filzstifte. Sie hat Tränen der Rührung in den Augen (niemals hätte sie geglaubt, dass Richi dazu fähig wäre!), und ich würde ihn am liebsten erwürgen. Wenn ich daran denke, werde ich noch heute wütend. Denn Richi ist eine Granate, eine Rakete, ein Atomsprengsatz. Und das hat nichts damit zu tun, dass er behindert ist. Das heißt, irgendwie schon, weil alles komplizierter ist, aber vor allem ist Riccardo mein Bruder, er erlebt, was ich erlebe, weiß, was ich weiß, wie Ninas Gemüsecremesuppe schmeckt, zum Beispiel, welchen speziellen Gestank Papa hinterlässt, wenn er aus dem Bad kommt, oder Mama oder ich, und wer Ciccio Kopflos ist, oder was für ein Gesicht Mama gemacht hat, als sie Filippo zum ersten Mal gesehen hat, und was für feurige Blicke Oma mit Buttita austauscht. Wenn wir zusammen sind und man den Aufzug nehmen muss, täuscht Riccardo einen Anfall vor, um mir die Liftfahrt zu ersparen. Ich habe gesehen, wie er mich damals bei den Filzstiften angeschaut hat – das Aas! – und wie, als er mich bat, ihn zu Filippo zu begleiten. Ich habe ihn tausendmal im Krankenhaus gesehen, zerbrechlich und wehrlos, mit riesigen Augen, einem Speichelfaden, der nie trocknet, wenn er da liegt. Es bricht einem das Herz, ihn so zu sehen. Ich habe ihn fröhlich, müde, böse und in Angst und Schrecken gesehen. Und deshalb denke ich, wenn es eine sinnlosere Frage gibt als »Wen hast du mehr lieb, Mama oder Papa?«, dann diese: »Hast du dein Brüderchen lieb?«

Wahrscheinlich fragt so was nur jemand, der keine Geschwister hat. Ich bin nicht ich ohne ihn. Auch, wenn er mich wütend macht. Ich bin ich, weil er er ist. Wenn ich anders bin, dann weil er anders ist. Wenn er anders ist, dann weil auch ich anders bin, das ist die Wahrheit, die Wirklichkeit, wir sind die Wirklichkeit, die der Dottore nicht sehen wollte, und jetzt, vor dieser Mauer voller Parolen, die mir ins Gesicht schreien, fehlt Riccardo mir wahnsinnig, wirklich so, als fehlte mir ein Stück, ein Arm, ein Bein, ein gesunder, lebenswichtiger Teil.

Ich habe auch Schuldgefühle, dass ich allein hier bin, so als würde ich ihm etwas Wesentliches vorenthalten, aber es geht nicht anders, und jetzt entdecke ich noch etwas Trauriges, da es mir allein zukommt, Das Richtige zu tun: Richi ist mein Leben, aber gleichzeitig ist er es nicht.

Ich komme wieder ans Licht, endlich kann ich atmen. Das mit Antonio wäre schon schwer genug gewesen, aber nachdem ich diese Sachen gelesen habe, weiß ich wirklich nicht, ob ich es schaffen werde. Die Konturen der Wohnblocks, der graue Fleck des Parco Di Vittorio, in der Ferne der Kran des Biosolar, ein glühendes Kreuz: Mir ist, als sähe ich alles mit seinen Augen.

Es wäre ja normal, denke ich, wenn er nicht mit mir reden wollte.

Es genügt nicht, sich zu entschuldigen, wenn nicht die richtigen Worte folgen, Carmen. *Man kann nicht übers Gebirge fliegen, du kannst nicht einfach gehen, wohin du möchtest*, singt Vasco Rossi, und wir sind hier festgenagelt, im PEEP, ich und Antonio, ich und Richi, und Mama und Papa, festgenagelt auf diese Katastrophe, diesen Fehler, dieses Verbrechen. Diese Schuld.

Wo werden sie den Müll vom Biosolar hinbringen?

Kann man dieses Zeug wegwerfen ohne Schuld?

Und der Müll unter der Margeriten-Siedlung, unter Antonios Haus? Werden sie es schaffen, ihn ans Licht zu bringen? Und wenn alle Deponien voll sind? Und was ist mit dem, was wir eingeatmet und geschluckt haben, was in der Margeriten-Siedlung ist, in uns, in Richi? Sind wir Abfall geworden? Genauso wie aus Luftverschmutzung Krebs entsteht? Aus Atommüll Tumoren?

Sind wir zum Wegwerfen?

Es fällt leichter, mit den Journalisten zu sprechen als mit der eigenen Tochter. Seine Angelegenheiten vor der Welt zu erzählen als am heimischen Küchentisch. Mit einer imaginären Freundin, mit Anna Karenina, mit einem Fremden auf Facebook zu reden als mit einer wirklichen Freundin oder einem echten Jungen. Sogar diese Seiten zu schreiben ist leicht, wenn niemand sie liest. Aber bis zur Bank zu gehen, mich zu setzen, das Handy herauszuziehen, seinen Namen zu suchen, *muss dich sehen, bin im Parco Di Vittorio* zu tippen und auf Senden zu drücken, das ist etwas vollkommen anderes.

Es ist kein Sprung ins kalte Wasser, Carmen. Es ist eine Ozeanüberquerung, im Alleingang, mit dem Segelboot von

Truman am Ende der Show. Als er erkennt, dass die Welt hinter der Papptüre ekelhaft ist.

Die Bank ist in der prallen Sonne. Vor dem Kiosk stehen jetzt Tischchen, Stühle und Sonnenschirme. Menschenleer, bei dieser Hitze. Ich möchte etwas trinken, doch wenn ich mich da drüben hinsetzte, könnte Antonio mich von der Fenstertür im vierten Stock aus nicht sehen.

Er antwortet nicht.

Aber er ist bestimmt zu Hause. Sechzehn Stunden vor dem Schriftlichen in Italienisch. Und wenn er sein Handy abgestellt hätte?

Die Kiosktür geht auf: Geräusch von verzogenem Türstock, nicht schließendem Schloss, zu dünnen Scheiben. Ein Junge kommt heraus, er trägt ein merkwürdiges weißes T-Shirt mit einem riesigen Fragezeichen darauf und unter dem Hintern hängende Jeans. Als er mich sieht, bleibt er stehen, dann geht er wieder hinein. Ich schaue weiter zum vierten Stock hinauf, zu dem halb heruntergelassenen Rollladen, stelle mir vor, dass das Fenster weit offen ist. Ich bin hier, Antonio, siehst du mich? Überlegst du, ob du mir antworten sollst oder nicht? Kann sein, dass er heute doch nicht zu Hause ist, vielleicht lernt er mit jemandem.

Die Kiosktür geht wieder auf, erneute Schrott-Geräusche. Ein Mann – riesiger Bauch, Unterhemd, Shorts, kurze Arme und dicke, behaarte Beine, Gummisandalen, schüttere, im Nacken lange, graumelierte Haare – kommt ein paar Schritte auf mich zu, dann bleibt er abrupt stehen und mustert mich. Ich hätte gern etwas zu tun, ein Buch zum Lesen, habe aber nur mein Handy in der Hand, also tue ich so, als würde ich Nachrichten schreiben, und beobachte aus dem Augenwinkel, wie er die Hände in die Taschen seiner Shorts steckt, kehrtmacht und schlurfend wieder verschwindet. Was will er von mir?

Um irgendwas zu machen, stehe ich auf, nähere mich dem Tintenfisch aus Kunststoff, dann dem Elefanten mit dem zerbrochenen Rüssel. Warum antwortet Antonio nicht? Ich setze mich wieder, es hat ja keinen Zweck, hier herumzulaufen, unter meinen Füßen ist kein Gras, sondern trockene Erde, Staub, der die Hände befleckt. Sinnlos, so zu tun, als täte man etwas, im Grund genommen tue ich ja *etwas,* ich warte und gehe nicht weg, selbst wenn ich bis morgen auf ihn warten müsste, spürt er nicht, dass ich an ihn denke? Ich denke *ganz fest* an ihn, so wie bei den Eissorten, warum antwortet er nicht? Ich schaue auf die Uhr. Seit ich die Textnachricht geschickt habe, sind sieben Minuten vergangen. Eine Ewigkeit, und ich schmore in der Sonne.

Wieder zittern die Scheiben. Diesmal sind sie zu viert: der Dicke im Unterhemd, der Junge mit dem Fragezeichen, ein Typ mit langärmeligem, bis oben zugeknöpftem Hemd und ein klapperdürrer kleiner Junge, der neun oder zehn sein könnte. Sie nähern sich, der Dickwanst gibt den Ton an, Rudelführer, schwankend in seinen Gummilatschen.

»Wow, ein Kommando!«, würde Richi sagen.

Was mache ich jetzt? Soll ich gehen? Und warum? Was tue ich denn Böses? Darf ich nicht auf einer Bank im Parco Di Vittorio sitzen? Ich blicke wieder zur Fenstertür hinauf, warum entschließt er sich nicht? Die Gruppe stellt sich auf, der Dickwanst einen Schritt vor den anderen, als Kommando wirken sie recht lausig, während sie in Stellung gehen, tue ich weiter so, als tippte ich Textnachrichten.

»Sag mal. Bist du nicht die Tochter von diesem Scheißkerl?«

Der Dicke hat eine unerwartet schrille Stimme. Ich blicke vom Handy auf. Der Junge mit dem Fragezeichen hält die Augen gesenkt, über dem Gürtel seiner Jeans schauen ein breites Gummiband und drei Zentimeter blaues Trikot heraus. Der Bub hat die gleiche Haltung, hängende Schultern und Hände tief in den Taschen. Der mit dem zugeknöpften Hemd fixiert mich. Er sieht aus wie ein kleiner Ganove aus einem Fernsehfilm, Typ hispanischer Dealer, der, wenn die Ermittler der Mordkommission kommen, Kunde und Tütchen loslässt, durch einen Hinterhof in der Bronx davonrennt und von den Polizisten schon nach drei Schritten dingfest gemacht wird, Hände hinter dem Rücken und Gesicht gegen die Feuertreppe gedrückt.

»Dich meine ich, Mädchen.«

»Ich kenne Sie nicht«, erwidere ich.

»Bist du nicht die Tochter von diesem Scheißkerl Carlo De Giorgi?«

»Sie ist nicht so fett, wie sie im Fernsehen wirkte«, sagt der mit dem zugeknöpften Hemd.

»Also, bist du es?« Der Dickwanst krächzt wie eine Elster.

»Er ist mein Vater, ja.« Zugeknöpftes Hemd macht eine Bewegung wie *hab ich doch gleich gesagt*.

»Darf man erfahren, was du verdammt noch mal hier zu suchen hast?«

»Entschuldigen Sie, aber was geht Sie das an?«

»Wir wollen euch hier nicht.« Wieder zugeknöpftes Hemd. Der Dickwanst sieht ihn schief an, schließt halb die Augen, holt Luft und setzt wieder an.

»Ich sag's dir ganz freundlich, weil ich ein netter, anständiger Mensch bin: Du bist hier nicht willkommen. Niemand aus deiner Familie. Ich an deiner Stelle würde den Arsch von der Bank da hochhieven und abrauschen.« Der Junge mit dem Fragezeichen sieht mich immer noch nicht an. »Hast du verstanden oder nicht?«

»Ich warte auf einen Freund.«

»Du hast hier keine Freunde.«

»Er wohnt in der Margeriten-Siedlung.«

»Dann hast du dich in der Adresse geirrt. Siehst du irgendwo Margeriten? Das hier ist das PEEP.« Er wendet sich an den kleinen Buben: »Hast du je eine Margerite im PEEP gesehen? Hast du je Blümchen gepflückt an diesem Scheißort?«

Der Bub schüttelt den Kopf.

»Mir scheint, dein Freund hat dich sitzenlassen.« Wieder zugeknöpftes Hemd.

Ich will gerade antworten, da vibriert das Handy. Eine SMS! Vor Überraschung lasse ich das Handy los, es fällt in den Staub, ich bücke mich ruckartig, aber der Dickwanst ist schneller, er hebt es auf, und als ich ihn mit meinem Handy in der Hand sehe, die Augen auf Antonios Antwort, da hasse ich diesen widerlichen, verschwitzten Fettsack mit einem heftigen, totalen und unfassbaren Hass, wenn ich einen Stock hätte, würde ich ihn verprügeln, wenn ich ein Messer hätte, würde ich es ihm in seinen schwabbeligen, ekligen Bauch rammen.

»Gib es her!«, sage ich.

»Uh, uh … Keine Bewegung!« Er streckt die freie Hand gegen mich aus, ich will auf keinen Fall, dass er mich berührt, also weiche ich zurück.

»Sehen wir mal, was das Freundchen dir schreibt.«

Zugeknöpftes Hemd spuckt auf den Boden.

»Los, Pa, gib es ihr«, mischt sich der Junge ein. Er hat seine Schultern ein bisschen gestrafft, sieht mich nicht an, aber ich sehe endlich seine Augen, sie sind genau wie die des Kleinen, genau wie die des Dickwansts, es fällt mir allerdings schwer zu glauben, dass die beiden seine Söhne sind.

»Warte, lass mich mal nachschauen … oh, wie schade! Das ist nicht von deinem Freund. Es ist von der Tre, 250 SMS gratis, wenn du das Angebot annimmst.«

»Gib's ihr zurück, Pa. Das ist nicht lustig.«

»Eine SMS mit JA genügt.«

Nicht von Antonio.

Die Nachricht ist nicht von Antonio.

Ich gehe rückwärts, lasse mich auf die Bank sinken, es ist mir egal, was sie reden, der Bub hat sich ein paar Schritte entfernt, tritt nach einem Stein, schnieft mit der Nase.

»Schick doch die SMS mit JA, schick sie, los, schick sie!« Zugeknöpftes Hemd plärrt wie ein Besessener, ich denke, dass die Polizisten von *Law & Order* gut daran täten, wegen Blödheit einzugreifen.

»Jetzt mach schon, Pa, gib ihr das Handy zurück, sie geht jetzt sowieso, gell, du gehst jetzt?«

Der Junge steht vor mir, sein Fragezeichen ist direkt vor meiner Nase, seine Hand auf meiner Schulter, drückt ganz leicht, aber ich habe überhaupt keine Lust, aufzustehen oder ihm noch mal ins Gesicht zu schauen und zu sehen, dass es ein absolut *normales* Gesicht ist.

»Machen wir es so«, fängt der Dickwanst wieder an. »Sie geht nach Hause, und ich behalte ihr Smartphone. Es gefällt mir. Und ob es mir gefällt. Weißt du, was so was kostet? Das hat dir der Scheißkerl geschenkt, stimmt's? Mädchen, weißt du eigentlich, wie viele Tage Arbeit, *echte* Arbeit es braucht, um so ein verdammtes Handy wie deins zu kaufen? Weißt du das? Wenn man überhaupt eine Arbeit hat. Ich zum Beispiel hatte mal eine, aber dann hat mich das Riesenarschloch rausgekickt. Dein Vater kennt ihn womöglich, sie spielen sicher Golf zusammen. Scheißkerle unter sich.«

»Lass sie in Ruhe, Pa. Sie hat nichts damit zu tun. Und du, geh schon, geh nach Hause.« Der Junge drückt meine Schulter etwas fester. Es tut mir leid um sein schönes, normales Gesicht, ein *unschuldiges* Gesicht, wenn ihr versteht, was ich meine, und ich möchte ihn wirklich nicht beleidigen. Aber ich begreife, was er im Sinn hat, und will nicht, dass es so kommt, deshalb zucke ich mit der Schulter, und er tritt einen Schritt zurück.

»Oho! Wage ja nicht, die Tochter des Chefs anzurühren, du Aas! Die ist mit dem Arsch im warmen Nest geboren! Sie weiß nicht, was es heißt, jeden Tag Scheiße zu fressen. Die haben ihre Scheiße der Allgemeinheit in den Arsch geschoben, damit sie ihr Leben führen können. Einen schönen, warmen stinkenden Haufen Scheiße.«

»Lass sie in Ruhe, Pa, es ist heiß, lass uns gehen.«

»Misch dich nicht ein. Du hast ja keine Ahnung, du Blödmann. Mädchen, weißt du, wie viele Tagessätze man für so ein Handy braucht? Weißt du das? Weißt du, wie lange sie einem Arbeitslosengeld zahlen? Und danach? Wenn du nichts mehr kriegst?« Der Dickwanst ist näher gekommen, als ich aufstehe, ist er einen halben Meter von mir entfernt, kleiner als ich, aber viel massiver, der Junge hat ihm die Hand auf den Arm gelegt, er hat schöne, schlanke Finger, es ekelt mich, sie in die verschwitzten Haare auf diesem plumpen Unterarm eintauchen zu sehen, aber der Dickwanst schiebt sie weg. »Lass mich. Also Mädchen, erklär du mir, wie man verdammt noch mal seine Rechnungen bezahlen soll, wenn sie einem das Arbeitslosengeld gestrichen haben. Sag schon. Wenn du den Betrag nicht überweist, stellen wir den Strom ab, sagen sie zu dir. Was machst du dann? Das weißt du nicht? Woher sollte sie es aber auch wissen, die Prinzessin mit dem Prinzessinnen-Handy? Woher sollte sie wissen, was für ein Scheißleben die Leute führen, die hier wohnen?«

»Sie weiß es.«

Antonio. Niemand hat ihn kommen hören. Geschickt nimmt er dem Dickwanst mein Telefon aus der Hand, der ist zu verblüfft, um zu reagieren.

»Gehen wir«, sagt er. Er gibt mir das Handy zurück, nimmt meine Hand, wir schlüpfen zwischen dem Dickwanst und dem Jungen hindurch, in Richtung der Wohnblocks. Hinter uns höre ich die Stimme krächzen.

»Dreh dich nicht um«, sagt Antonio. Er geht schneller. »Los, komm, zur Haustür!«

Als wir dort sind, zieht er die Schlüssel heraus, macht auf und rasch wieder zu, ruft den Aufzug, und während wir warten, hält er mich weiter an der Hand. Er dreht sich um, um zu sehen, ob die vier hinter uns herkommen, sagt kein

Wort, und als die Metalltüren aufgehen, lässt er meine Hand los, schiebt mich hinein, stellt sich hinter mich, den Rücken zu mir gewandt. Im Spiegel sehe ich, dass er auf den Knopf vom vierten Stock drückt. Wir fahren am ersten Stock vorbei, der Aufzug ist kleiner, als ich ihn in Erinnerung hatte, lauter, enger, heißer, schrecklicher, im Spiegel betrachte ich Antonios Rücken, aber das genügt nicht, ich schließe die Augen, aber auch das genügt nicht, also drehe ich mich um, öffne sie wieder und richte den Blick auf ihn, auf seine Schultern.

Wenn ich Aufzug fahren muss, versuche ich immer, einen anderen Menschen anzuschauen. Auch nur die Schuhe. Wenn noch jemand da ist, egal wer, wird die Situation erträglicher. Wichtig ist, nicht die Aufzugwände anzusehen und sich auf etwas anderes zu konzentrieren, deshalb zähle ich jetzt die Locken, die sich in seinem Nacken kringeln, und atme tief ein und aus. Zweiter Stock, immer noch Augen auf Antonio, noch ein Atemzug, leichte Beklemmung. Dritter Stock. Antonio hebt den Kopf, drückt abrupt mit der Handfläche auf HALT, die Kabine vibriert, und der Aufzug ist blockiert. Hastig kneife ich die Augen zu, ich darf die Wand nicht anschauen. Ich fühle, dass er sich zu mir umdreht. Als ich die Augen wieder öffne, sind seine auf mich gerichtet wie Pistolen.

»Und jetzt sag mir, was du hier willst, verdammt nochmal«, sagt er.

Das Schwierigste, was ich je tun musste, die wichtigste, komplizierteste Rede meines Lebens, wie soll ich das in einen Aufzug eingesperrt schaffen?

»Können wir nicht raus hier?«

»Nein.«

»Bitte.«

»Nein. In der Wohnung ist meine Mutter. Draußen hast du ja selbst gesehen. Super Idee am Tag vor der Prüfung. Wenn du reden willst, höre ich dir *hier* zu. Wir haben keinen anderen Ort. Und ich rate dir, mach schnell, bald wird jemand merken, dass der Aufzug blockiert ist.«

»Dann muss ich die Augen zuhalten.«

»Mach, was du willst, aber beeil dich.«

Also beginne ich mit geschlossenen Augen zu sprechen. Auch wenn ich die Rede tausendmal geprobt habe, so auf Anhieb kommt nichts. Ich verstehe, dass er wütend ist, wie könnte es anders sein, aber ich *muss* mit ihm reden, also rede ich drauflos, fange mit dem Ende an, erzähle ihm von den vier an der Bank, dann von der Unterführung, von den Slogans an den Mauern, ich sage ihm: »Das ist nicht die Welt, die ich mir wünsche, Antonio«, kneife immer noch die Augen zu, balle auch die Fäuste, und im Sprechen sehe ich Marta wieder vor mir, wie sie klingelt und wartet, bis jemand von uns ihr aufmacht, also erzähle ich ihm auch das, wie schwierig es mit ihrem Vater gewesen sein muss, wie fürchterlich ich mich in ihr getäuscht hatte und dass ich diese Sache mit der Freundschaft entdeckt habe, ich würde gern mal darüber reden, denn ich lese so viele Bücher, aber ich kenne niemanden, das ist ein Riesenproblem, und ich erzähle ihm auch von Oma, die mit Buttita gestritten hat, von dem Limongello, haargenau erzähle ich ihm die schlimmste Woche meines Lebens, auch die Nacht mit Richi am Biosolar, und beim Reden spüre ich die Wärme seines Atems an meiner Schläfe und den Geruch seines

Haargels, das nach Jasmin, Vanille und Filzstiften duftet, ich merke, dass die Angst allmählich vergeht, mein Atem ist wieder fast normal, ich spreche ruhiger, lockere die Fäuste, ich könnte sogar versuchen, die Augen zu öffnen, muss ihm aber noch zu viel sagen, ob ich das mit offenen Augen schaffe, weiß ich nicht, also spreche ich weiter und gehe zurück, immer weiter zurück, in die Zeit vor dem Biosolar, vor den Notentabellen, vor unseren heimlichen Besuchen im PEEP, als er mich bat, ihm die Wahrheit zu erzählen, vor Aragorn, sogar vor dem Schwimmkurs.

»Mach die Augen auf, Paola.«

Wenn ich die Augen öffne, kann ich nicht mehr weitererzählen, dann sehe ich den Liftschacht und die Metallwände und seine dunklen Augen und bringe kein Wort mehr heraus, womöglich falle ich sogar in Ohnmacht, das will ich aber nicht, ich will ihm alles sagen, wirklich alles, ich möchte, dass nichts mehr zu erzählen, nichts mehr zu schreiben übrigbleibt. Ich habe den ganzen Weg und die Unterführung und den Aufzug auf mich genommen, um ihm, Antonio Ferrari, meine ganze, gesamte Geschichte anzuvertrauen, die Erzählung meines Lebens mit allen Einzelheiten und Abschweifungen, auch die Geschichte von damals, als ich klein war und Richi ärgerte, und außerdem möchte ich ihm sagen, dass ich natürlich weiß, und ob ich es weiß, dass das, was ich ihm angetan habe, keine bloße *Grobheit* war und dass bei den Abermillionen von Wörtern, die jetzt wie ein warmer Schwall aus meinem Mund kommen, die richtigen, um ihn um Entschuldigung zu bitten, nicht dabei sind.

»Sieh mich an.«

Ich spüre seine Finger auf meinen Wangen. Ich kann nicht, ich muss ihm noch so viel sagen, dass ich nichts begriffen hatte, und ich möchte die Zeit zurückspulen bis vor den Supermarkt, seine Fingerspitzen berühren meine Lider, ich möchte jedes einzelne Wort wieder verschlucken und ihm sagen, wie sehr ich hoffte, dass er mich anrufen würde.

»Mach die Augen auf, Paoletta.«

Er sagt meinen Namen so, wie ihn noch nie jemand gesagt hat, und ich fühle mich dabei zum ersten Mal weder so klein wie ein Kind, das zu klein ist, um zu verstehen, noch so groß, wie eine große Schwester eben sein muss; Antonio Ferrari hat es, indem er meinen Namen ausgesprochen hat, geschafft, dass ich mich wie *ich* fühle, ich und sonst nichts, Paola De Giorgi, deshalb versuche ich es.

Ich öffne die Augen.

Antonio nimmt die Fingerspitzen von meinen Lidern, und ich sehe.

Ich bin nicht in einer Kammer aus Stahl und Beton.

Ich bin nicht im PEEP.

Ich bin auch nicht am Poolrand, während Papa mir sagt, dass es nichts zu erklären gibt.

Ich bin nirgends festgenagelt, auf nichts, keine Schuld, kein Verbrechen. Keine Tragödie.

Ich bin hier mit ihm, und es gibt kein Entkommen. Als ich seine Tränen spüre, begreife ich, dass Antonio mein Generalschlüssel ist, die Geheime Tür, und dass wir schon anderswo sind, in der Welt, die ich mir wünsche.

»Versteckst du dich jetzt nicht mehr?«, fragt er. Seine Lippen sind ganz nah, weich und duftend.

»Läufst du jetzt nicht mehr davon, Paoletta?«

Anmerkung

Nach dem langen Atem, den ich für meinen letzten Roman *Masnà* gebraucht habe, wollte ich gern ein bisschen im Hier und Jetzt sein. Ich wollte die Dinge und die Sprache der Gegenwart, und da kam Paoletta. Nach Beendigung der Niederschrift erkenne ich, dass etwas anderes daraus geworden ist: *Dieses ganze Leben* ist ein Roman voller Sehnsucht nach der Zeit, als ich sechzehn war, nach der leuchtenden, selbstvergessenen Jugend. Es war mir auch ein Bedürfnis, die Andersartigkeit zu erzählen. Doch ich wusste nicht, von welcher Seite ich es anpacken sollte, dieses heiße Thema, wie ich damit umgehen sollte, ohne Schaden anzurichten. Lass es dort, wo es hingehört, habe ich mir gesagt, an seinem Platz im Leben. Daraufhin kam auch Richi.

Herzlichen Dank an alle, die mir beigestanden haben: an meinen Mann Roberto, an meine Schwester Francesca, an Elena Sassi: Meine tiefe Verbundenheit gilt ihr und Giorgio.

Dann an die Freundinnen, die Erstleserinnen, für die Anteilnahme, mit der sie mich begleiten: Paola Bigatto, Sabrina Caneva, Stefania Fusero, Donatella Signetti, Annalisa Soria. Laura Barletta und Piero Meineri für ihre Zuvorkommenheit. Und Stefano Tettamanti, den weisen Arzt, für das Vertrauen.

Roman
Aus dem Italienischen von Maja Pflug
368 Seiten
Auch erhältlich als eBook und Hörbuch-Download

Antonio ist auf einem Auge blind – und doch
wählt der große Fotograf Alessandro Pavia von
allen Kindern im Waisenhaus ausgerechnet ihn
als Lehrbuben aus. Er nimmt ihn mit in sein luf-
tiges Atelier über den Dächern von Genua und
bringt ihm seine Kunst bei. Im frisch vereinigten
Italien gilt es viel festzuhalten. Doch als bei
einem Arbeiteraufstand eine junge Hebamme
vor Antonios Linse läuft, sieht er mehr als ihre
Gestalt. Vielleicht die Zukunft?

Auf **diogenes.ch/newsletter** erfahren Sie zuerst
von Neuerscheinungen und Neuigkeiten unserer
Autorinnen und Autoren.

Oder schauen Sie hier vorbei: